러닝맨

THE RUNNING MAN

러닝맨

THE RUNNING MAN

마이클 제라드 바우어 지음
박미영 옮김

파라주니어

마음을 키우는 문학여행 3

러닝맨

2008년 11월 10일 초판 1쇄 인쇄
2008년 11월 15일 초판 1쇄 발행

지은이 | 마이클 제라드 바우어
옮긴이 | 박미영
펴낸이 | 김태화
펴낸곳 | 파라북스

주간 | 이성옥
기획 | 조은주 · 홍효은
마케팅 | 박경만
관리 | 이연숙

등록번호 | 제313-2004-000003호
등록일자 | 2004년 1월 7일
전화 | 02) 322-5353   팩스 | 02) 334-0748
주소 | 서울특별시 마포구 서교동 한벗 1길 13
홈페이지 | www.parabooks.com

ISBN 978-89-93212-06-8(43840)

*파라주니어는 파라북스의 청소년 전문 브랜드입니다.
*값은 표지 뒷면에 있습니다.

옮긴이의 말

미술에 재능이 있는 조셉은 어머니와 단둘이 살고 있습니다. 아버지는 오지 공사현장에서 일하느라 거의 집에 머무는 날이 없고, 그래서 주위에서는 조셉에게 본받을 어른 남자가 필요하다는 말을 하곤 하지요.

옆집에 사는 캐롤라인이 자기 오빠 톰 레이튼을 조셉의 초상화 과제 모델로 삼지 않겠냐고 조셉에게 제안해오자 주위 사람들은 다들 반대의 목소리를 높입니다. 톰 레이튼은 30여 년을 집 밖에 거의 나오지 않은 채 은거하는, 여러 가지 흉흉한 소문이 돌고 있는 사람이었으니까요.

조금은 소심한 조셉으로서는 톰 레이튼이 무섭고 꺼려졌으나 다정한 캐롤라인에게 딱 잘라 거절하기가 어려워 주저하던 차였기에 내심 잘되었다 싶었지요. 하지만 '조셉은 겁이 많으니 응할 리가 없다'는 어머니와 이웃 아주머니의 대화를 우연히 듣고 오기로 하겠다고 나서고 맙니다.

비관주의자로 산다는 것은 나름 편한 길이기도 합니다. 기대하지 않으면 실망할 일도 없고, 혹시 비관적으로 예측했던 상황이 좋은 결과로 끝난다면 더욱 바람직하지요. 예상 못한 기쁨이 되지 않겠어요?

이 책에 등장하는 톰 레이튼은 기적을 믿지 않는 사람입니다. 과거에 겪은 상처가 너무 깊었기에 집에 틀어박혀 외부와의 관계를 끊고 살지요. 겁쟁이 방식이라고 생각할 수도 있겠지만, 그에게는 그것이 상처받은 자신을 지키기 위한, 생존을 위한 선택이었을 겁니다.

30여 년을 그렇게 살아 온 톰 레이튼에게 이웃집 소년 조셉이 나타납니다. 톰 레이튼에게 있어선 반갑지 않은 방해였을까요? 꼭 그렇지만은 않았을 거라 생각해요. 만약 조셉과의 만남이 정말로 내키지 않았다면 동생 캐롤라인이 아무리 졸랐어도 거절하면 될 일이었겠지요. 동생의 소원을 들어주는 셈 치고 마지못해 응했을 수도 있겠지만, 어쩌면 톰 레이튼 역시 누군가가 먼저 손 내밀어 주기를 기다리고 있었을지도 모르는 일입니다.

조셉이 톰 레이튼과의 만남을 결정하게 된 동기는 만용이었을지도 모르지만, 둘의 관계에 있어 먼저 한 발짝을 내디딘 쪽은 조셉이었습니다. 진정한 용기는 때로 남들 눈에는 쉽게 드러나 보이지 않을 수도 있지요. 다른 사람의 선입견의 벽에 갇혀 있던 톰 레이튼의 진실을 점차 알아가면서, 조셉은 그를 아는 사람들은 아무도 예상 못한 용기를 보여 줍니다. 그리고 모든 희망을 버린 채 정신적으로는 죽은 것과 다름없이 황량한 삶을 이어 나가던 톰 레이튼은 드디어 마음을 열게 됩니다.

물론 용기내어 다가선 결과가 늘 좋으리라는 보장은 없

습니다. 하지만, 손을 내밀지 않는다면, 남이 내민 손을 받아들이지 않는다면 언제까지나 그 자리에서 한 걸음도 나아가지 못하겠지요. 때로는 그 한 걸음을 위한 용기야말로 바로 우리에게 필요한 것일지도 모릅니다.

박미영

우리 앞에 놓인 것과 우리 뒤에 놓인 것은

우리 안에 놓인 것에 비하면 작다,

그리고 우리 안의 것을 세상으로 꺼내 놓았을 때,

비로소 기적이 일어난다.

- 헨리 데이비드 소로 -

1.
평생을 상자 안에서

1장

조셉은 관에 눈길을 고정한 채 누에를 생각했다. 그의 앞에는 벌꿀 색의 관이 누에고치처럼 미동 없이 조용히 놓여있었다. 한순간 조셉은 다른 시간, 다른 곳을 떠올렸다. 그이미지를 뇌리에 붙잡아 놓으려 애썼으나 속삭이는 목소리, 목 가다듬는 소리, 또는 단단한 나무 장궤틀(무릎받침)에구두가 덜그럭 부딪히는 소리 때문에 지금 있는 곳이 어디인지 새삼 떠올리게 되었고, 그러자 후회와 상실의 저릿한아픔이 다시금 치밀어 올랐다. '다 내 잘못이야.' 조셉의이런 생각이 그의 가슴을 쿡쿡 찔렀다.

그의 뒤로는 오르간 소리가 세인트 주드 성당 안에 울려퍼지며 슬픔처럼 허공에 맴돌았다. 조셉은 전에도 장례식에 참석해 봤지만, 앞줄에 앉아 있을 때와는 달랐다. 이전에는 그저 나중에 얼굴도 제대로 기억나지 않을 사람을 위해 거리에 줄지어 서서 안달복달하는 남자애들 중 하나였다. 그러나 지금 조셉은 그 모든 것의 중심에 있었고, 그 사실이 반갑잖고 놓아 주지 않는 포옹처럼 그를 감싸 왔다.

조셉이 고개를 숙이자 어머니가 손을 살며시 무릎에 놓았다. 조셉은 손을 어머니 손에 얹고 억지로 입가에 희미한 미소를 띠었다. 그러고는 다시 관을 응시하다 눈을 감아 어둠이 주위를 둘러싸게 했다.

어쩌다 그렇게 되었을까? 어느 특정 출발점으로 돌아가서 마침내 이 장소, 이 자리, 이날에 다시 도착하기까지 매 순간을 탐색하면 혹 어떤 의미나 이유가 분명히 드러날까? 하지만 어떻게 해서 그 모든 것이 시작되었을까?

무언가가 시작된 정확한 순간을 알기란 불가능해 보였다. 결말이 훨씬 더 쉬운 문제였다. 결말은 분명했다. 무언가가 끝날 때는 확실한 표시가 있다. 일이 중단된다. 사람들이 떠난다. 누군가 죽는다. 시작은 그림자나 안개 같아서, 그 주위의 모든 것에 녹아내리고 묻어난다.

출발점을 파악하려고 애쓰는 동안 조셉은 또다시 누에 생각을 떠올렸다. 최근 자주 그랬다. 어쩔 수가 없었다. 때로는 왜 그게 떠오르는지조차 알 수 없었다. 그 단순한 생물과 자기 주위에서 벌어진 사건의 연결 관계를 알 수 없었다. 하지만 이번에는 알고 있었다. 과거의 뒤엉킨 실마리를 풀기란 누에고치에서 비단실을 뽑아내는 것과 같았다.

비단실을 뽑아내려면 우선 고치 겉면의 풀어진 실오라기를 엄지와 검지로 집어 조심스레 한쪽으로 잡아당긴다. 그런 다음 고치의 단단한 형체가 실 한 오라기에 매달렸을 때 살짝 흔들면 비단실이 풀려 한 가닥만 남게 된다. 실 끄트머리를 잡고 고치를 흔들면 빙글빙글 실이 풀리는 것이다.

그게 바로 조셉이 지금 찾고 있는 것이었다 — 나아갈 계기가 될 실오라기 하나. 생각을 집중하려 열심히 애쓰고 있자니, 초점이 예리해지고 분리되어 그 모든 모습들 중에 제일 뚜렷한 것만 남았다.

그중에는 세 남자의 얼굴이 있었다. 서로 한 번도 만난 적 없으나, 그들 각각의 삶이 전혀 상상도 못했던 방식으로 조셉의 삶과 얽히게 된 세 사람.

조셉은 아버지의 얼굴을 보았다. 마지막으로 봤을 때의 어리둥절하고 상처 받고 화난 얼굴. 그리고 바위만큼이나 고요하고, 방의 어둠 속 깊숙이 숨은 톰 레이튼의 얼굴을 보았다.

그리고 마침내 달리는 남자의 얼굴을 보았다. 그 눈은 절박한 불길로 활활 타오르고 있었다. 달리는 남자는 늘 있었다. 늘 저만치 멀리 어딘가에 있는 유령 같은 형체, 늘 발을 질질 끌며 쉼 없이 다가오는 존재.

관을 바라보고 있자니, 기억의 마지막 실오라기가 하나씩 하나씩 풀리고 한 가지 광경만이 남았다. 조셉이 매일 밤 자기 방 창문에서 본 것과 같은 광경.

이웃집의 오래된 목조 가옥 — 레이튼 집이 어둠 속에서 기다리는 다리 긴 생물처럼 검은 나무 그루터기 위에 높이 세워져 있는 모습이었다.

2장

레이튼 가족은 아서 가 모퉁이와 애시그로브 로路의 커다
란 집에서 60년 넘게 살아 왔다. 비록 레이튼 노부부는 조
셉과 부모님이 그 옆집으로 이사 오기 훨씬 전에 세상을 떴
지만.

데이비드슨 가족이 동네 사정을 전해 듣기까지는 오래
걸리지 않았다. 길 건너 사는 마섭 아주머니가 다 알려 주
었다. 동네에서 돌아가는 사정치고 그녀가 모르는 일은 거
의 없었다.

아서 가 3번지로 이사왔을 때 조셉은 겨우 세 살이었으나
바로 그날 잡담하러 '잠깐 얼굴이나 내민' 마섭 아주머니
는 똑똑히 기억할 수 있었다. 그 후로 이어진 수많은 방문
의 첫 시작이었다. 나이를 먹으면서 조셉은 현관 벨이 울리

고 명랑한 목소리가 "나예요, 로라" 할 때 어머니의 약간 축 처지는 듯한 기색을 알아챘다.

레이튼 가족이 제럴딘 마섭의 단골 화젯거리라는 사실은 곧 명백해졌고, 수년간 조셉의 머릿속에선 이야기 조각이 흘러 들어와 자리를 잡았다. 레이튼 할아버지가 판사였으며 그 부인(마섭 아주머니는 늘 눈썹을 치켜뜨며, 남편보다 훨씬 젊은 여자였음을 강조했다)은 주립 도서관에서 일했다는 것도 알게 되었다. 그리고 부부에게는 자식이 단 둘, 톰이라는 아들과 캐롤라인이라는 딸뿐이라는 것도 알게 되었다.

또한 레이튼 가족이 행복했으며 두루 호감을 받았다는 사실을 주워들었다. 그랬기에 마섭 아주머니가 늘 그 일을 두고 하는 표현인 '끔찍한 비극'이 이웃들에게 그렇게나 큰 충격이었던 것이다.

그 끔찍한 비극이란 레이튼 부부의 생명을 앗아간 차 사고였다. 그 당시, 캐롤라인은 아직 집에 살고 있었다. 그녀는 언론학을 공부하고 있었고 이미 신문사에 취직이 결정된 상태였다. 부모님이 죽기 2주 전에 캐롤라인은 약혼 발표를 했다. 마섭 아주머니의 말에 따르면 '세상이 다 그 애 것이었다.' 허나 조셉은 캐롤라인이 결혼한 적 없다는 것을 알고 있었다. 현재 그녀는 동네 약국에서 일하며 부모님의 옛집에서 오빠 톰과 단 둘이 살고 있었다.

톰 레이튼은 진짜 미스터리였다. 조셉이 확실히 아는 사실이라곤 그가 장례식이 지나고 얼마 후 부모님 집으로 돌아왔으며 그 후 오랫동안 은거하고 있다는 것뿐이었다. 캐롤라인의 오빠는 점점 더 수수께끼가 되어 갔고, 소문이 빠르게 번졌다.

동네 아이들은 조셉에게 끔찍하게 일그러진 육체를 지닌 정신병자의 사연이나 교활한 속삭임으로만 전해지는 좀더 불길한 이야기를 들려주었다. 진실이 무엇이었든 간에 진실은 곧 독한 잡초 덤불 속의 여린 꽃처럼 사라지고 말았다.

비록 조셉은 귀에 들어온 잔혹한 이야기들을 정말 믿진 않았지만, 다른 모든 사람들처럼 비밀스런 이웃의 수수께끼에 궁금증을 느꼈다. 물론 드물게나마 눈에 들어오는 것은 있었다. 가끔 열린 창가를 지나가는 사람 형체라든가, 이따금 캐롤라인 차의 조수석에 체포된 범죄자처럼 웅크린 모습이라든가. 이런 광경에서 남은 인상이라곤 키가 크고 꽤나 단단한 체구에, 얼굴이 부스스한 머리와 수염에 가려진 남자였다.

마섭 아주머니는 톰 레이튼에 대하여 자기만의 생각이 있는 모양이었다. 아주머니가 그를 언급할 때면 늘 '캐롤라인의 그 오빠', '그 사람', 혹은 '옆집 그 남자'라고 했다. 하지만 어린아이에게는 부적절한 주제라고 여겼는지 조셉이 있을 때면 절대 톰 레이튼에 대해 드러내 놓고 이야기하지 않았다.

시간이 흘러가면서, 톰 레이튼은 조셉에게 있어 익숙한 타인, 매일 지나치지만 절대 들어가지 않는 집 안의 어두운 구석과도 같은 존재가 되었다.

조셉이 톰 레이튼의 세계에 좀더 가까이 발을 딛게 된 것은 9월 초, 세인트 주드 성당 앞줄에 앉게 되기 석 달 전이었다. 토요일 아침, 막 잔디 깎기를 마쳤을 때 누군가 이름을 부르는 소리가 들렸다.

조셉이 고개를 드니 캐롤라인이 울타리가에 서 있었다.

"잘했네."

캐롤라인이 미소 지으며 말했다.

"고맙습니다."

"저기, 관심 있을지 모르겠는데, 우리 정원을 관리해 주던 분이 은퇴해서 다른 사람을 찾아야 하거든. 용돈 벌고 싶지 않니? 수고비는 40달러야. 음료수도 좀 줄게."

조셉은 고개를 끄덕였다. 큰 돈으로 여겨졌다.

"네, 그거 좋겠네요."

"잘됐다, 하지만 먼저 너희 어머니에게 허락받아야겠지? 괜찮다면 다음 주말에 일단 시험삼아 해보면 어떨까?"

조셉은 잔디 깎는 기계를 집 아래에 챙겨 두고 어머니를 찾으러 위로 올라갔다. 어머니는 부엌 식탁에 앉아 있었다. 맞은편에는 마섭 아주머니가 앉아 있었다.

"안녕, 조셉."

"어…… 안녕하세요, 마섭 아주머니."

"다 끝났니?"

어머니가 물었다.

"네, 그리고 엄마, 캐롤라인 레이튼 아줌마가 다음 주말 40달러에 그 집 잔디를 깎아 줄 수 있느냐고 물어 봤어요. 해도 될까요?"

마섭 아주머니가 조셉에게로 홱 고개를 돌렸다.

"어, 그래, 안 될 거 없겠지. 네가 기꺼이 하겠다면야. 정원이 큰데. 40달러? 그만큼 용돈 올려 달란 소리나 마라, 알았지?"

"안 그럴게요. 고마워요, 엄마."

"괜찮아. 이제 그 더러운 신발을 깨끗한 바닥에서 얼른 치우지 않으면 하숙비 받을 거다."

조셉은 뒷계단에 앉아 신발끈을 풀기 시작했다. 어머니와 마섭 아주머니의 얘기 소리가 뒤편에서 들려왔다.

두런두런하던 가운데 갑자기 마섭 아주머니의 목소리가 높아졌다.

"……그 남자 일인데 그렇게 어리석게 굴다니."

톰 레이튼 얘기인 게 분명했다. 조셉은 조용히 계단 위로 올라가 귀를 기울였다. 다음에 들려온 것은 어머니의 목소리였다.

"조셉은 그냥 잔디만 깎을 거예요, 아주머니. 좀 과민반응하시는 거 같네요."

"내가요? 난 여기서 쉰두 해나 살았으니, 로라보다는 여기 사정을 좀더 아는 편이죠."

그 다음 어머니가 입을 열었을 때는 마치 걱정하는 아이를 달래는 말투였다.

"저기, 걱정해 주셔서 감사해요, 정말로. 그리고 톰 레이튼의 행동이 아무리 좋게 말한다 해도 괴상하다는 건 알지만, 부모를 동시에 그리 잃었으니 얼마나 끔찍했겠어요. 그리고 베트남에서 부상을 입었다고 말씀하지 않으셨어요? 모르지요, 세상 흉한 꼴을 너무 많이 봤을지도. 어쩌면 그래서 그 집에 숨어 사는지도요. 그런 일을 겪고 났는데 누가 그 사람을 탓할 수 있겠어요?"

"그분들은 캐롤라인의 부모이기도 했어요, 로라. 그리고 캐롤라인은 집에 틀어박히지도 않았고, 안 그래요? 캐롤라인은 그 끔찍한 사고를 이겨내고 장례식을 치렀지요. 근데 그 사람은 아무것도 안 했어요. 그냥 그날 얼굴만 내밀었다가 아무도 모르는 곳으로 사라져 버렸지요. 그러고 나서, 캐롤라인이 다시 자기 생활로 돌아갈 만하니까 그 사람이 도로 나타나서 눌러앉았고. 그 이후로 캐롤라인은 그 사람을 돌보고 있어요. 그 사람이 눈에 뜨이지 않게. 말썽에 휘말리지 않게. 그 오랜 세월을. 그리고 캐롤라인이 어떻게 되었나 봐요. 모든 걸 다 잃었지. 유망한 일자리도, 약혼자도, 미래도, 다 사라졌어요."

"하지만 그게 조셉이 그 집 잔디 깎는 것과 무슨 상관이 있지요?"

"사연이 더 있어요. 전에 말했지, 캐롤라인의 그 오빠란 사람이 선생이었다고. 저기 남쪽 지방에서 가르쳤다더군요. 다만 아주 잠깐만 교사 일을 하다가 갑자기 무슨 이유에서인지 그만두어야 했대요. 그러고는 이곳에 나타나서 자기 얼굴 내보이기도 두려워하며 집에 틀어박혔지요. 뭐 숨길 게 없다면 왜 그랬겠수?"

"하지만 확실한 건 아니잖아요. 전적으로 결백한 이유가 있을지도."

"그럼 왜 캐롤라인이 자기 오빠 얘기를 안 하려 들겠어요? 만약 다 그렇게 결백하다면, 왜 자기 오빠가 세상에 존재하지도 않는 듯이 굴고? 캐롤라인에게서 한 마디도 얻어듣지 못할걸요. 그냥 딱 입 다물어 버리지."

조섭은 마섭 아주머니의 목소리에서 답답함과 분노를 감지했다. 아주머니는 캐롤라인이 비밀을 간직한 채 순순히 털어놓지 않는 걸 무슨 개인적 모욕쯤으로 여기는 모양이었다.

"설사 그게 사실이라 해도, 그리고 톰 레이튼이 뭔가…… 저질렀다 해도, 조섭은 정원에만 있을 뿐 그 사람 근처에도 가지 않을 거예요. 그리고 어쨌든 캐롤라인이 함께 있을 테고…… 전 캐롤라인을 믿어요."

어머니가 고집했다.

"하지만 믿을 수 있을까요? 캐롤라인 레이튼은 오빠를 사랑해요. 아마 로라를 좋아하긴 하겠죠. 오빠를 좋게 생각하고 싶어 할 테고. 하지만 로라, 만약 최악의 가정이 사실이라면?"

"모르겠어요. 다만 아무것도 모른 채 그 사람을 그렇게 단정지어 버리는 건 옳지 않게 여겨지네요."

"옳지 않다고요? 뭐가 옳지 않은 일인지 말해 주죠. 열네 살 아들을 그런 사람 근처에 가게 두는 거라고요. 하지만 이렇게 말하는데도 듣지 않겠다면야……."

"아주머니, 정말로…… 조섭은 아무 일 없을 거예요."

잠시 짧은 침묵이 흐르고 마섭 아주머니가 이번에는 딱딱하게 말했다.

"물론 나도 그러길 원해요. 그런데 로라, 난 톰 레이튼처럼 위험하고 역겨운 사람이 조셉을 지켜볼 거라고 생각하니까……."

조셉은 의자 끄는 소리를 듣고 재빨리 계단 아래로 내려왔다. 신발을 잡아당겨 벗고 있을 때 뒤에서 발소리가 다가왔다.

"안녕히 가세요, 마섭 아주머니."

제랄딘 마섭은 조셉을 지나치며 걱정스런 눈길을 던졌다. 무슨 말이라도 할 듯이 잠시 망설였으나, 그저 고개만 끄덕 하고는 우울한 미소를 지으며 잰걸음으로 진입로를 걸어갔다.

그 다음 토요일 레이튼네 잔디를 깎는 동안 마섭 아주머니가 남기고 간 말이 뇌리를 멀리 떠나지 않아 조셉은 이따금 불안한 눈길을 집 쪽으로 돌렸다. 톰 레이튼의 기색은 전혀 없었다.

나중에, 조셉과 캐롤라인이 집 아래 시원한 콘크리트 지대에 앉아 있을 때, 머리 위의 마룻바닥이 삐꺽거리는 소리만이 다른 존재가 근처에 있음을 알려 주었다. 조셉이나 캐롤라인이나 그 존재를 입에 담지 않고 모른 척했다.

"잔디가 보기 좋네. 너무 힘들지 않았나 모르겠다."

"아뇨. 괜찮았어요."

조셉은 얼음이 달각거리는 커다란 오렌지 주스잔을 들어 한 모금 마셨다.

"그 비스킷 마저 먹어. 더 있어."

조셉은 미소 지었다. 캐롤라인 레이튼을 좋아했지만, 어른과 있으면 늘 어색하고 신경 쓰이는 기분이었다. 조셉은 비스킷을 와삭 깨물며 정적 속에서 과자를 삼키려 애쓰는 동안 자기 턱의 움직임 하나하나가 의식되었다.

"최근에 아버지에게서 연락 왔니? 이번엔 어디 계시지? 뉴기니, 맞나?"

"부건빌이요."

"그랬지. 그곳에서 뭔가 큰 중장비를 몰고 계시겠구나, 여기 지역 일하고는 조금 다른 거 말야."

"그렇겠죠."

"가신 지 이제 얼마나 되었더라…… 여섯 달인가? 1년 중 대부분을 그렇게 집을 떠나 계시니 너하고 어머니가 좀 힘들겠구나. 보고 싶겠다."

조셉은 고개를 끄덕이고 유리잔 겉에 맺힌 물방울을 닦아 내며 캐롤라인의 눈을 피했다. 조셉은 아버지 얘기를 하고 싶지 않았다. 그 마지막 날을 생각하고 싶지 않았는데 떠오르는 기억에 움츠러들었다.

다행히도 캐롤라인은 얼른 다른 화제로 옮겨 갔다.

"그리고 학교는 어때?"

"나쁘지 않아요."

조셉은 대화가 아버지에게서 멀어져 안도하며 말했다.

"어머님이 네가 미술을 좋아한다고 말씀하시던데. 일전에 네 작품 몇 장을 보여 주셨지. 아주 대단하더라. 나도 너같은 재능이 있었더라면."

조셉은 칭찬에 약간 얼굴이 달아올랐다.

"새 걸작을 그리는 중이니?"

"아뇨, 그렇지는 않아요……. 하지만 다음 학기에 큰 프로젝트가 있어요."

"중요한 건가 보네. 뭔지 좀 얘기해 봐."

"초상화를 그려야 해요. 역사상 위인이나 영화배우가 아니라, 아는 사람 같은 실제 인물이어야 해요. 아이디어나 스케치도 같이 제출해야 하고요."

"음, 너만한 재능이라면 아무 문제 없겠지. 언제까지 제출해야 되는데?"

"올해 말까지는 괜찮지만, 선생님이 가능한 한 빨리 시작하라고 하셨어요. 그릴 인물을 찾아야 하고 만날 시간이나 그런 걸 짜야 하니까."

"누굴 그릴지 생각은 좀 해봤고?"

"별로요."

"누구 젊은 사람을 할 거니, 아니면 좀 나이 든 사람?"

"잘 모르겠어요. 나이 든 쪽일라나?"

"주름이 있어서 스케치할 때 좀더 흥미로운 성격이 드러나서?"

"할머니로 할지도 모르겠지만, 너무 멀리 사셔서요."

조셉은 수줍게 미소 지으며 덧붙였다.

"그래, 근처에 있는 사람이어야겠지, 그리고 시간을 내줄 수 있는 사람. 음…… 너희 어머니는 어때, 아니면 마섭 아주머니나?"

"엄마는 안 돼요. 사진 찍히는 것도 싫어하는걸요."

조셉은 고개를 내저으며 말했다.

"그럼 마섭 아주머니?"

캐롤라인은 조셉의 찡그린 얼굴 표정을 보고 웃음을 터트리며 곧장 조셉의 생각을 읽어 냈다.

"그래, 별로 좋은 생각인 거 같지 않구나. 마섭 아주머니는 100만 분의 1초라도 가만 있을 양반이 아니니."

그러고는 뒤늦게 생각이 났는지 덧붙였다.

"확실히 입은 가만 안 있을 거야, 아무튼."

이번에는 조셉이 웃을 차례였다. 캐롤라인은 마지막 한 마디는 소리내어 말할 작정이 아니었는지 살짝 얼굴을 붉혔다.

"세상에, 어쩜 좋아. 그렇게 말하면 안 되는데. 마음은 좋은 분이실 거라 믿지만…… 그 양반이 확실히 수다쟁이긴 하지."

동네 전체가 지칠 줄 모르는 소식과 소문 전달꾼으로서의 마섭 아주머니 평판을 익히 알고 있었다.

"이름은 마섭이요, 성격은 가십이군!"

조셉의 아버지는 불쾌함을 담아 몇 번 그렇게 투덜대곤 했다. 하지만 지금, 캐롤라인의 얼굴을 지켜보며 조셉은 혹시 캐롤라인이 마섭 아주머니의 이야기가 얼마나 자기와 그 수수께끼 오빠를 중심으로 돌아가는지 알고 있을까 궁금했다.

캐롤라인이 고개를 설레설레 저으며 '그 양반'이라고 말하는 어조에는 그녀가 알고 있다고 확신하게 만드는 무언가가 있었다.

"아니, 네가 마섭 아주머니와 몇 시간씩 갇혀 있게 둘 수는 없고말고. 넌 내내 아주머니 귀에 못이 박힐 정도로 떠들어댈 테고, 아주머니는 한 마디도 못 하실 테니 말이야. 아마도 말 못하게 되면 답답함에 숨이 넘어가실지도 모르지. 그냥 녹아 사라질 거야. 《오즈의 마법사》에 나오는 마녀처럼. 알지, '녹는다! 내가 녹고 있어!' 이러면서. 그렇게 둘 순 없지. 그 불쌍한 양반이 괴로워하시는 건 차마 못 보겠구나."

조셉은 캐롤라인 레이튼과 있는 것이 편해지기 시작했다. 비록 캐롤라인이 조셉의 말수가 적은 것에 관해 농담하긴 했으나, 다른 사람들처럼 조셉을 약하거나 멍청한 아이가 된 기분이 들게 만들지도 않았고, 그를 깎아내리거나 그가 막 도망치려는 놀란 사슴이나 되는 양 수선을 떨지도 않았다.

"그래. 음, 그러면 범위가 좁혀지네, 그렇지? 얼굴이 흥미롭지만 너무 젊지는 않은 사람, 근처에 살고 가만 앉아 있을 시간을 내줄 수 있는 사람이 필요하니까."

조셉은 이 모든 조건을 충족하는 사람이 바로 그 순간 식탁 맞은편에 앉아 빈 잔을 두 손 사이에 끼운 채 천천히 굴리며 깊이 생각에 잠겨 있음을 익히 의식하고 있었다.

조셉은 생전 처음으로 캐롤라인의 이목구비를 꼼꼼히 뜯어보았다. 비록 40대이긴 했으나 캐롤라인이 아랫입술을 지그시 깨물고 금발머리를 귀 뒤로 넘기는 행동이 아직 어린 소녀 같아 보였다. 조셉은 그 슬프고 어두운 눈의 아름다움과 코와 광대뼈의 강한 선을 잡아내려 노력하는 것을 상상해 보았다.

조셉은 해본 중에 가장 만만치 않은 그림이 될 테지만,

시도해 보고 싶다는 생각이 들었다. 그저 자신만을 위해서
가 아니라 어떤 면에서는 캐롤라인을 위해서. 자신도 그 기
분을 제대로 이해하는 것은 아니기에 설명할 수는 없지만,
앞에 앉은 여자가 조심스레 잔을 도로 식탁에 내려놓는 모
습을 보며 캐롤라인 역시 그러길 원하고 있다는 것을 확신
했다.

마침내 입을 연 캐롤라인의 목소리는 수줍어하는 듯 주
저주저했다.

"내가 생각해 본 게 하나 있는데…… 어떻게 여길지 모르
겠네."

어색한 정적이 잠깐 흐르고, 조셉은 캐롤라인이 직접 자
청하는 민망함을 덜어 주기 위해 자신이 나서야 하는 게 아
닌가 고민했다. 허나 조셉 자신도 수줍은 탓에 말이 목에
걸려 나오지 않았다.

"그냥 생각해 봤는데…… 어쩌면……."

캐롤라인이 머뭇머뭇 말을 이었다.

조셉은 격려차 희미하게 미소를 지어 주며 받아들일 준
비를 했다.

캐롤라인은 앞의 소년을 쳐다보더니 그 솔직하고 친근한
표정에 안심해하는 기색이었으나, 그녀가 그 다음 한 말은
조셉에게 있어 예상은커녕 배를 맞은 것과 다름없었다.

"생각해 봤는데, 우리 토미 오빠를 그리면 어떨까?"

그날 밤 조셉은 침대에 누웠지만 잠이 오지 않았다. 그날 오후 캐롤라인 레이튼과 나눈 대화 내용과 이미지가 머릿속에서 빙글빙글 맴돌고 있었다.

캐롤라인이 자기 오빠를 조셉의 초상화 대상으로 제의했을 때, 마치 그들 사이에 뭔가 말할 수 없는 것이 떨어졌고 그걸 치울 수 없는 듯한 기분이었다. 조셉은 거절할 말을 찾아 얼마나 헤맸는지, 그런데도 멍하니 아무 말 못하고 반쯤 얼어붙은 미소를 띤 채 민망함에 얼굴이 활활 타오르던 것이 떠올랐다.

캐롤라인의 말은 질문이라기보다는 간청이었고 돌연 모든 것이 홀딱 뒤집혔다. 조셉이 그리고 싶은 사람은 톰 레이튼이 아니라 캐롤라인이었는데, 이제 그녀가 전에는 존재조차 언급하지 않았던 사람을 무해한 어린애처럼 '토미 오빠'라고 부르고 있는 것이다.

마침내 조셉은 더듬더듬 대답했다.

"그…… 글쎄 모르겠어요……. 어떨지……. 엄마가 할머니 댁까지 태워다 주실 수도 있고……. 제대로 생각해 본 건 아니라서……."

캐롤라인은 조셉이 애처로웠는지 상냥하게 대답했다.

"저기, 조셉, 이건 전적으로 네 선택에 달린 일이야. 그냥 해본 말이었어. 너한테 강요하려 들려는 건 아니란다. 하지만…… 생각해 볼 수는 있겠지. 옆집에 살고 있으니 아주 편리한 것은 알 테고. 그냥 생각해 봐."

캐롤라인은 말을 맺고 눈썹을 치켜 올렸다.

"응?"

"네."

조셉은 대꾸가 미덥잖게 들렸으리라는 건 알았지만, 한편으로는 신경 쓰지 않았다. 그저 캐롤라인이 자신이 그러고 싶지 않다는 것을 이해하고 이 얘기가 전부 없었던 게 되기만을 바랄 뿐이었다.

캐롤라인은 조셉의 접시와 잔을 챙겨, 자리에서 일어나 집 뒷문 계단으로 향했다. 캐롤라인은 딴 데 정신이 팔린 듯했다. 한 손을 난간에 놓고는 멈춰 서더니 조셉을 돌아보았다.

"아까 내가 놀라게 했다면 미안해. 그렇게 난데없이 말을 꺼내는 게 아니었는데. 너한테…… 편한 대상이어야 한다는 거 이해해. 절대 강요하거나 하진 않을 거야."

캐롤라인은 몇 초간 계단 제일 아랫단에 그대로 있더니 뭔가 결심한 듯, 조셉을 마주했다.

"우리 오빠가 이 근방 사람들에게 소문과…… 이런저런

짐작의 대상이라는 건 알아. 하지만 우리 오빠가 어떤 사람인지 나는 알지만 그 사람들은 모르잖니."

캐롤라인은 눈을 감고 고개를 설레설레 저으며 말을 쏟아 냈다.

"살다 보면 계획하지 않은 일이 생기게 마련이야. 되돌리고 싶지만 그럴 수 없는 일. 하지만 그런 일들이 그 사람 자신을 말해 주는 건 아니란다. 설령 본인들은 그렇게 생각하고 남은 평생 자신을 미워한다 해도."

캐롤라인은 갑자기 너무 많이 털어놓기라도 한 듯 입을 딱 다물었다. 다시 말을 꺼냈을 때는 의도적으로 차분한 어조였다.

"네가 정할 일이야, 조셉. 난 그저 네가 초상화를 그려 준다면 오빠에게 좋을지도 모르겠다 싶어서. 물론 넌 어머니한테 먼저 말씀드려야겠지. 어쩌면 한번 해보고 어떤지 볼 수도 있겠다. 만약 아니다 싶으면 그걸로 끝이고. 더 이상 널 귀찮게 하지 않을게. 아무튼, 네가 원하는 대로 해. 그저 생각해 보겠다고 해주렴……. 정말로 생각해 보겠다고."

"그럴게요."

조셉은 진심으로 대답했다.

캐롤라인은 반쯤 미소 짓고 마지막으로 덧붙였다.

"그리고 내가 늘 너와 함께 있을 거야. 절대 혼자 두지 않을 테니까. 약속할게."

캐롤라인과의 대화를 떠올려 보니 그 마지막 말이 영 불편하게 뇌리를 떠나지 않았다. 왜 캐롤라인은 그런 약속이 필요하다고 생각했을까? 그저 조셉을 좀더 마음 편하게 해주려는 것뿐이었을까? 아니면 톰 레이튼에 대한 마섭 아주머니의 알 수 없는 두려움이 진짜였을까?

조셉은 머릿속에 오래된 동네 소문이 떠오르기 시작하자 일어나 앉아서 침대 옆의 창문을 열었다. 창 밖의 포인세티아나무 가지 사이, 울타리 너머로 레이튼네 넓은 마당이 보였다.

울타리와 평행으로 난 짧은 진입로가 오래된 목조 차고로 이어져 있었다. 마당 더 위 오른쪽으로는 커다란 무화과나무가 잔디밭을 차지했고 왼쪽으로는 뽕나무의 멋대로 뻗은 가지가 쓰지 않는 콘크리트 소각로 위로 드리워져 있었다. 그 너머로 레이튼네의 커다랗고 균형 잡히지 않은 집이 서 있었다.

불이 켜져 있는 부엌의 열린 창 뒤로 형체 하나가 움직이고 있었다. 캐롤라인 레이튼이었다. 고개를 숙이고 뭔가 씻고 있는 듯이 보였다. 캐롤라인은 싱크대에서 물러나 조셉이 짐작키에 거실로 보이는 방으로 들어갔다. 이제는 간유리 너머 흐릿한 형체로밖에는 보이지 않았다. 곧 조셉은 방 안의 좀더 큰 형체를 의식했다. 두 사람은 서로 마주 보고 있었고, 조셉은 팔을 흔드는 것과 이따금 손가락질하는 것을 알아볼 수 있었다. 둘은 점차 가까워지나 싶더니 한쪽이 홱 돌아서서 방을 가로질렀다.

마침내 큰 쪽이 성큼성큼 시야에서 사라졌다. 마당 너머에서도 쿵 소리가 들릴 만큼 세게 문이 닫혔다. 조셉은 작은 쪽의 흐릿한 형체가 잠시 그대로 있다가 돌아서서 부엌으로 향하는 것을 지켜보았다. 다시 싱크대에 나타났을 때, 캐롤라인의 움직임은 느리고 차분했다. 뭔가 작은 물건을 씻어선 말리려 쟁반에 얹어 놓았다. 그러고는 싱크대에 몸을 기대어 고개를 숙이자 머리카락이 얼굴을 가렸다. 멀찍이 떨어져 있는 조셉은 캐롤라인이 우는 게 아닌가 싶었다.

집 한쪽에서 희미한 불이 켜지더니 두꺼운 커튼 너머로 빛이 새어 나왔다. 문득 커튼의 움직임이 조셉의 눈길을 끌었다. 좀더 제대로 보려고 눈에 힘을 주고 있자니, 커튼이 살짝 젖혀졌다. 은은한 불빛이 머리 윤곽선을 드러내고 얼핏 뺨의 선과 코끝이 보였다. 누군가 창가에서 조셉을 똑바로 쳐다보고 있었다.

조셉은 침대에 후다닥 누워 버렸다. 레이튼 집에서 자신을 보거나 들을 수 없다는 걸 알면서도 심장이 쿵쾅거려 자신도 모르게 숨을 죽인 채 꼼짝도 않고 누워 있었다. 천장의 빛과 그림자 무늬를 올려다보는 사이 조셉은 긴장이 조금 풀리는 듯했다. 톰 레이튼이 쳐다보고 있었으면 뭐 어때? 나도 똑같은 일을 하고 있었잖아?

조셉은 어둠 속에 누워 캐롤라인의 제안에 대한 답변을 궁리했다. 두려움이 가득 밀려왔다. 딱히 톰 레이튼이 무서워서는 아니었다. 그저 자신이 얼마나 어색하고 수줍어할지 알기 때문이었다. 조셉은 그저 혼자 있는 쪽이 좋았다. 그게 뭐가 문제일까? 조셉은 성격을 바꿀 수가 없었다. 어머니가 가끔 걱정하는 건 알았지만, 어머니가 그 화제를 꺼낼 때면 더욱더 움츠러들 뿐이었다.

한번은 마섭 아주머니가 어머니에게 "그 애한테는 집에 남자 어른이 필요해요"라고 말하는 것을 우연히 듣고 울분이 치밀었다.

아버지를 생각하자 죄책감과 아픔이 스물스물 밀려왔다. 조셉은 다시 캐롤라인의 제안으로 주의를 돌려 그 기분에서 벗어나려 했다. 고려하면 고려할수록, 톰 레이튼을 초상화 모델로 삼고 싶지 않은 마음이 분명해졌다. 하지만 마음을 정했다고 생각할 때마다, 싱크대 위로 고개를 푹 떨군 그 슬픈 형체가 눈에 선하고 캐롤라인의 부탁에 담겼던 열의가 떠올랐다.

바로 그때 조셉은 천장 무늬의 미묘한 변화를 알아챘다.

조그맣게 한 부분이 어두워졌고, 조셉이 지켜보는 사이 다른 부분도 마찬가지가 되었다. 조셉은 한쪽 팔꿈치로 몸을 받치고 창틀 너머로 레이튼네 집을 훔쳐보았다. 이제 아무 불빛도 보이지 않았다.

조셉은 드러누워 시트를 끌어 올려 몸을 감쌌다. 베개에 머리를 파묻자니 다시금 이웃들 생각이 떠올랐다. 왜 톰 레이튼의 초상화를 그리는 일이 캐롤라인에게 그렇게나 중요할까 궁금했다. 조셉은 50미터도 안 되는 거리에 누워 있을 톰 레이튼을 상상하려고 해보았다. 그 오랜 세월 동안 뭘 피해 숨어 있었을까? 그 사람과 대면하면 과연 어떨까? 정말 어떤 사람일까?

조셉은 흐릿한 톰 레이튼의 모습을 분명하게 만들어 보려 애쓰는 동안 스르르 잠이 들었지만, 그날 밤 꿈에 오싹하게 나타난 것은 좀더 낯익은 얼굴이었다. 그 사람은 뭔가에 사로잡힌, 넋이 나가고 예측할 수 없는 얼굴로 오래 전 어린 시절에 묻어 버렸다고 생각했던 악몽 속에서 조셉을 향해 달려왔다.

그날 밤 조셉은 달리는 남자의 꿈을 꿨다.

3장

　조셉의 어머니는 애시그로브 로의 인도를 내달리는 그 남루한 남자를 '그 우스운 양반'이라고 불렀으나 조셉에게 있어선 달리는 남자에게 우스운 구석이라곤 전혀 없었다. 그 사람은 말 그대로 악몽에나 나올 존재였다.

　조셉이 그 사람을 달리는 남자라고 부르는 것은 바로 그랬기 때문이다. 달리고, 늘 달렸다. 하지만 그의 달리는 모습은 우아한 운동선수 같은 움직임이 아니라, 그보다는 마치 오직 그만이 볼 수 있는 마귀에게라도 쫓기는 듯 뒤틀린 뜀박질이었다.

　조셉으로선 다행스럽게도 둘이 마주치는 경우는 드물었다. 하지만 우연히 만날 때면 조셉의 심장은 그 다급하게 달리는 모습이 시야에서 사라진 지 한참 후에도 달리는 남자의 발걸음처럼 쿵쾅대곤 했다.

그리고 달리는 남자의 별난 점은 그 절박한 다급함만이 아니었다. 오래되고 낡은 옷은 크고 마른 체구에 허수아비에 걸친 누더기처럼 헐렁하게 걸쳐져 있었고, 길고 부석부석한 머리는 구겨진 챙 좁은 모자 아래 엉망진창으로 뻗쳐 있었다. 그 심상찮은 차림새에 더해, 크고 튀어나올 듯한 눈은 도드라진 광대뼈 위에서 사방팔방으로 움직였다. 전체적인 분위기가 평생 숨어 살다가 갑자기 이상하고 무서운 세상에 내던져진 사람 같았다.

조셉은 달리는 남자에 대한 느낌이 자기만 그런 것이 아니라는 걸 알고 있었다. 많은 사람들이 그를 의심이나 혐오의 눈길로 보았다. 대부분은 그를 피했다. 부모들은 그가 옆에 있기라도 하면 조용히, 그렇지만 단호하게 아이들을 끌어당겼다.

조셉은 달리는 남자가 아서 가를 유령처럼 지나 애시그로브 로로 사라지는 모습을 이따금씩 보기는 하지만 달리는 남자가 어디서 오는지 혹은 어디로 향하는지는 전혀 알 수 없었다. 그런 거리에서의 드문드문한 목격을 제외하면 조셉이 달리는 남자를 본 것은 어느 일요일 세인트 주드 성당의 예배에서뿐이었다. 또한 마섭 아주머니가 혐오스러워하며 달리는 남자가 꽤나 종종 '부르지도 않았는데 씻지도 않은 몰골로' 장례식에 나타난다고 말했던 적이 있었다. 성당에서 달리는 남자는 마지막 줄이 아닌 다른 곳에 앉는 법이 절대로 없었다. 거친 비바람을 피하는 사람처럼 몸을 푹수그리고 긴 의자 끄트머리에 앉아, 뭔가 딱히 쳐다보는 것도 아니고 이리저리 바쁘게 눈길을 옮겼다. 그러는 사이 몸은 조금씩이지만 쉼없이 흔들고 있었다. 성당에 사람이 얼마나 꽉 찼든, 달리는 남자 주위엔 늘 자리가 있었다.

달리는 남자는 예배가 끝나자마자 모자를 눌러쓰고, 몸을 숙이고 양손을 가슴께에 마주 움켜쥔 채 밖으로 뛰어나갔다. 마치 불난 건물에서 도망치는 것처럼. 여러 번, 조셉은 달리는 남자의 불길한 모습이 빠르게 멀어지는 광경에 마음이 놓이곤 했다.

그러나 한 번, 조셉은 달리는 남자와 아주 가까이 맞닥뜨렸다. 그날부터 어떤 연결고리가, 가느다란 비단 실오라기처럼 보이지는 않지만 강한 무언가가 그들의 세계를 엮어부드러우면서도 단호하게 그들을 끌어당기고 있었다.

조셉은 그때 여덟 살로서 세인트 주드 성당 부속 초등학교 3학년에 막 올라간 참이었다. 새 학년의 두 번째 날이자조셉이 어머니 손을 잡지 않고 혼자 집까지 돌아가는 두 번째 날이었다.

전날은 아무 말썽 없이 지나갔다. 길 자체는 상당히 단순했다. 어머니는 여러 번 되풀이해 가르쳤다. 그냥 학교 앞의 신호등에서 붐비는 큰 길을 건너, 죽 인도를 따라 오른쪽으로 휘는 애시그로브 로의 완만한 곡선을 걸어, 크로포드 가를 건널 때는 조심하고 커즌스 씨의 식료품점과 달리 씨의 정육점까지 가면 된다. 거기서 길만 건너면 바로 아서 가였다. 그 모퉁이에 레이튼네 집이 있고 바로 다음이 집이었다. 그렇게 간단했다.

첫날 조셉은 조마조마하는 한편 조금 들떠 있었다. 매 단계마다 명심해야 할 일에 어찌나 집중했던지 자기 주위의 작은 반경 외에는 아무것도 제대로 알지 못했다. 모퉁이를 돌아 커즌스 씨 가게의 나무 차양과 인도에 서서 무심히 담배를 피우고 있는 커즌스 씨를 보았을 때는 거의 놀랍기조차 했다.

조셉으로선 좀 이상하다 싶었는데, 이전까지 커즌스 씨가 밖에 나와 있는 걸 본 적이 없었기 때문이다. 어머니가 주말에 가게에 들렀을 때 조셉이 월요일에 혼자 하교할 거라는 얘기를 꺼내자, 커즌스 씨가 어머니에게 '꼬맹이가 잘 오나 지켜보겠다'고 약속한 것을 조셉은 모르고 있었다. 그래서 아저씨는 약간 초조하게 서성이다가 조셉을 보자 둥근 얼굴이 함박웃음으로 환해지더니 담배꽁초를 길바닥에 비벼 끄고는 외쳤다.

"조셉 만세, 장하구나!"

비록 조셉의 아버지는 커즌스 씨를 '과거의 유물'이라고 했지만, 그는 매우 호감 가는 사람이었다. 땅딸막하고 유쾌한 사람으로 둥그런 얼굴에 반짝거리는 대머리였다. 아저씨는 이야기하기를 좋아했는데 무슨 이유에서인지 낮게 째지는 목소리라 아저씨가 하는 말은 모두가 근사한 비밀처럼 들렸다. 그리고 아저씨는 농담을 좋아했다.

"안녕, 조셉, 옆집 달리 씨 소식 들었냐? 어제 실수로 고기 다지는 기계 위에 앉아 버려서, 이제 엉덩이살 갈 일이 밀렸단다. 엉덩이살 갈 일이! 알아듣겠니?"

커즌스 씨는 늘 자기가 한 농담에 남들보다 더 열심히 웃었으나, 조셉은 그래서 아저씨의 농담 듣기를 좋아했다. 사실, 커즌스 씨는 모든 일에 약간씩 마법을 부리는 듯했다. 조셉은 아저씨가 이동받침과 회전 칼날이 달린 기계로 햄 써는 모습을 구경하기를 좋아했다. 얇은 햄 슬라이스가 밀려 나와 아래의 포장지 위로 철썩 떨어지는 게 재미있었다.

커즌스 씨는 햄을 썬 다음 종이 아래로 손을 밀어 넣어 슬라이스를 저울에 얹었다. 실수 없이 눈금을 읽고는 눈썹을 치켜 올리며 짐짓 어이없다는 듯한 말투로, 자신의 짐작에 비해 적게 나오거나 혹은 많이 나온 것에 따라 "되게 말라깽

이 돼지였나 보네!" 아니면 "뚱뚱한 돼지였나 보다!" 하고
말했다.

그리고 어머니가 뭘 사든 간에 조셉이 같이 오면 커즌스
씨는 늘 뭔가 쥐어 주었다. 꿈틀이 젤리 봉지를 뜯어 머리
뒤를 오른손으로 단단히 잡아 하나 꺼냈다. 그러고는 왼손
에 살살 내려놓아 젤리 뱀이 손바닥 위에서 또아리를 틀게
했다. 그 다음에는 오른손을 그 위에 덮어 양손을 원을 ㄱ
리듯 비볐다. 아저씨가 과장스레 손을 펴 보이면 꼬인 뱀이
마치 진짜 살아 있는 듯이 몸을 뒤틀며 꿈틀거렸다.

조셉은 이 재주를 아무리 봐도 질리지 않았다. 아마 자기
가 해도 그만큼 해낼 수 있었겠지만 커다란 핑크색 풍선에
싱글벙글 얼굴을 그려 놓은 듯한 커즌스 씨가 아니었다면
그런 재미가 나지 않았을 것이다.

"조심해라. 요 뱀한테 물리면 평생 단것에 중독될 테니
까! 단것에 중독된다고! 알겠니? 알아듣겠어?"

그러고는 아저씨의 째지는 웃음소리가 기름칠해야 하는
조그만 모터 소리처럼 흘러나왔다.

처음으로 혼자 학교에서 돌아온 첫날 조셉은 커즌스 씨
를 보았을 때, 자기가 해냈다는 것을 알았다. 커즌스 씨에
게 이끌려 가게에 들어가 잠깐 아저씨의 수선스런 보살핌
을 받고 나자 조셉은 마지막 단계를 마칠 준비가 되었다.

커즌스 씨가 인도에서 지시와 격려의 말을 외치는 가운데, 조셉은 조심조심 길을 건너고서 아서 가를 지나 레이튼네 집 앞을 지나서, 자부심으로 뿌듯한 가슴과 라즈베리 뱀 두 마리로 불룩한 입을 하고 3번지에 입성했다.

전날의 경험이 있었기에 조셉은 훨씬 가벼운 마음과 평온한 심정으로 두 번째의 단독 하교에 나섰다. 그러나 만약 그날 오후에 펼쳐질 일을 알았더라면 조셉은 절대로 밝고 포근한 교실을 나서지 않았을 터였다.

두 번째 날 조셉은 필통을 잃어버려 하교가 약간 늦어졌다. 찾아냈을 땐 벌써 20분이 늦었기에 서둘러 학교 운동장을 나와 횡단보도에서 큰길을 건너고 얼른 애시그로브 로로 접어들었다. 집으로 가는 길이 어제처럼 아무 일 없이 지나가나 싶었을 때, 작고 반짝이는 물건이 햇빛을 붙들어 조셉의 집중력이 흐트러졌다.

크로포드 가 모퉁이와 애시그로브 로가 만나는 곳에는 새 건물을 짓고 있어, 바로 인도 옆으로 자질구레한 건축 폐기물 더미와 오래된 나무 울타리 일부, 커다란 모래더미가 놓여 있었다. 모래더미 저쪽에서 보이는 반짝거리는 것이 무슨 메달이나 동전의 일부인 듯했다.

곧장 집으로 오라는 어머니의 말을 잊은 건 아니지만, 그래도 이건 몇 초 걸리지 않을 테니까. 조셉과 미지의 보물 사이의 주된 장애물은 모래더미 가장자리를 해자처럼 둘러싸고 있는 질척한 땅이었다. 고인 물을 껑충 뛰어넘어 모래더미를 몇 걸음 가로질러, 뭔지 모르지만 그걸 집어들고 인도로 되돌아오기만 하면 된다.

조셉은 메고 있던 책가방을 조심스레 바닥에 내려놓았다. 두 걸음 작게 물러섰다가 한 걸음 크게 내딛어 축축한 모래를 가뿐히 뛰어넘었다. 하지만 오른발이 모래에 닿았을 때 조셉이 전혀 예상치 못한 일이 벌어졌다. 검은 학교 신발이 단단한 바닥이 아닌 차갑고 축축한 모래 속으로 푹 빠져 다리 대부분이 걸쭉한 죽 같은 반죽 속에 파묻혔다. 한순간 조셉은 모래늪 속으로 사라지는 줄만 알았으나, 어색하게나마 다른 발이 좀더 단단한 바닥에 착지한 덕분에 조셉의 몸은 앞으로 쏠리는 데 그쳤다.

처음의 공포가 지나가자 조셉은 발을 빼내는 데 집중하며 흙을 털어내려 애썼다. 제발 아무도 보지 않았기만을 빌었다. 재빨리 근처의 집들을 둘러보고 자기 집 쪽을 쳐다보았다. 아무도 없었다. 그러고는 학교로 향하는 길과 완만한 커브길과 세인트 주드 성당의 높은 벽돌 탑을 돌아보았다.

바로 그때 그 사람을 보았다. 먼 거리에서도 달리는 남자의 칙칙하고 남루한 형체는 분명 알아볼 수 있었다. 신호등이 바뀌기를 기다리고 있던 그 남자는 갇힌 동물처럼 안절부절 못한 채 서성이고 있었다.

조셉은 발을 빼내려 기를 썼으나 물을 머금은 무거운 모래가 무너져 내려 시멘트 같은 흡착력이 생겼다. 몸을 받치고 끌어당기려 하자 물이 찬 신발이 벗겨지는 것이 느껴졌다.

조셉은 휙 돌아보았다. 신호등이 바뀌어 달리는 남자가 길을 건너고 있었다. 이제 헝클어진 머리와 수척하고 넋 나간 얼굴이 분명하게 보였다. 조셉은 무릎을 붙잡고 몸을 뒤로 힘껏 젖혔다. 처음에는 다리가 천천히, 그러다가 불쑥 모래에서 빠져나오는 바람에 옆으로 비틀거렸다.

조셉은 발을 내려다보았다. 보이는 것이라곤 젖고 지저분해진 양말뿐. 신발은 젖은 모래 속 어딘가에 깊이 박혀버린 것이다. 자신도 모르게 낮은 울먹거림이 흘러나왔다. 달리는 남자는 애시그로브 로로 들어서서 성큼성큼 가까워오고 있었다. 이제 100미터 간격도 되지 않았다.

조셉은 허둥지둥 모래 속으로 손을 쑤셔 넣었다. 손가락으로 더듬어 신발에 손가락을 걸었지만, 신발 속에 젖은 모래가 가득 차서 아무리 힘껏 당겨 보아도 기어가듯 조금씩밖에 끌려 올라오지 않았다.

다시 한 번 조셉은 화다닥 어깨 너머를 돌아보았다. 달리는 남자가 가까워지고 있었다. 40미터, 30미터. 조셉은 이제 달리는 남자의 정신 나간 눈의 움직임까지 볼 수 있었다. 그리고 그 눈은 목표물에 조준한 미사일처럼 점점 더 조셉의 눈과 마주치는 듯했다.

조셉은 온 힘을 다해 신발을 잡아당겼다. 달리는 남자의 발소리가 들려오기 시작했고, 두려움이 바이러스처럼 온몸에 퍼져 갔다.

이제 얼마나 가까울까? 10미터? 5미터? 조셉은 차마 돌아볼 수 없었다. 지금 들리는 게 숨소리인가? 이제 얼마나 가까울까?

아무런 징조도 없이 마침내 신발이 밖으로 끌려 나오며 젖은 모래가 조셉의 얼굴과 눈에 튀었다. 조셉은 물이 뚝뚝 떨어지는 신발을 움켜쥔 채 완전히 공포에 사로잡혔다. 빙글 돌아 비틀비틀 인도로 향했다. 꺼끌꺼끌한 모래가 눈을 찔러 조셉은 눈을 꽉 감았다.

발이 단단한 인도에 닿자, 앞도 못 보는 채로 무작정 달렸으나 달리는 남자를 앞지를 수 없다는 것을 알고 있었다. 조셉은 어깨를 움츠리고 목을 앞으로 길게 뺀 채로 차갑고 미친 손이 곧 자기 목을 움켜쥐지 않을까 공포에 질렸다. 언제 그 손이 느껴질까? 언제? 언…….

그러고는 끝났다. 무엇에 부딪혔는지는 몰라도 그건 미동도 하지 않았다. 조셉은 숨을 훅 내뿜음과 동시에 고개가 뒤로 휙 젖혀졌다. 조셉은 후들거리던 다리가 완전히 꺾이기 전에 굵은 두 팔이 자신의 몸통을 감고 끌어당기는 것을 느꼈다.

"어어, 조셉! 진정해라. 괜찮아, 괜찮다. 아저씨야."

조셉은 귀에 익은 커즌스 씨의 목소리와 자신의 어깨를 단단히 감싸 안은 느낌에 안도감이 파르르 밀려왔다. 커즌스 씨의 하얀 앞치마에 얼굴을 묻고 물씬 풍겨나는 가게의 냄새를 맡자 애써 억눌러 온 흐느낌이 마침내 터져나왔다.

조셉이 웬만큼 진정되자 커즌스 씨는 조셉의 어깨를 잡아 살며시 떼어 놓았다.

"이제 괜찮냐? 자, 내 손수건 쓰렴. 너인 줄 알았다. 네가 늦는 듯해서 막 모퉁이를 내다보는 참이었거든."

조셉은 이쪽 거리와 저쪽 성당 방향을 쳐다보았다. 달리는 남자는 아무 데도 보이지 않았다.

"엉망이 되었구나. 걱정 마라, 어머니가 너무 꾸지람하지 않으시게 가게에서 좀 씻으면 되니까. 알겠지?"

조셉이 코를 훌쩍이며 작게 고개를 한 번 끄덕이자, 커즌스 씨가 좀더 밝게 말을 이어 갔다.

"그나저나 뭘 하고 있었니? 땅에 묻힌 보물이라도 파고 있었던 거니?"

조셉은 돌아서서 모래더미 저편의 작은 은빛 물체를 가

리켰다. 커즈스 씨는 그것을 골똘히 쳐다보더니 알겠다는 듯 탄성을 토했다.

"아! 그래, 보인다."

커즈스 씨는 조심조심 물웅덩이를 피해 가며 그 자리로 향했다. 쭈그리고 앉아서 손을 뻗어 모래에서 무언가를 집어 들었다. 안경을 코끝으로 내리고 그 너머로 눈을 가늘게 뜬 채 들여다보며 손바닥 위의 물체를 천천히 돌려 보았다.

"허어, 별일이구나. 오래된 성 크리스토퍼 메달이야. 여행자의 수호성인이지. 자, 가져라. 하지만 다시는 금 탐사 모험은 안 하겠다고 약속하지?"

조셉은 약속했다. 이제는 모험이 아쉽지 않았다.

커즈스 씨가 막 조셉을 계산대 뒤의 방으로 데려가 씻어 주려던 차에, 길을 건너고 있는 데이비드슨 부인이 눈에 들어왔다.

"어허. 너희 어머니 오신다. 어머니도 네가 왜 이리 늦나 궁금하셨던 게야. 그냥 야단맞아야겠구나, 조셉 꼬마야."

조셉이 다시 혼자서 집에 갈 자신감을 얻기까지는 오랜 시간이 걸렸다. 조셉은 그날 어머니에게 달리는 남자의 역할에 대해 결코 이야기하지 않았고, 커즈스 씨 또한 달리는 남자가 그날 상황의 한 요인임을 전혀 모르는 눈치였다. 다른 사람들에게는 그날 조셉이 그저 발이 모래에 빠지고 신발을 잃어버리는 바람에 어쩔 바를 모른 채 당황한 것으로 보였다.

크리스마스 때 그 이야기를 들은 아버지는 어이없어하며 고개를 내저었다.

"모래 조금 때문에 집에 혼자 오지 못할 정도로 겁을 먹었어? 원 세상에, 우리는 바닷가로 휴가 갈 생각은 아예 말아야겠구나, 그럼!"

그러고는 뒤에 생각이 났는지 조셉의 어머니에게 덧붙였다.

"당신은 애 응석을 너무 받아 줘."

조셉은 아버지의 말에 마음 상하진 않았다. 그저 커즌스 씨가 달리는 남자에게서 구해 주어 고마웠을 따름이다.

하지만 조셉은 달리는 남자에게서 벗어나진 못했다는 걸 알고 있었다. 사실 동네를 헤매는 그 기묘한 사람을 둘러싼 두려움과 수수께끼는 점점 더 깊어져 갔고, 조셉은 종종 커즌스 씨가 나타나기 전의 긴박하고 암울한 몇 초의 해답을 찾아 헤맸다. 무언가가 스쳐 갔고 뺨에 닿는 거친 천의 촉감이 기억나는 듯했다.

하지만 그게 진짜 있었던 일일까, 아니면 단지 유치한 환상일 뿐일까? 달리는 남자는 아무 신경 쓰지 않고 후다닥 지나갔을까? 모래에 파묻혀 허둥대는 작은 아이를 알아채

기나 했을까?

조셉의 뇌리에는 많은 의문이 떠올랐으나, 바다에 대한 두려움을 영원히 얼굴에 새긴 채 물에 빠져 죽은 사람처럼 한 가지 생각이 이리저리 떠돌아다녔다. 만약 커즌스 씨가 없었다면 달리는 남자가 뭘 어쨌을까? 이 대답할 수 없는 의문에서부터 어린 시절 조셉의 잠을 깨워 놓은 악몽이 생겨났다.

이제, 열네 살이 되어 아버지 말을 빌리자면 '거의 어른 다 된' 때에 그 악몽이 돌아왔다.

달리는 남자 꿈은 늘 똑같았다. 그 꿈에서 조셉은 다시 아이가 되어 길고 완만한 커브길에 홀로 있었다. 그 외에는 분명한 게 아무것도 없었다. 아마 집들과 나무 그리고 울타리가 있겠지만, 도로와 인도만이 중요했다. 조셉은 걷고 있었는데 텁텁하고 뭔가 뒤틀린 분위기가 맴돌고 있었다. 불빛은 어둑어둑하고 그림자는 짙어 갔다.

조셉은 돌아서서 저 멀리 달리는 남자를 보았다. 온 몸의 모든 세포가 '도망가!' 하고 외쳤으나 기를 쓰면 쓸수록 점점 더 느려졌다. 책가방이 어깨를 잡아당겨 무게중심이 뒤로 쏠리게 했다. 점점 더 무겁고 더 세게. 마침내 조셉은 힘겹게 책가방을 벗어 던졌으나, 달리려 하자 다리가 돌로 변하기라도 한 듯 근육에 힘이 빠지고 쥐가 났다. 그러는 내내 달리는 남자의 모습은 점점 더 커져 왔다.

이제 조셉은 마치 진한 시럽 속을 겨우겨우 나아가는 기분이었다. 발은 바닥에 달라붙어 있고 다리는 기를 쓰고 움직이느라 욱신거렸다. 마치 인도에 딱 붙어 버린 것 같았다. 모든 것이 일그러지고 뒤틀렸다.

인도는 이제 시멘트가 아니라 무거운 모래였다. 간신히 발을 질질 끌고 갔고, 한 걸음 나아가려 애쓸 때마다 모래 속으로 더 깊이 빠져들어 마침내는 거의 무릎까지 파묻혔다. 다급하게 앞으로 나아가며 손으로 지탱해 보려 했지만 모래가 무너지는 바람에 허우적거리며 더욱 대책 없이 빠져들었다.

이제 달리는 남자의 질질 끄는 발소리와 거친 헐떡거림이 들려왔다.

갑자기, 바로 앞에 오래된 성 크리스토퍼 메달이 눈에 들어왔다. 무슨 이유에서인지 조셉은 거기에 손이 닿으면 안전해질 거라 생각했으나, 손을 뻗자마자 메달은 모래 속으로 가라앉기 시작했다. 조셉은 절박한 심정으로 달려들었지만 손가락이 스쳤을 뿐 모래가 메달을 집어삼켜 버렸다. 조셉은 열심히 모래를 팠다. 더, 더. 아무것도 없었다.

달리는 남자가 바로 뒤까지 왔다. 조셉은 무력했다. 뼈가 녹아 굳어 버린 느낌. 조셉은 커다란 두 손이 바로 목 뒤까지 뻗어 온 것을 알았다. 돌아보아야 했다. 이건 꿈이야. 그냥 꿈이야. 알고는 있었으나 공포는 진짜였다. 그림자가 드리워져 조셉을 둘러쌌다. 무덤처럼 축축하고 차가웠다.

조셉은 어떻게 해야 할지 알고 있었다. 선택의 여지가 없었다. 용기를 긁어모아 조셉은 모래에서 몸을 뒤틀어 달리는 남자를 돌아보았다……. 끝났다,

그것이 톰 레이튼에 대한 어두운 인상에 사로잡힌 채 조셉이 잠든 날 밤의 일이었다. 늘 그랬듯, 조셉은 달리는 남자의 얼굴에 초점이 맞춰지기 전 악몽에서 퍼뜩 깨어났다. 조셉은 침대에서 벌떡 일어나 앉았다. 근육은 굳어 있으며 숨결은 얕고 가빴다.

한순간 조셉은 다시 아이로 돌아갔지만 흩어진 시간과 장소의 조각들이 제자리로 돌아와 맞춰지고 컴컴하지만 익숙한 자기 방의 형태와 감촉이 점차 돌아오자 마음이 놓였다.

침대 협탁 위의 시계는 새벽 2시를 가리키고 있었다. 조셉은 몸을 돌려 창밖의 레이튼네 집을 쳐다보았다. 조셉이 톰 레이튼의 방이라고 생각한 곳에는 여전히 희미한 불이 밝혀져 있었다.

조셉이 도로 누우려고 할 때 이웃집 마당에서 움직임이

눈에 들어왔다. 울타리 옆 소각로 위로 드리워진 커다란 뽕나무 뒤에 누군가가 있었다. 조셉은 기다렸다. 그 형체는 천천히 나무 앞으로 나왔다. 비록 달빛은 희미한 외곽선만 드러냈지만 조셉은 자신이 보고 있는 사람이 톰 레이튼임을 알아차렸다.

조셉은 창으로 다가갔다. 한 팔을 창틀에 얹고 손등에다 턱을 괴고 기다렸다. 톰 레이튼은 이마를 뽕나무 둥치에 기대고는 미동도 하지 않아 나무와 사람이 하나로 합해진 듯했다. 조셉은 거기에 그 사람이 진짜로 있나 싶은 생각이 들기 시작했다. 그러나 톰 레이튼은 점차 뽕나무에서 떨어져 나와 집 쪽으로 몇 걸음 나아가더니 소각로 앞에 멈춰 섰다.

그 소각로는 허리 높이의 네모난 시멘트 구조물로, 옆에는 번개 모양으로 커다랗게 금이 가 있었다. 한쪽 벽 아래쪽에는 작은 창살이 달려 있었고 다른 한 벽은 크게 부서져 나가 안쪽으로 무너져 내렸다. 그 소각로를 쓰는 광경은 한 번도 본 적이 없었다.

조셉은 톰 레이튼이 시멘트 가장자리에 손을 짚고 시커먼 소각로 중심을 응시하는 모습을 지켜보았다. 잠잠함과 어둠이 사람과 사물을 돌덩이 하나로 깎은 원시 조각처럼 한데 합쳐 놓았다.

조셉은 고개를 갸우뚱했다. 무슨 소리가 들리는 듯해 창틀로 좀더 가까이 다가갔다. 막 그러는 참에, 톰 레이튼이 고개를 휙 들더니 밤하늘을 올려다보았다. 조셉은 창가에서 떨어져 방의 안전한 어둠 속에서 지켜보았다. 거기에선 톰 레이튼의 얼굴은 긴 머리와 수염이 안쪽에 얼룩진 그림자와 알 수 없는 윤곽의 조각보에 불과했다. 톰 레이튼은 천천히 고개를 숙이기 시작했으나, 시선이 조셉의 시선 가도와 맞닥뜨렸을 때 우뚝 멈추었다. 조셉은 숨을 죽이며 자기가 보이지 않을 거라고 확신했지만, 환한 전조등 불빛에 들킨 탈주범처럼 얼어붙었다.

마침내 톰 레이튼이 돌아서서 천천히 잔디를 가로질러 뒷계단을 올라 어두운 문 안으로 물러갔다. 찰칵 하고 문 닫히는 소리가 나고 톰 레이튼의 방에서 흘러나오는 불빛이 어둠에 묻히고 나서야 조셉은 긴장을 풀고 숨을 내쉬었다. 조셉은 그날 밤 두 번째로 수수께끼의 이웃 생각으로 머리가 복잡한 채 침대에 벌렁 누웠다.

이해할 수 없는 것도 많고 혼란스러운 것도 많지만, 한 가지만은 확실했다. 누구든, 설령 캐롤라인이 설득한다 해도 톰 레이튼을 초상화 모델로 삼지는 않을 테다. 단 한 차례라도.

내일 캐롤라인에게 얘기해야지.

4장

다음 날 아침 늦잠을 잔 조셉은 소리 죽인 목소리에 깨어났다. 창밖을 내다보니 어머니가 울타리 너머로 캐롤라인 레이튼과 대화 중이었다. 공손하지만 심란해하는 어머니 표정으로 톰 레이튼과 초상화가 화제임을 알 수 있었다. 조셉은 어머니가 어젯밤 내린 결론을 알면 안심하리라고 확신했다.

옷을 갈아입고 침대를 정리하는 동안 조셉은 어머니가 뒷문으로 들어와 몇 가지 장 본 물건을 식탁에 내려놓는 소리를 들었다. 어머니의 마음을 안심시키려고 방을 나서려고 할 때 마섭 아주머니의 새된 목소리가 들려 그냥 방에 남았다.

"나예요. 차나 한잔 할까 하고. 그거 정리하는 동안 내가 물을 올릴까요?"

데이비드슨 부인의 목소리는 그만하면 밝았으나 약간 당혹한 듯이 들렸다.

"아, 네, 그래요. 그러면 좋겠네요."

"캐롤라인 레이튼하고 이야기하는 걸 봤어요. 그렇게 수다스런 사람이 아닌데. 나쁜 일은 아니겠죠?"

조셉은 얼어붙었다. 마섭 아주머니 눈에 띄지 않는 동네일은 거의 없다시피해 보였다. 마섭 아주머니는 마르고 꼿꼿한 자세와 단정하고 격식 차린 매무새가 영락없이 황새를 연상시켰다.

한번은 긴 부리에다 날카로운 이목구비를 강조하는 식으로 마섭 아주머니의 캐리커처를 그린 적도 있었다. 어머니는 그 그림을 잔인한 짓이라며 좋아하지 않았으나, 아버지는 그저 웃음을 터트리고는 맛난 소문거리를 찾아 아무데나 부리를 쑤셔 넣는 마섭 아주머니와 꼭 닮았다고 했다.

조셉은 벽에 머리를 기댔다. '아, 제발, 톰 레이튼에 관해서 아무 말 말았으면' 하고 내심 빌었다. 그 다음 들린 것은 어머니 목소리였다.

"아뇨. 그런 건 아니에요. 사실 좀 이상했죠."

"이상해?"

조셉은 움츠러들었다. 너무 늦었다. 이제 양순한 황새가 아니라 매처럼, 풀숲의 움직임을 감지한 듯 마섭 아주머니의 눈이 커다래진 모습이 훤했다. 이런 맛있는 먹이를 아주머니가 절대 놓칠 리 없다는 걸 조섭은 알고 있었다.

"아, 정말 별거 아니에요. 그냥 제안일 뿐이죠."

"제안? 캐롤라인이 제안할 게 뭐가 있어서? 남들과 얘기도 거의 안 하는 사람이 제안이라! 뭔지는 몰라도 언짢은 일이었나 보네……"

"아뇨. 그런 말씀 마세요. 언짢기는요. 그저 조금 놀랐을 뿐이에요."

"캐롤라인이 마음 상하게 했으면 내게 알려 줘요. 그럼 내가 가서 한소리 할 테니까."

"저기, 아니, 그런 일 아니에요. 정말로."

"음…… 괜히 참견하려는 건 아니지만, 혹시 캐롤라인이 나에 대해 뭔가 말했다면 나도 알 권리가 있지요."

"아뇨, 아주머니와는 아무 관련 없어요……. 정말로."

마섭 아주머니는 로라 데이비드슨의 얼굴을 세심히 살펴본 후 아무런 거짓이 없다고 만족한 듯했다. 마침내 누그러졌다.

"그래도, 캐롤라인이라면 그러고도 남겠지 싶어요. 그 집에서 이상한 사람은 그 오빠 하나만이 아니니."

"사실은 그게 캐롤라인이 얘기하고 싶어 한 일이었어요."

열심히 차를 젓던 챙챙 소리가 뚝 그치자 로라 데이비드슨은 자신이 지금 무슨 짓을 저질렀는지 깨달았다. 마섭 아주머니는 티스푼을 조심스레 싱크대에 넣었다. 돌아섰을 때, 그녀의 얼굴은 기대감으로 빛났다.

"오빠? 톰 레이튼? 캐롤라인이 톰 레이튼에 대해 얘기했어요?"

조셉은 침대에 털썩 주저앉아 손에 얼굴을 묻었다. 마섭 아주머니가 사냥감을 발견하고 포획에 나섰다.

"아무것도 아니었어요, 정말로. 그렇게 중요한 일 아니에요. 그저 조셉이 캐롤라인과 얘기했던 학교 숙제로 그 오빠를 그리는 일에 대해서였어요."

"조셉이 톰 레이튼을 그린다고!"

로라 데이비드슨은 마치 자신이 들판으로 몰이당하고, 마섭 아주머니가 덮치려 드는 기분이었다.

"그저 생각해 본 것뿐……."

"로라, 최대한 딱 잘라서 안 된다고 말했기를 원해요. 원 세상에!"

"된다고도 안 된다고도 안 했어요. 그저 제안이니까. 아마 그렇게 될 일도 없을 거예요. 그냥 얘기만 한 건데요 뭐. 애초에 말을 꺼내지 말 걸 그랬네요."

제랄딘 마섭은 정색하여 젊은 이웃을 쳐다보며 조셉이

귀를 쫑긋 세우게 만드는 낮은 목소리로, 흔들림 없는 단호함을 담아 말했다.

"로라, 때론 날 어리석은 참견쟁이 노인네로 여길지 모르지만, 나는 한두 가지 아는 바가 있고 지금 내가 아는 일을 이야기하고 있는 거예요. 캐롤라인 레이튼에 대해서는 확신할 수가 없고 비록 우리가 가까이 지낸 적은 없지만, 전에 말했다시피 그 여자 오빠는 뿌리까지 고약한 사람이라니까."

"왜요, 어리석은 헛소문 몇 가지하고, 그 사람이 은둔해서 살기 때문에요?"

"아니, 헛소문이 아니에요, 로라, 사실이지. 그 사람은 교사 공부를 했어요, 오래 전에. 그럼 왜 지금은 가르치질 않을까? 내 그 이유를 말해 주지, 쫓겨났기 때문이에요. 1년도 못 되어서. 그리고 이제 여동생이 오빠를 세상으로부터 숨기고 있지요. 보면 뻔하지 뭘, 안 그러우?"

"얘기는 들었지만, 그중 진짜인 게 있기나 한지 어떻게 확신하겠어요? 사람들은 소문 퍼뜨리고 남들을 나쁘게 생각하기를 좋아하잖아요."

로라는 자신의 말실수에 덜컥해서 얼른 입을 다물었다.

마섭 아주머니는 잠시 조용했으나 입을 연 그녀의 목소리엔 차가운 날이 서려 있었다.

"그리고 어떤 사람들은 진실을 두려워하고 현실로부터 도망쳐 숨지요. 알 만한 사람들, 믿을 만한 사람들로부터 알아낸 바에 따르면, 톰 레이튼의 교직 생활은 겨우 몇 달이었대요. 공식적으로는 사표를 낸 걸로 되어 있지만 선택의 여지가 없었다는 걸 다들 알죠."

"하지만 그게 무슨 증명이라도 되나요?"

로라는 확신이 흔들리면서도 물었다.

"세상에선 종종 일을 쉬쉬 하고 숨긴다는 증명이 되겠죠. 제정신인 부모라면 그 남자를 자기 아이 근처에 얼씬도 못하게 해야 한다는 증명이 되겠고. 둘만 같이 두는 것은 말할 것도 없고요."

"하지만 캐롤라인은 자기가 늘 곁에 같이 있겠다고 얘기했어요."

조셉이 그 얘기를 들은 것은 두 번째였고 이번에는 훨씬더 안심이 되지 않았다.

"캐롤라인이 내내 지켜볼 거라 믿을 수 있어요? 사랑하는 오빠잖아요. 오빠가 변했다고 믿고 싶겠죠. 하지만 사람들은 변하지 않아요, 그런 부류는. 누군가 경계심을 풀기를 기다렸다가 슬금슬금 기어 나와 공격하죠."

조셉은 어머니가 어떤 심정일지 알았다. 마섭 아주머니의 편협한 견해에 동의하고 싶은 마음은 추호도 없을 터였다. 그러나 한편으로는 이 경우엔 진실이 마섭 아주머니의 말대로 추악할지도 몰라 두려워하고 있었다. 어느 쪽이든 어머니는 캐롤라인 레이튼의 제안을 거절하게끔 조섭을 도와줄 듯했다.

하지만 그때 마섭 아주머니가 조섭의 삶을 전혀 예상치 못한 방향으로 틀어버릴 말을 했다.

"어쨌든, 왜 우리가 티격태격하고 있나 모르겠군요. 조섭이 응할 턱이 없는데. 워낙 소심한 아이니 톰 레이튼과 한 방에 단둘이 있기를 자청할 리가 없죠."

어머니의 간결한 대답은 더 깊은 상처로 남았다.

"네, 그 말씀이 옳아요."

모두들 조섭이 너무 조용하다거나 수줍음을 탄다면서, 아버지가 집을 비워서 혹은 어머니가 '싸고돌아서' 그렇다고 했다. 입을 봉하기라도 했냐고 그랬다. 조섭은 그게 싫었다. 그럴수록 자신감은 더욱더 없어지고 혼자만의 조용한 세계로 빠져들었다.

그리고 이제 마섭 아주머니와 어머니는 조섭이 톰 레이튼을 대면하기엔 지나치게 소심하고, 겁이 많고, 약해 빠졌다고 확신하고 있었다.

자신이 뭘 하려는지 스스로도 제대로 알지 못한 채, 조섭은 방을 나가 모퉁이를 돌아 부엌으로 들어갔다.

"어, 안녕하세요, 마섭 아주머니."

"안녕, 조셉……."

마섭 아주머니가 말을 채 맺기도 전에, 조셉은 이렇게 말하고 있었다.

"엄마, 캐롤라인 레이튼 아주머니가 내가 학교 숙제로 해야 하는 초상화 얘기 했어?"

"그래, 했지."

어머니가 머뭇거리며 대답했다.

"너한테 자기 오빠를 그리면 어떻겠냐고 했다면서. 솔직히 좀 놀랐다."

"나도."

"캐롤라인에게 뭐라고 했니?"

"별로…… 생각해 보겠다고 했지."

"하지만 안 할 거지, 조셉?"

마섭 아주머니가 자제하지 못하고 끼어들었다.

"설마 고려할 리가 없……."

그때서야 조셉은 자신이 무슨 말을 하려는지 알았다. 식탁 위의 식료품 더미에서 사과 하나를 집어, 한입 와삭 깨물고는 가능한 한 태연하게 "그럴까 봐요"라고 대답하고는 설렁설렁 부엌을 나와 뒷계단을 내려갔다. 뒤에 남은 어머니와 마섭 아주머니는 놀라 말문을 잃은 채 눈이 휘둥그레졌다.

조셉은 묘한 승리감과 후회가 뒤섞인 채 집을 나섰다. 어디로 갈지 딱히 별 생각 없었으나, 결국은 마당 뒤편 커다란 망고나무 아래 나무 격자로 오게 되었다. 방금 벌어진 일을 되돌아보려면 혼자만의 시간이 필요했다.

머리 위 널찍하니 편안한 망고나무 가지에 눈길이 갔다. 조셉이 어렸을 때 제일 좋아하던 장소였다. 저 크고 포근한 나뭇가지 사이로 기어올라 짙은 녹색 잎에 둘러싸였던 것도 몇 년은 되었다.

나무 격자 사이의 공간은 이제 수월한 발받침이 되어 주지 못해 그의 몸무게에 격자 전체가 불안정하게 흔들거렸다. 그래도 조셉은 냉큼 아래 가지로 올라가 서늘한 나무 중심부로 몸을 끌어 올렸다. 안에는 짙은 바깥쪽 잎새들로 놀랄 만큼 탁 트인 공간이 만들어져 있었고, 여기저기 단단하고 매끄러운 나뭇가지가 엇갈렸다.

조셉은 가지 위에 편하게 자리를 잡은 후 둥치에 기댔다. 밖의 세상은 더 이상 존재하지 않는 듯했다. 조셉은 어렸을 때 망고나무 안에서 놀며, 자신이 정글 은신처에 숨은 타잔이라고 상상하곤 했다. 때로는 항해하는 배의 삭구(돛, 돛대, 로프를 통틀어 이르는 말) 속 해적이 되어 제일 위 가지로 기어올라가 고개를 나뭇잎 사이로 내밀고 돛대 위 망대에 있다고 여겼다.

저 높이 조각조각 이어진 나뭇잎 천장이 성당처럼 아치를 그렸다. 조셉은 일어나서 굵은 나무 둥치를 타고 올랐다. 손과 발을 지탱할 만한 튼튼한 나뭇가지는 넉넉했기에 늘 그랬듯이 올라가기가 쉬웠다. 허나 나무 꼭대기에 가까워지자, 가지가 가늘어져 조셉은 시험 삼아 몇 군데 디디보고 나서야 마침내 가지 하나에 온 몸의 체중을 싣고 몸을 끌어 올려 듬성듬성한 나뭇잎 위 햇살 속으로 나왔다.

바로 앞에 자신의 집이 있었고 옆 창문을 통해 부엌 스토브 너머 마섭 아주머니가 식탁에 앉아 언제나처럼 이야기하고 있는 모습을 간신히 알아볼 수 있었다. 조셉은 톰 레이튼을 그리겠다고 선언했을 때 아주머니의 표정을 떠올리며 미소 지었다. 조셉이 머리를 한 바퀴 빙글 돌렸다 한들 더한 반응은 얻어 내지 못했을 터였다.

지붕 선 너머로 이웃집들이 펼쳐지고 그 주위를 나지막한 회녹색 언덕이 감싸 안은 팔처럼 둘러싸고 있었다. 모든 것이 낯익고 안전해 보였다. 하지만 몸을 좀더 왼쪽으로 돌리고 지붕 너머 레이튼 집을 쳐다보니 그 기분은 한순간에 사라졌다. 갑자기 세상이 위협적으로 바싹 다가서는 듯했다.

왜 톰 레이튼을 그리겠다고 했을까? 그냥 마음 바꾸면 안 될까? 그게 마섭 아주머니가 기대하는 바 아닐까?

무슨 움직임에 조셉의 시선은 다시 레이튼 집으로 향했다. 뒷문이 열려 있고 캐롤라인 레이튼이 복도 안쪽, 어느 방문 가까이에 있었다. 그녀는 누군가 안에 있는 사람에게 짧게 말한 후 돌아서서 그늘 속으로 사라졌다.

잠시 후 키 큰 형체가 방을 나와 복도를 서성였다. 톰 레이튼이 뒷문으로 한두 걸음 나아가다가 바로 앞에 멈춰 섰다. 그는 한 손에 든 머그잔을 이따금씩 홀짝이며 뒷마당을 내다보았다.

이 거리에서 많은 세세한 점을 알아보기는 불가능했지만 조셉은 머리 길이를 제외한 톰 레이튼의 평범함에 매우 놀랐다. 조셉은 어쩌면 자신의 모든 걱정이 괜한 것이었는지도, 톰 레이튼을 그리는 게 그렇게 나쁘지 않을지도 모른다는 생각이 들었다. 안도감을 느끼며 좀더 잘 보기 위해 몸을 더 끌어 올리려 애썼다.

그때 가지가 뚝 부러지고 갑자기 몸이 확 떨어져 조셉은 전기에라도 감전된 듯 심장이 덜컹했다. 미끄러지면서 발목과 정강이가 거칠거칠한 가지에 긁히고 무릎은 나무둥치에 부딪혔다. 다행히도 양손으로 든든한 나뭇가지를 조임쇠처럼 붙들어 몸을 지탱할 수 있었다.

조섭은 여전히 몸을 떨면서 굵은 가지로 옮겨 갔다. 긁힌 발목과 정강이에서는 새빨간 핏줄기가 다리로 흘러내리기 시작했다. 피 한 방울이 발꿈치에서 흘러내려 저 아래 땅바닥의 낙엽 위로 소리없이 떨어졌다.

그의 주위로는 망고나무가 조롱하는 듯한 침묵 속에 우뚝 서 있었다.

5장

다음 토요일 조셉은 레이튼네 넓은 뒷마당을 천천히 가로질러 오래된 목조 집으로 향하고 있었다. 지난주의 광경이 잘못 편집한 영상 화면처럼 뇌리를 스쳐 갔다. 마섭 아주머니의 못마땅한 찌푸림, 어머니의 채 감추지 못한 불안, 캐롤라인의 고마워하는 미소가 착착 자리를 찾아갔다. 그와 함께 자신의 커져 가는 두려움도.

일주일 내내 학교에서는 오늘 이 순간만을 생각했다. 이문제가 도무지 조셉을 가만 내버려 두지 않고 시비 거는 악동처럼 맴돌았으며, 피할 수 없으며, 두려웠고, 조셉이 가는 곳마다, 하는 일마다 그 그림자를 드리웠다. 조셉의 모든 일상이 정지 상태로 들어간 듯했다.

이 만남이 끝날 때까지는 그 무엇도 다시 시작되지 않을 것이다. 그러고 나면 뒷계단을 걸어 내려와 같은 잔디밭을 가로질러 다시금 안전한 자기 집 마당에 들어설 수 있을 것이다. 그러나 그게 곧 지난 일이 될 수 있다는 것은, 과거로 사라지고 다시는 접할 일이 없으리라는 것은 거의 불가능하고 비현실적으로 여겨졌다.

지난 한 주 몇 번이나 레이튼 집에서 걸어 나오는 순간을 상상했던가? 얼마나 가벼운 기분일까, 웃으면서 달려 나오고 싶은 마음을 얼마나 억눌러야 할까. 조셉은 그 순간을 갈망했다.

하지만 지금 그렇듯, 직면해 있는 견고하고 덤덤한 현실에 부딪혀 조셉은 들뜬 몽상에서 추락하곤 했다. 그 현실은 여전히 거기 있었다. 여전히 마쳐야 하는 일이었고, 비록 이성으로는 한 시간 정도면 끝나겠지 해도, 그렇게 생각해도 전혀 위안이 되지 않았다.

진짜 의문은, 애초에 자신이 왜 여기, 절대 있고 싶지 않은 곳에 있느냐는 것이다. 조셉은 캐롤라인을 좋아했으나, 캐롤라인을 기쁘게 해주는 일이라 해도 이걸 수락할 이유로는 부족했다. 그리고 어머니는 조셉이 거절했다면 반색했을 것이다. 하지만 조셉은 남을 탓할 여지라고는 없는 사형수처럼 지금 여기 있었다.

'워낙 소심한 애', 마섭 아주머니의 이 말은 조셉에게는

지울 수 없는 쓰디쓴 기억이었다. 아주머니에게, 그리고 세상 모든 사람들에게 맞받아치고 싶었다. 그게 유치하다는 것을, 톰 레이튼과 직접 마주하는 것만이 유일한 방법임을 알면서도.

레이튼네 뒷문 계단에 다다른 조셉은 잠시 망설이다가 바랜 청동 초인종을 돌렸다. 납작한 딸랑이 고리가 울렸다. 조셉은 스케치북과 연필을 이 손에서 저 손으로 초조하게 옮기며 기다렸다.

문이 열리고 캐롤라인이 환한 미소로 맞이했다.

"조셉. 제시간에 왔구나! 들어와. 도구랑 필요한 건 다 있고? 명화 그릴 준비 되었어?"

조셉은 미소 지으며 고개를 끄덕였다. 긴장해 있는 캐롤라인은 느긋하게 보이려 애쓰고 있었다.

"들어와서 준비하자꾸나."

둘은 작은 복도를 따라 왼쪽의 부엌을 지나고, 문간을 통과하여 거실로 들어섰다. 지나는 길에 조셉은 오른쪽의 닫힌 문을 의식했다. 그게 톰 레이튼의 방이라는 걸 알고 있었다.

"뭐 먹을 것 좀 줄까? 아니면 주스?"

"아니에요, 괜찮아요."

"됐어? 뭐 가져다줄 거 없고? 음, 앉으면 시작하자꾸나,

응?"

캐롤라인의 억지 미소는 거의 일그러져 있고 다소 당황하고 초조해 보였다. 자신이 서두르지 않으면 조셉이 도망갈까 걱정하는 듯했다. 캐롤라인이 방을 나서려 몸을 돌렸을 때, 조셉은 그녀의 이마에 잡힌 주름을 본 듯했다. 조셉은 복도를 걸어가는 캐롤라인을 지켜보았다. 그녀는 오빠 방 앞을 지나며 잠시 주저하더니, 조셉의 짐작에 부엌으로 향했다.

조셉이 오래된 안락의자의 커다란 쿠션에 어색하게 파묻히자 스프링이 끼익 소리를 냈다. 다시 의자의 단단한 가장자리로 당겨 앉아 그림 도구를 탁자에 놓았다. 부엌에서 움직이는 소리가 들렸다. 캐롤라인은 오렌지 주스 한 잔과 크림 비스킷을 가져다 놓아 주며 말했다.

"괜찮다고 한 건 알아, 그러니까 배 안 고프면 그냥 두렴, 하지만 혹시나 싶어서. 응?"

조셉은 웅얼거리듯 "고맙습니다"라고 인사하며 뭔가 할 일이 있다는 데 반가워 비스킷을 하나 집고 주스를 한 모금 마셨다.

"잘됐다. 그래, 금방 올게."

캐롤라인은 말은 그렇게 했으나, 그냥 그 자리에 선 채 마치 뭘 해야 좋을지 모르겠다는 듯이 조셉을 쳐다보고 있었다. 그러고는 두 번째로 방을 나섰다.

조셉이 앉은 자리에서 몸을 살짝 젖히면 톰 레이튼의 방 입구가 보였다. 캐롤라인은 이제 닫힌 문 앞에 서 있었다. 고개를 앞으로 숙여 거의 문틀에 대고 있는 것이다. 귀를 기울이고 있는 듯했다. 이쪽으로 등을 돌린 자세였는데 조셉은 그녀를 엿보는 데 일말의 죄책감을 느꼈다. 캐롤라인은 오른손으로 가만히 노크하는 동시에 문을 열고 안으로 들어가선 문을 닫았다.

방에서 소리가 들려왔으나 조셉은 한 단어도 알아들을 수 없었다. 긴 침묵이 따르고 조셉의 시선은 톰 레이튼의 방의 변색된 구리 문 손잡이에 쏠려 있었다. 조셉은 자신도 모르게 유리잔을 꼬옥 움켜쥐고 있었다. 잠시 뒤 목소리가 다시 시작되었는데 이번에는 소리가 조금 더 컸다.

캐롤라인의 말이 드문드문 들렸다.

"지금 여기에…… 그냥 해주면 안 돼? 날 위해서……?"

다른 목소리는 더 굵고 덜 분명했다. 조셉은 가슴이 덜컹 내려앉는 기분이었다. 뭔가 잘못되었다. 이야기가 너무 길었다. 낮은 목소리가 다시 한 번 닫힌 문 뒤에서 울려 나왔다. 차갑고 단호했다.

조셉의 뇌리에 불편한 생각이 떠올랐다. 혹시 이 만남을 원하지 않는 사람이 또 달리 있는 게 아닐까 싶었다. 그러

니까 자신처럼, 이게 그냥 모두 없던 일이 되어 버리기를
바라는 사람이.

일주일 내내 조셉은 톰 레이튼을 그리는 일을 어머니, 캐
롤라인, 그리고 마섭 아주머니가 어떻게 생각할까 고민해
왔으나, 톰 레이튼 본인에 대해선 전혀 생각해 보지 않았
다. 톰 레이튼은 어떻게 생각할까?

그것에 대해 곰곰 생각하고 있던 조셉은 다른 방의 목소
리가 조용해졌음을 깨달았다. 한순간 도망쳐 버릴까 하는
생각이 떠올랐으나, 유치하고 바보스러워 그만두었다.

어차피 너무 늦었다. 복도 저편에서, 오래된 구리 문 손
잡이가 철컥 대고 끼익거렸고, 천천히 돌아가기 시작했다.

조셉은 문이 반쯤 열리고 멈추는 동안 꼼짝 않고 앉아 있
었다. 캐롤라인이 복도로 나와 잠시 방 안을 돌아보았다.
귀 뒤로 머리칼을 넘기고, 눈을 내리깔고는 숨을 깊이 들이
쉬곤 천천히 문을 닫았다. 뺨이 붉그락푸르락했다.

거실로 돌아와 조셉 옆에 선 그녀는 지치고 좌절한 모습
이었다. 여러 번 녹다운당해 이제는 계속 서 있어야 할지
회의에 젖은 권투선수처럼.

"조셉, 저기…… 미안해."

캐롤라인은 어깨를 약간 움츠리며 마치 그 말을 하느라

남아 있는 얼마 안 되는 힘마저 다 빠진 듯 손끝으로 이마를 문질렀다. 그녀는 말을 이으며 답답함에 고개를 설레설레 저었다.

"네가 그림 도구도 다 가져왔는데 이제 와서……."

캐롤라인은 한 번 더 주저하더니 말을 쏟아 냈다.

"그냥 우리 오빠가 오늘 그럴 상태가 아니라서. 약간 기운이 없네. 그냥 내버려 두면 나아질지도. 네 초상화 대상으로는 다른 사람을 찾아야 할지도 모르겠다. 정말 미안해. 시간만 낭비하게 했구나. 미안하다."

다른 때였다면 그 말에 조셉은 거의 기뻐 펄쩍 뛰었을 터였다. 하지만 그 순간에는 그건 단지 배경 소음에 불과했다. 조셉의 모든 신경은 머뭇거리는 그림자처럼 캐롤라인을 따라와 거실 문가에 서 있는 키 크고 말 없는 형체에 고정되어 있었기 때문이다.

캐롤라인은 사과의 말을 계속하려던 차에 고개를 들고 눈앞의 소년이 자기 어깨 너머 어딘가를 응시하고 있음을 알아차렸다. 얼른 몸을 돌려 오빠의 얼굴을 가만히 쳐다보며, 마치 예측할 수 없는 동물을 다루듯 차분하게 말했다.

"조셉. 이쪽은 우리 오빠 톰이란다."

캐롤라인의 목소리는 유치원 선생이 그렇듯이 묘하게 노래하는 어조였다. 잠시 기다렸다 말을 이었다.

"톰. 이쪽은 옆집 사는 조셉 데이비드슨이야."

조셉은 겨우 미소 지으며 인사하려 했으나, 알아들을 만한 말이라기보다는 컥컥대는 소리에 가깝게 나왔다. 톰 레이튼은 꼼짝 않은 채였다. 눈만이 조셉에게로 향했다가, 잠시 주저하고는 얼른 돌렸다.

조셉이 톰과의 첫 대면을 회상할 때면 가장 또렷하게 떠오르는 것은 늘 그 눈이었다. 빛나는 생기나 혹은 강렬한 색 때문이 아니라, 오히려 그 둘 다 없었기 때문이다. 만약 조셉이 그런 걸 알아차리는 사람이었다면 톰 레이튼의 눈이 짙은 금색 점이 흩뿌려진 어두운 녹색이라는 걸 알아봤겠지만 그 눈은 어둠에 집어삼켜져 식어 버린 불길의 흐릿한 잔재로만 보였다.

방 안의 어색한 긴장감에 짓눌려 조셉에게는 톰 레이튼의 얼핏 희미한 인상만이 눈에 들어왔을 뿐이었다. 헐렁하고 짙은 옷, 커다란 손과 단단한 팔뚝 그리고 모래색 머리칼과 턱수염에 둘러싸인 불그스레한 얼굴.

마침내 오빠가 입을 열지 않으리라는 것을 깨달을 만큼 무거운 침묵이 길게 이어지자, 캐롤라인은 마치 누가 화면 일시멈춤 버튼을 해지하기라도 한 듯 퍼뜩 행동에 나섰다.

"어, 시작하고 싶겠구나. 멀거니 서서 시간 낭비할 거 없겠지. 응? 여기가 작업하기에 좋은 방일 거 같아. 채광이 꽤

찮다면 좋겠는데. 어떻니, 조셉? 안 괜찮으면 말해. 뭐니뭐
니해도 화가는 너니까."

"아뇨, 괜찮아요."

조셉은 간신히 웅얼거렸다.

"그럼 여기 괜찮겠어? 정말? 톰이 여기 앉으면 어떨까?
그럼 되겠니?"

조셉이 고개를 끄덕이자 캐롤라인은 그의 맞은편 안락의
자 팔걸이를 툭툭 쳐서 신호했다.

"톰 오빠? 여기 앉을래?"

캐롤라인의 목소리에 긴장이 한 가닥 실려 있었다. 톰 레
이튼은 위성 중계로 인해 시간차가 나는 화면 속 사람처럼
얼어붙은 채 서 있었다. 아예 반응하지 않을 줄만 알았던
그는 곧 동생을 향해 깜박깜박 눈을 들더니 의자에 앉았다.

"음, 그럼 둘이 작업하도록 해줄게. 난 다리미질할 게 있
지만, 혹시 뭐든 필요하면 말해, 아니라면 난 되도록 방해
하지 않을 테니까."

캐롤라인은 연결된 작은 식당에 놓인 다리미판 앞으로
가서는 식탁에 쌓인 옷더미를 뒤지기 시작했다. 바지런히
손을 놀리기는 했지만 두 사람이 있는 곳으로 자주 허둥지
둥 눈길을 던졌다.

조셉은 고개를 숙인 채 연필을 정리하고 스케치북의 깨

끗한 페이지를 준비하는 데 집중했다. 손이 둔하고 서툴러 간단하기 짝이 없는 일조차 못하는 기분. 조셉은 연필을 더 듬거리고 스케치북을 어색하게 무릎 위에 올렸다가 실수로 페이지 사이에 들어가는 기름종이를 찢어 먹고 말았다. 그러는 내내 어둡고 무감각해 보이는 눈이 자신의 초조함을 관찰하고 있다는 것을 의식했다.

마침내 연필을 골라 깎고 나자, 그리기 말고는 할 일이 없었다. 하지만 그러기 위해서는 겨우 1미터 앞에 앉아 있는 남자의 얼굴을 들여다봐야 한다는 것을 조셉은 알고 있었다.

갑자기 학교에서 말하기 시험을 봐야 할 때와 같은 두려움에 휩싸였다. 아무리 애를 써도 고개를 들어 그 두려운 수많은 얼굴의 장벽을 마주할 수 없었다.

하지만 여기선 도망칠 구석이 없었다. 톰 레이튼을 그리러 왔고, 쳐다보지 않고서는 달리 방법이 없었다. 백지 위에 손을 올리고 조셉은 억지로 눈을 들었다. 마주 보는 어두운 눈길은 없었다.

톰 레이튼은 조셉이 자기 얼굴을 봐야 한다는 걸 아는 듯 고개를 들고는 있었으나, 눈은 카펫에 고정한 채였다. 안락의자에 뻣뻣하고 어색하게 앉아 있었다. 유일한 움직임이라곤 이따금 가볍게 수염을 어루만지고 도로 무릎으로 내려오는 손뿐이었다. 비록 앞의 남자가 50대이리라는 건 알고 있었지만, 그 순간 조셉은 어린 소년을 떠올렸다 — 자기처럼 자신 없고 어색한 기분이며 그걸 아무도 알아채지 못하기를 바라는 아이.

처음으로 조셉은 톰 레이튼을 정말로 관찰할 기회를 얻었다. 그의 부상과 흉한 장애에 대해 온갖 소문을 들은 터라, 톰 레이튼의 얼굴이 비록 소통을 거부하고 있다고는 해도 강인하고 매력적인 것에 꽤나 충격을 받았다. 한때는 잘생긴 얼굴이었을 테고 어쩌면 지금도 그렇겠지만, 세상 못 볼 꼴을 너무 많이 봐서 이제는 더 이상 보고 싶지 않은 사람처럼 보였다.

조셉은 대상을 좀더 찬찬히 쳐다보았다. 톰 레이튼의 긴 머리카락은 모래색으로 곱슬곱슬 귀 위를 덮었다. 무성한 턱수염은 입 아래가 약간 희끗희끗했으나 그 외에는 홍차색처럼 불그스레한 얼룩이 보였다. 눈 아래 살집이 작은 반원형으로 늘어져 여동생보다 눈이 작고 가늘어 보였으며, 안색은 약간 붉은 기가 돌았다.

조셉이 한창 관찰에 빠져 있을 때 톰 레이튼이 돌연 고개를 들었다. 한순간 남자와 소년의 눈길이 얽혔고 둘은 황급히, 톰 레이튼은 바랜 카펫의 아까 그 자리로, 조셉은 스케치북으로 눈을 떨구고는 연필로 종이 위에 대충 끄적였다.

조셉은 톰 레이튼을 그리기 시작했으나 머릿속으로는 계속 그 짧은 첫 마주침을 생각하고 있었다. 톰 레이튼의 어두운 동굴 같은 눈을 들여다보자, 순간 감정의 번뜩임이 확 일어났다가 차가움과 그늘에 묻혀 버렸다.

만약 조셉이 본 것이 증오나 분노의 불길이었거나 혹은 뭐라 부를 수 없는 이글거리는 악이었다면, 최소한 마음의 대비는 좀더 되었을 터였다. 하지만 그게 아니었다. 톰 레이튼의 눈에는 두려움이 서려 있었고, 그 앞에서 안절부절 못하던 조셉은 그 원인이 자신임을 깨닫고는 놀랐다.

첫 스케치의 나머지 시간은 별일 없이 흘러갔다. 나중에 조셉이 떠올린 것은 주로 소리였다. 빳빳한 흰 종이 위의 사각사각 연필 소리, 캐롤라인의 증기다리미에서 나는 물 출렁이는 소리와 이따금 조셉 앞의 남자가 불편하게 몸을 뒤척이는 소리.

드문드문 캐롤라인이 별 의미 없는 질문을 해왔으나, 조셉이 더듬거리며 겨우 몇 단어 대답하고 나면 방 안은 다시 쥐 죽은 듯한 침묵 속으로 빠져들었다. 그날 오후 톰 레이튼은 어떤 경우에도 입을 열지 않았고, 이어 나가려 애쓰는 대화에도 아무런 반응을 보이지 않았다. 조셉은 그간 내내 계속 그림을 그렸지만, 흥미나 열정에서가 아니라 그저 갈 때까지 조금이나마 편하게 보내기 위해서였다.

한 시간 정도 지나 톰 레이튼의 러프 스케치 네 장을 마친 조셉은 다섯 장째를 시작하고픈 마음이 들지 않았다. 톰 레이튼은 한 자세만 고수하고 있어서 매우 까다로운 대상이었지만 그렇다고 좀 움직여 달라고 부탁할 생각은 전혀 없었다. 또한 눈을 피하고 있어 개성을 잡아내기가 어려워서 조셉은 그저 얼굴 형태와 윤곽만 가능한 한 잘 잡으려 했다.

하지만 그조차 반쯤 건성으로 끝났는데, 조셉이 그저 끝내고 가도 될 만큼의 분량을 그려내는 데 관심이 있었기 때문이다.

조셉은 캐롤라인에게 이제 가야 할 시간이라는 눈치를 주기 위해 여러 장의 스케치를 부스럭대며 여기저기 사소한 수정을 가했다.

마침내 캐롤라인이 밝게 물었다.

"다 끝났어?"

조셉이 고개를 끄덕였다.

"내가 좀 봐도 되겠니?"

캐롤라인이 거실로 들어와 조셉의 어깨 너머로 연필 러프 스케치를 넘겨다 보았다.

"와, 아주 잘 그렸네. 굉장하구나, 조셉. 잘했어."

하지만 조셉은 딱히 잘 그린 그림이 아니라는 걸 알고 있었기 때문에 캐롤라인의 말은 공허하고 실망이 묻어난 듯이 들렸다.

"그냥 러프 스케치예요. 구상을 잡기 위한."

"그래, 알아, 하지만 닮게 그렸는걸. 어떻게 생각해, 톰?"

그 말을 하며 캐롤라인은 스케치 한 장을 오빠에게 내밀었다.

톰 레이튼은 꼼짝 않고 있어 스케치는 위협하듯 공중에 뜬 채로 있었다. 그러다가 그가 천천히 눈을 들어 거친 초상화를 마치 숨겨진 의미라도 찾는 듯 응시했다.

"아주 재능 있는 어린 화가라니까."

톰 레이튼의 눈은 빠르게 스케치를 훑었으나 캐롤라인의 말에 대꾸할 기색은 전혀 없어 보였다.

캐롤라인은 당황한 웃음을 흘렸다.

"정말 오빠처럼 생겼지, 안 그래?"

톰 레이튼은 그 질문이 감당할 수 없기라도 하는 듯 주저했다. 마침내 나온 그의 대답은 아주 짧고 감정이라곤 전혀 없었다.

"모르겠다."

조셉이 톰 레이튼의 목소리를 들은 것은 그게 처음으로, 마치 바위가 움직일 때의 낮은 울림처럼 방 안에 맴돌았다.

"음, 오빠는 모르겠어도 내 눈엔 그래 보여."

캐롤라인은 의기양양하게 말하고는 오빠에게서 고개를 돌려 조셉에게 명랑하게 말을 걸었다.

"자, 짐 다 챙겼니? 널 오래 붙들어 놓으면 곤란하겠지. 어머니가 걱정하시겠다."

조셉은 얼른 물건을 챙겨 모으자 마음이 가벼워지기 시작했다.

"아, 잊어버리기 전에, 괜찮다면 어머님께 뭐 하나만 전해 드리렴."

캐롤라인은 다리미질을 하던 방으로 들어갔다. 그 뒤를 따라가서 문간에서 기다리고 있던 조셉은 마침내 톰 레이튼과의 만남에서 벗어나게 되어 기뻤다.

"전에 빌린 옷본이야. 이제 끝냈으니 어머님께 고맙단 인사 전해 줘. 잘 되었고 나중에 입고 보여드리겠다고."

캐롤라인이 작은 소리로 킥킥거려 조셉은 따라 미소 짓지 않을 수 없었다.

거실로 돌아와 보니, 톰 레이튼이 앉아 있던 의자는 빈 채 그는 아무데도 보이지 않았다. 캐롤라인은 오빠가 말도 없이 가버려 당황했지만, 그녀가 뭐라 해명하기 전에 전화벨이 울렸다.

"아, 받아야겠다. 전화 올 게 있었거든. 와줘서 정말 고마워. 얼마나 큰 의미가 있는 일인지 몰라, 내게, 아니 우리 둘 다에게."

캐롤라인은 서둘러 덧붙였다.

"너무 부담스러웠던 건 아니었으면 좋겠는데……."

전화벨이 계속 성마르게 울려댔다. 캐롤라인은 난감해하는 미소를 지었다.

"배웅 안 해도 괜찮겠니?"

조셉이 고개를 끄덕이자 캐롤라인은 옆방으로 들어가기 전에 멈춰 서서 부드럽게 말했다.

"조셉? 네가 어떤 결정을 내리든 괜찮아, 알겠지?"

뒷계단으로 나가는 복도를 지나던 중 조셉은 톰 레이튼의 방문이 활짝 열려 있다는 것을 알았다. 그 앞에 가까워지자 조셉은 걸음을 늦추고 슬쩍 들여다보았다. 두꺼운 커튼이 창을 덮고 있었고 방 저편에서 은은한 불빛이 흘러나오고 있었다. 조셉은 복도에 우뚝 섰다. 눈이 적응이 되자, 자신이 톰 레이튼의 뒷모습을 보고 있다는 것을 알았다. 그는 책상에 앉아 전등 불빛 아래 몸을 수그리고 뭔가를 골똘히 관찰하고 있었다.

방 안 대부분이 캄캄해서 보이는 것이 별로 없었기에, 조셉은 뒷문으로 한 걸음 내디뎠다. 그때 조셉의 무게에 바닥에서 들릴까 말까 한 끼익 소리가 났다. 순간 조셉은 얼어붙었다.

톰 레이튼의 방 저쪽에서, 그의 시커멓고 박쥐 같은 형체가 휙 돌아보았다.

공포 때문에 비록 헉 소리를 내진 않았지만, 주절주절 쏟아지는 말은 어쩔 수 없었다.

"죄송해요, 전 그게 아니라…… 그러려던 건 아니고…… 막 가던 참이에요. 누가 있는 줄은 몰랐어요. 죄송해요……."

방 안에서는 아무 대답도 들려오지 않았다. 톰 레이튼 뒤의 불빛이 그의 머리 주위 윤곽을 비추고 헝클어진 머리칼 사이로 새어 나왔으나 얼굴은 어둠에 가린 채였다. 조셉은 그 얼굴에 무엇이 드러나 있을지 전혀 알지 못했다. 다만 톰 레이튼의 숨소리만이 정적 속에 퍼지고 있을 뿐.

되돌아보면, 그때가 조셉이 톰 레이튼의 인생에서 완전히 벗어날 수 있었던 순간이었다. 대신 그때의 선택으로 인해, 그 뒤 이어진 사건의 연속으로 세인트 주드 성당에서 죽음과 비밀이 든 창백한 관 그리고 검은 옷을 입은 어머니와 같이 서게 된다.

돌아서서 가려던 조셉은 톰 레이튼이 뭔가를, 아까 불빛 아래 관찰하던 물체를 손에 들고 있음을 알아챘다. 이제는 그것이 마분지 신발상자라는 것을 알 수 있었고, 그 뚜껑은 아직 책상 위에 있었다. 불규칙적으로 잔뜩 뚫려 있는 구멍이 간신히 눈에 들어왔다. 순간 뽕나무 옆에 서 있던 톰 레이튼의 모습이 뇌리를 스쳐 갔다.

"그거 누에예요? 상자 안에?"

왜 그걸 물어 봤는지는 자신도 알 수 없었다. 그냥 침묵 속에 조용히 묻혀 버릴 가능성이 지극히 높았다. 조셉은 커져 가는 불편함 속에 기다리며 결국엔 대답이 없으리라는 확신이 들었다. 하지만 어두움과 침묵 너머에 조셉이 의식하지 못한 무언가가 있었다. 가느다란 실오라기 같은 유대감이 남자와 아이 사이를 떠돌며, 그 여린 힘으로 둘을 묶어 놓고 있었다.

톰 레이튼이 의자에 앉은 채 도로 몸을 돌려 마분지 상자를 책상에 올려놓았다. 전등을 당겨 그 불빛이 상자에 떨어지게 했다. 그러고는 의자를 왼쪽으로 끌어 가선 조셉에게로 고개를 약간 돌렸다. 무언의 권유는 분명했고, 조셉은 처음으로 톰 레이튼의 방에 발을 디뎠다. 상자를 채우고 책상 위로 쏟아지는 전등 불빛에 눈을 고정한 채 천천히 나아갔다.

톰 레이튼 옆에 서게 되자, 조셉은 무슨 희한한 장난에 속았나 싶었다. 상자 안은 텅 빈 것처럼 보였으니까. 그러다가 상자 옆면과 바닥에 붙어 있는 수백 개의 조그만 알을 보았다. 조셉은 고개를 좀더 가까이 숙였다. 알은 거무스름하고 동그랗다기보단 길쭉했으며, 마치 마분지 상자 표면에 꽉 눌리기라도 한 듯 납작해 보였다.

"부화할까요? 아직 살아 있는 거예요?"

"그래."

이번에는 톰 레이튼의 대답에 망설임이 전혀 없었다.

"죽은 것처럼 보이는데."

조셉은 거의 혼잣말로 중얼거렸다.

"얼마나 오래됐어요?"

"작년부터."

조셉은 작고 생기 없는 형체들을 어이없어하며 응시했다. 톰 레이튼과 이토록 가까이 있는 게 불안했지만, 용기를 내어 한 가지 더 물었다.

"언제 부화할 거라 생각하세요?"

"곧…… 오늘."

톰 레이튼은 무덤덤하게 대답했다.

조셉의 불안은 커져 갔다. 마치 방 안의 벽이 사방에서 조여들고 자신은 신발상자 안의 답답한 공간 속으로 빨려들어갈 것 같은 기분이었다. 아무 미동 없는 조용한 남자가 갑자기 가깝고 위협적으로 느껴졌다. 침묵이 길어질수록 조셉은 더더욱 그 자리에 붙박힌 듯한 기분이었고 폐소공

포중적인 두려움이 치밀었다. 가야겠다는 걸 알았다. 말을 하려 입을 열었으나, 그보다 먼저 톰 레이튼의 입에서 거친 속삭임이 흘러나왔다.

"다시 오지 마."

조셉은 머리가 빙빙 돌았다. 자기가 들은 말을 이해할 수 없었다. 뭘 듣기나 한 건지도 확신할 수 없었다.

"뭐라고요? 죄송하지만 저 못……."

"다시 오지 마."

복잡한 감정들이 조셉의 내면에서 소용돌이쳤다. 톰 레이튼에게서 도망칠 수만 있다면 더 이상 바랄 게 없었지만, 왠지 모르게 그 말에 따귀를 얻어맞은 느낌이었다. 아버지가 부건빌을 떠나던 날 생각이 밀려와 조셉은 얼른 그걸 털어 내려 애썼다. 성난 눈물이 치솟아 시야가 흐려졌다.

톰 레이튼이 말을 이었다.

"네가 원해서가 아니라면."

그는 말하려면 모든 기력과 집중력을 동원해야 하는 것처럼 다시 입을 다물었다.

"내 동생이…… 졸랐으리라는 건 알아."

톰 레이튼은 처음으로 목 잠긴 속삭임 몇 마디 이상의 말을 했다. 낮고 굵은 그의 목소리가 흘러나오자, 조셉은 그 따스함과 그윽한 울림에 놀랐다. 조셉이 그를 쳐다보려 고개를 돌렸으나, 그의 얼굴은 무덤덤했고 눈은 마분지 상자의 내용물에 고정되어 있었다.

"정말로 오늘 부화할 거라 생각하세요?"

톰 레이튼이 조셉을 올려다보았다. 책상 쪽 불빛이 그의 얼굴 한쪽만 비추자 다른 한쪽에는 어둠이 드리워졌다.

"그래."

조셉은 남자의 얼굴 표정을 읽으려 했지만 다시금 혼란스럽고 확신할 수 없는 기분이 들었다.

"전 가봐야겠……."

"그 그림 한 장 주고 갈 수 있겠니?"

톰 레이튼이 말을 잘랐다. 그의 목소리는 차분하고 통제되어 있었으나, 그 표면 아래엔 다급함이 어려 있었다.

예상 밖의 부탁이었다. 조셉은 자신이 그때까지 스케치북과 연필을 손에 들고 있다는 것을 알고 거의 놀랄 지경이었다. 재빨리 제일 나은 것을 골라 톰 레이튼에게 건넸다.

"그렇게 잘된 건 아니에요."

조셉이 사과조로 말하자 톰 레이튼은 초상화를 불빛 속에 기울였다.

"그냥 러프 스케치라……."

조셉은 이렇게 덧붙였으나, 톰 레이튼의 몽상 속에 빠진 듯한 눈길은 그림 위를 헤매고 있었다.

조셉은 잠시 기다리다가 남자가 다시 말할 것 같지 않자 문가로 향했다.

뒤에서 목쉰 소리가 속삭였다.

"고맙다."

조셉은 환한 햇살이 복도로 쏟아져 들어오는 뒷문을 내다보았다. 마음 한편으론 문을 지나 뒷계단을 달려 내려가 익숙하고 편안한 바깥 세상으로 도망치고 싶었다. 히지민 또 한편으론 톰 레이튼의 그늘 드리워진 형체에 끌리고 있었다.

조셉은 문틀에 손을 대고 돌아보지 않은 채 말했다.

"원하신다면……."

조셉의 말은 마치 어둠 속을 더듬는 손가락처럼 조심스러웠다.

"뽕잎을 좀 따서 가져올게요……. 다음에…… 알이 부화한다면."

묘하고 머뭇거리는 대답이 돌아왔다.

"그래…… 그래도…… 되지."

조셉은 오래된 나무 계단을 한 번에 두 칸씩 내려와 잔디밭을 가로질러 무너져 가는 소각로와 듬성듬성한 몰골의 뽕나무를 지나 울타리로 향했다. 스케치북을 살짝 집 마당으로 던져 놓고는 양손을 울타리에 얹고 뛰어넘었다. 그러고는 멈춰 서서 커튼 드리워진 톰 레이튼의 방 창문을 돌아보았다.

이미 의구심이 안개처럼 무럭무럭 자라나기 시작했다. 왜 톰 레이튼에게 '다음번' 얘기를 꺼냈담? 어째서 톰 레이튼이 자신이 다시 오기를 바란다고 생각했을까? 그리고 톰 레이튼이 그 죽은 알을 몇 년씩 보관하며 매일 곧 부화하리라 맹목적으로 믿는 미치광이일지도 모른다는 걸 알면서도 왜 뽕잎을 가져가겠다는 말을 꺼냈을까?

톰 레이튼의 러프 스케치를 책상에 나열하면서, 조셉은 이걸 보았을 때의 어머니의 격려의 말, 그리고 부스스한 머리와 수염에, 폐쇄적이고 무표정한 얼굴을 본 어머니 눈에 드러난 불안함을 떠올렸다.

집에 돌아왔을 때 어머니가 그날 오후의 일을 시시콜콜 듣고 싶어 하리란 것을 알았으나, 조셉이 할 수 있는 말이라곤 '괜찮았다'와 톰 레이튼이 '별 말 없었다' 뿐이었다. 그 이상은 스스로도 확신이 서지 않았다.

조셉은 앞에 놓인 연필 그림에서 해답을 구하려 했지만 아무것도 찾지 못했다. 그때 뒷계단을 오르는 발소리와 함께 목소리가 들렸다.

"잠깐 들러나 보자 생각해서……."

조셉은 어이없어하는 표정으로 고개를 설레설레 저었다. 마섭 아주머니가 길 건너에서 지켜보며 자기가 돌아오기를 기다리고 있었으리라 짐작했다. 마섭 아주머니는 자신이 의심했던 것을 확인하려고, 톰 레이튼은 침을 질질 흘리는 사악한 괴물이며 조셉은 그 역겨운 손길에서 간신히 도망 나왔다는 걸 확인하려고 부지런히 달려왔다.

조셉은 아주머니가 얼마나 실망할지를 생각하며 혼자 미소 지었다. 하지만 그 사람에 대해 정말로 아는 게 뭘까? 조셉은 다시 스케치를 들여다보았으나 그건 종이 위의 줄 몇 개에 불과했다. 내용 없는 형태. 톰 레이튼에겐 그 이상의 무엇이 있음을 조셉은 알고 있었다. 얼핏 몇 번 보았다 ─ 그 눈에 스치는 두려움, 누에 상자를 감싸고 있던 강건한 손, 그리고 냉담함에도 불구하고 생생히 전해지던 깊고 그윽한 목소리.

캐롤라인은 그림이 상당히 닮았다고 했으나, 설령 선 하나하나가 완벽하다 해도, 정확한 길이, 각도, 위치, 형태라 해도, 그걸 더하면 실제 인물이 되기에 충분할까?

마섭 아주머니가 세상에서 제일 뛰어난 화가라면, 아주머니는 어떤 톰 레이튼을 재현해 낼까? 진짜 인물 아니면 아주머니 마음속의 인물?

조셉의 예전 미술 교사 드 그루트 선생님이 보여 주신,

호주에 정착한 유럽인들의 초기 그림과 똑같은 경우였다. 풍경은 영국 시골처럼 보였고 캥거루는 거대 토끼처럼 보였다. 그 사람들은 자신이 본 것을 그렸을까? 아니면 자신이 보았다고 생각한 것, 어쩌면 보고 싶은 것을 그렸을지도 모른다.

그건 드 그루트 선생님이 좋아하는 주제였다.

"본 것을 그리기 위해선, 그리는 것을 진정으로 봐야만 해!"

선생님은 한 손가락을 흔들면서, 무성한 눈썹을 느낌표처럼 곤두세운 채 고개를 주억거리면서 교실 안을 둘러보곤 했다.

"누가 제대로 나무를 그릴까? 나무를 보기만 한 화가일까, 아니면 나무 그늘에 앉아 보고, 꽃내음을 맡아 보고, 잎을 부스러뜨려 보고, 끈적거리는 수액을 만져 보고, 가지에 올라 정강이를 나무둥치에 긁혀 본 화가일까?"

드 그루트 선생님은 잠시 사이를 두고, 마치 스스로의 질문에 말이 막힌 듯 아랫입술을 내밀며 무성한 눈썹을 내렸다. 하려던 말의 중요성을 강조하기에 충분할 만큼의 시간이 흐른 후 선생님은 열정적으로 말을 이어 나갔다.

"두 화가 모두 기술면에서는 아주 뛰어날 수 있겠지. 하지만, 첫 번째 화가는 모두가 보는 것을 그릴 거야…… 그러나 두 번째는…… 두 번째 화가는 그 화가만이 볼 수 있는 것을 그릴 거다."

그러고는 선생님은 의기양양하게 결론지었다.

"그 화가만이 나무의 본질을 그리겠지."

당시 조셉은 그게 정말일까 궁금했다. 다른 아이들이 그 의견에 어떻게 반박했는지 기억이 났다. 드 그루트 선생님은 레오나르도 다 빈치나 미켈란젤루 같은 거장들이 인체를 그리고 조각하기 위해 어떻게 상세한 인간 해부 구조를 공부했는지 설명했다.

"인체의 외형, 즉 외면을 그리거나 조각하기 위해서는 그 속에 무엇이 있는지 알아야 해. 목탄이나 끌로 사람 등의 곡선 윤곽을 잡는다 해도, 근육과 힘줄 그리고 혈류를 생각하고 느끼고 알아야 거기에 생명과 인간성을 깃들게 할 수 있어!"

이날 수업은 한 남자애의 대담한 질문으로 끝났다.

"선생님, 위대한 예술가가 될 수 있게 밖에 나가서 나무 타기를 해도 될까요?"

드 그루트 선생님은 눈을 휘둥그렇게 뜨더니 고개를 젖히고 폭소를 터트렸다.

"안 될 게 뭐 있겠냐? 하지만 연필하고 스케치북 가져가야 한다. 자, 어디 우리가 나무를 '볼' 수 있는지 보러 가자

꾸나!"

그 말에 아이들은 와르르 운동장으로 몰려 나갔다.

열기와 격렬함이 높아져 가는 이야기 소리에 조셉은 회상에서 깨어났다. 무슨 말인지 전부 알아들을 수는 없지만, '한 번만도 나쁘고말고요', '완전히 미친 짓' 정도만 들어도 공백을 메우기엔 충분했다.

마섭 아주머니는 톰 레이튼에 대한 호기심을 충족하지 못해 답답해하는 것이 분명했고, 자신의 심각한 경고가 다시 한 번 받아들여지지 않아 짜증이 난 모양이었다. 움직이는 소리가 — 의자 미는 소리와 발소리 — 뒤따르고 조셉은 마섭 아주머니의 마지막 한소리를 들었다.

"아무 이유 없이 숨어 사는 사람은 없어요, 로라. 불 보듯 뻔한 일인데, 로라는 보기를 원치 않는군요."

마섭 아주머니가 뒷계단을 내려가는 소리가 들리자 조셉은 의자에 앉은 채 몸을 돌려 고개를 주욱 빼고 성큼성큼 진입로를 걸어가는 아주머니의 밀짚모자를 보았다.

조셉은 남은 그림 세 장으로 다시 돌아갔다. 두 장을 치우고 생각에 잠겨 세 번째 초상화를 응시하다가 연필을 들어 아래로 내리깐 눈을 정면을 응시하게 고쳤다. 그러고는 눈동자에 검게 음영을 주고 이전의 모습을 감추기 위해 굵은 선을 더했다.

다 끝내고 핀을 찾아 책상 위 커다란 메모판에 그림을 고정시켰다. 뒤로 기대앉아 눈앞의 얼굴에서 톰 레이튼을 찾아보았으나, 그 얼굴은 가면처럼 차갑고 단호하게 조셉을 마주 응시하고 있었다.

조셉은 자신이 톰 레이튼을 그린 게 아니라는 것을 알았다. 그 사람은 어딘가에 — 근육이나 힘줄, 피나 뼈보다 깊은, 짙은 눈 뒤 어딘가 — 단단한 침묵과 고독의 고치 속 깊숙이 숨어 있었다.

6장

학기말까지 겨우 보름이 남았고 시험과 숙제가 낙쳐와 조셉은 일주일이 지나서야 톰 레이튼을 다시 만났다. 캐롤라인은 계속하겠다는 조셉의 결정에 기쁜 내색을 감추지 않으며 다음 일요일 오후로 날짜를 잡았다. 방학 때까지 조셉이 낼 수 있는 시간은 이게 마지막이었다.

조셉을 밝게 맞이하는 캐롤라인은 저번 방문 때보다 긴장이 풀린 모습이었다.

"들어와. 톰이 네게 보여 줄 게 있단다. 아, 그리고 네 그림을 좀 고쳐야 할지도 모르겠네."

그녀는 미안해하는 미소를 지었다.

조셉은 캐롤라인을 따라 문이 열려 있는 그녀 오빠의 방으로 향했다.

"톰, 조셉 왔어."

캐롤라인이 부드럽게 오빠를 불렀다.

톰 레이튼은 일주일 전과 똑같이 책상에 앉아 있었다. 마치 아무것도 바뀌지 않은 듯했지만, 남자가 의자에서 천천히 몸을 돌렸을 때 조셉은 분명 아니라는 것을 깨달을 수 있었다.

"어때? 나 일 그만두고 이 길로 나설까? 아냐? 휴, 이렇게 헤어드레서가 되겠다는 내 꿈은 사라지는구나."

톰 레이튼은 머리를 자르고 빗어 넘겨 목 뒤에서 묶었고 불그스레하고 희끗희끗한 수염은 짧게 다듬었다. 풍성했던 콧수염은 입술 위에서 깔끔하게 휘어졌다. 예전과 마찬가지로 석상처럼 딱딱하고 알 수 없는 얼굴이기는 했지만, 조셉으로 하여금 허물 벗은 도마뱀을 떠올리게 하는 새로운 뭔가가 있었다.

"네 그림에 너무 많은 영향이 가지는 않았으면 좋겠구나. 이러는 게 오랫동안 일종의 의식이 되어 왔달까."

조셉이 문득이 캐롤라인을 쳐다보자 그녀가 덧붙였다.

"알이 부화하면…… 애벌레가 나오면 톰은 늘 외모를 가꾸고 정돈하거든."

여동생이 자기 이야기를 하는 내내 톰 레이튼은 관심의 무게에 짓눌리기라도 하는 양 무뚝뚝하게 바닥을 응시하고 있었다.

　이제 책상 위의 마분지 상자로 몸을 돌렸다. 조셉은 앞으로 나아가 안을 들여다보았다. 눈에 보일까 말까 한 수백 마리의 검은 벌레가 반쯤 갉아 먹히고 줄기만 남은 뽕잎 위에서 오글거리고 있었고, 상자 옆면에는 크림색의 알 껍질이 붙어 있었다.

　"부화할 줄 몰랐어요. 죽은 것처럼 보였는데."

　조셉이 털어놓았다.

　톰 레이튼은 움직이지 않은 채 계속 상자 안의 조그만 생명체들에게 주의를 쏟고 있었다.

　"하지만 그래도 이거 가져왔어요."

　조셉은 종이와 그림 도구가 든 천가방에서 짙은 녹색의 커다란 뽕잎을 한 움큼 꺼냈다.

　누에들에게서 눈을 뗀 톰 레이튼은 전에는 한 번도 본 적이 없는 사람처럼 뽕잎을 쳐다보았다. 조셉의 손은 어색하게 허공에 뻗은 채였다.

　"어머, 마침 잘되었구나. 조그만 것들이 얼마나 먹성이 좋은지 새 먹이가 있어야 하지 않나 했거든."

　캐롤라인의 목소리에 조셉은 깜짝 놀라, 자신이 약간 움찔한 것을 그녀가 보지 못했기를 바랐다. 캐롤라인이 뒤에 서 있다는 걸 거의 잊고 있었다. 캐롤라인은 살며시 조셉의 어깨에 손을 얹고 오빠 쪽으로 몸을 숙여 말을 걸었다.

"톰? 그럼 시작하기 전에 조셉이 뽕잎 가는 걸 도와주면 어떨까? 너만 괜찮다면 말이야, 조셉."

조셉은 말없이 고개를 끄덕였다.

캐롤라인은 약간 초조해하며 다시 오빠를 향해 물었다.

"톰?"

남자는 꿈에서 깨어나 듯 고개를 번쩍 들어 동생의 눈과 마주쳤다. 조셉은 그의 얼굴이 암벽처럼 딱딱하고 무미건조하게 돌아가기 전에 일순간 스친 표정을 해석하려 애썼다. 분노? 당황? 두려움? 어쩌면 세 가지 다?

왠지 모르게 헤드라이트 불빛에 꼼짝 없이 붙들려 충돌의 순간을 기다리는 짐승이 떠올랐다. 톰 레이튼이 천천히 커다란 두 손을 내밀자 조셉이 뽕잎을 건넸다.

"상자를 더 가져와야 해."

그는 덤덤히 말하고는 일어나 방을 나갔다. 전에 봤던 대로, 캐롤라인은 무거운 쇠사슬에서 풀려난 듯이 확 생기를 찾았다.

"그래, 어…… 네가 앉을 만한 의자가 여기 있어, 조셉. 여기 조금 더 밝게 할까?"

그 말과 함께 캐롤라인은 방 옆쪽의 이중창을 가리고 있던 두꺼운 커튼을 젖혔다. 빛이 쏟아져 들어오면서 조셉은 레이튼네의 넓은 뒷마당 너머 자기 집과 자기 방의 기다란 창문을 보았다. 레이튼네 집은 지대가 높았기 때문에 자기 집의 붉은색의 바랜 양철 지붕에서부터 그 너머 뿌연 녹색 언덕까지 내다보였다. 그 사이로 거리와 집들이 무성한 초목과 자리를 다투듯 자리하고 있었다.

조셉은 가리고 있는 산이 사라진다면 어떤 풍경일까 상상해 보았다. 그때 캐롤라인의 목소리가 조셉의 생각을 몰아냈다.

"좀 낫구나. 이제 편하게 있으렴, 난 팬케이크를 만들게. 어떠니? 좋아."

캐롤라인이 복도 저편을 가리키며 덧붙여 말했다.

"부엌에 있을 테니까 필요하면 불러, 알았지?"

조셉이 서 있는 자리에서는 부엌이 바로 보였다. 조셉은 캐롤라인이 자신을 혼자 두는 게 아니라고 안심시키려는 것을 알았다.

"톰은 금방 올 거야. 네가 배가 고프다면 좋겠구나. 내 팬케이크는 알아주거든. 다들 존경과 경외심을 담아 얘기한단다."

캐롤라인 레이튼이 문을 나서기 전 조셉에게 지어 보인 미소는 모든 것이 괜찮고 완벽하게 정상이며 특별할 게 없다고 말하고 있었다. 캐롤라인이 오빠가 사라진 복도 저편으로 불안한 눈길을 던지는 것을 보지만 않았어도, 조셉은 그 미소를 기꺼이 믿었을 것이다.

캐롤라인이 부엌으로 가자, 조셉은 톰 레이튼의 방으로 관심을 돌렸다. 커튼이 젖혀져 있어 이제는 환했다. 이전에는 그저 형체와 그림자만 보였을 뿐이지만 지금은 세세한 것은 물론 질감까지 느낄 수 있었다.

조셉은 좁은 방 한가운데 서 있었다. 바닥에는 낡은 꽃무늬 녹색 카펫이 깔려 있었다. 카펫 중앙은 닳고 해져 그 아래 갈색이 드문드문 드러났다. 벽은 특징 없는 탁한 황토색이었다.

이중창 아래 두꺼운 보관함이 있었다. 조셉 뒤 벽 쪽으로 깔끔하게 정돈된 침대가, 침대 발치에는 커다란 옷장이 있었다. 오른쪽 구석에는 책꽂이가 2개가 있었는데 오래된 신문 몇 부 외에는 비어 있었다.

문 맞은편에 톰 레이튼의 책상이 있었다. 책상 위로 커튼이 드리워진 창이 있었다. 책상 위는 새로 부화한 누에가 들어 있는 신발상자와 책상 전등, 작은 라디오와 펜, 연필, 그 외 문방도구가 든 쟁반이 놓여 있었다. 창문 오른쪽 벽에 메모판이 있었다.

조셉은 책상으로 다가가 커튼을 젖혔다. 아서 가와 길 맞은편의 상자처럼 늘어선 집들이 보였다. 정원을 깔끔하게 가꾼 마섭 아주머니네 집도 보였다. 그 아래로는, 외다리 주드 아저씨가 늘 그렇듯 계단 맨 위에서 인상을 찌푸린 채 담뱃재를 터는 모습이 보였다.

조셉은 커튼을 놓고 메모판으로 눈을 돌렸다. 그 위에는 자신이 그린 톰 레이튼의 러프 스케치와 함께 달력, 무슨 시가 쓰인 누렇게 바랜 종이가 반쯤 가려져 있고, 가느다란 비단실을 감은 마분지 조각, 책에서 복사한 듯한 흑백 그림 두 장이 꽂혀 있었다.

조셉의 주의를 끈 것은 그림이었다. 둘 중에 큰 쪽은 화가 에셔의 그림이라는 것을 알 수 있었다. 전에 이 작품을 본 적은 없지만 미술 수업시간에 같은 스타일의 다른 작품들을 봤기 때문이다.

톰 레이튼의 메모판에 붙어 있는 그림은 검고 하얀 형체가 둥글게 나열되어 있는 원형이었다. 형체는 가장자리로 갈수록 작아져서, 휘어져 멀어지는 듯한 느낌을 주었다. 중심에는 제일 큰 형체 6개(검은 것 셋, 흰 것 셋)가 이어져 원형을 이루고 있었다. 검은 형체는 날개를 펼친 박쥐 모양의 악마였다. 그 사이의 공간이 하얀 형체를 이루었다. 이 하얀 형체가 천사로, 양손을 기도하는 모양으로 마주 잡고 있으며 깃털 날개가 등 뒤로 펼쳐졌다.

그림을 들여다보고 있자니, 정교하게 맴도는 천사와 악마의 세계가 서로 조셉의 관심을 끌기 위해 싸우는 듯했다. 천사에 집중하면 악마는 배경 속으로 사라졌다. 흰 형체에서 검은 형체로 눈길을 옮기면 악마만이 눈에 들어왔다. 하지만 어느 쪽이든 상대방이 필요했다. 천사들 사이의 공간이 악마를 만들었고, 악마들로 이루어진 공간이 천사들이 존재할 여지를 만들었다.

두 번째 그림은 이야기의 삽화처럼 보이는데 물가 바닥에 엎드려 있는 남자의 그림이었다. 남자는 한 손을 앞으로 뻗어 전면의 바위를 짚고 있었다. 체격이 크고 근육질인 남자는 고개를 숙여 잔잔한 물을 들여다보고 있어 목뼈가 도드라졌다.

조셉은 그림의 구도에 감탄했다. 화가는 약간 위쪽에서 그려 남자의 얼굴이 가려지게 했다. 그러나 물에 그 모습이 비쳤고, 남자는 마치 자기 모습을 처음 본 사람처럼 굳어져 있었다. 조셉은 그림 속 남자처럼 물속 모습을 바라보는 자신을 깨달았다. 그러자 놀라 눈이 휘둥그레진 새까만 웅덩이 속의 뒤집힌 얼굴이 마주 응시해 왔다.

조셉은 가까이 다가가 그림의 세세한 부분을 보려 몸을 숙였다. 근육의 곡선과 음영, 수면의 섬세한 선, 유령처럼 창백한 물속에 비친 얼굴이 좀더 또렷해졌다. 테크닉과 힘은 인상적이었으나, 조셉이 보기에 어딘가 불안한 요소를 갖고 있었다. 그림을 거기에 꽂아 놓은 사람에 대한 궁금증이 더욱 커졌다.

"마음에 들어?"

조셉이 놀라 홱 돌아보자 톰 레이튼이 암벽처럼 우뚝 서 있었다. 손에는 신발상자 3개를 들고 있었다.

"네……. 어…… 좋은 그림이네요."

조셉은 더듬거리며 평정을 되찾으려 애썼다.

"하지만 누구죠? 이야기에 나오나요?"

"《프랑켄슈타인》."

"프랑켄슈타인?"

조셉은 자신의 귀를 의심하며 그림을 돌아보고 얼굴을 찌푸렸다.

"이게 프랑켄슈타인이라고요?"

"프랑켄슈타인의 괴물이지. 프랑켄슈타인은 그 괴물을 창조한 박사 이름이야."

조셉은 그림 속의 인물을 더욱 자세히 뜯어보았다. 이제껏 봐왔던 어떤 프랑켄슈타인과도 달랐다. 흉터도 나사도 없었고, 괴상한 로봇 같은 자세도, 뒤틀리고 인간 이하의 미쳐 버린 얼굴도 아니었다.

"그냥 보통 사람처럼 보이는데요?"

뒤의 정적 속에서 조셉은 뒤에 우뚝 선 존재를 감지했다. 톰 레이튼이 마침내 입을 열었을 때, 그의 말은 무덤 속으로 쏟아진 한 삽의 흙처럼 느껴졌다.

"대부분의 괴물들이 그렇지."

그 말이 여전히 머릿속에 맴도는 가운데 조셉은 톰 레이튼이 신발상자를 책상 위에 올려놓고 의자를 끌어당겨 앉는 것을 지켜보았다. 그러고는 조셉이 가져온 뽕잎을 상자마다 얼마씩 넣고는 서랍을 열어 가는 붓을 꺼냈다.

톰 레이튼은 원래 누에상자에서 뽕잎 하나를 들어 새로 준비한 상자 위로 가져가선 붓으로 조그만 벌레들을 새 잎 위로 살살 쓸어내렸다. 커다란 손이 여린 누에를 세심하게 다루는 모습을 보자, 조셉은 톰 레이튼 곁에서 처음으로 약간의 평온함을 느낄 수 있었다. 그리고 톰 레이튼 역시 누에를 하나하나 새 집으로 옮기는 동안 잠깐이나마 누군가 옆에 있음을 의식하지 않는 듯했다.

누에들을 3분의 1가량 옮기자 톰 레이튼은 첫 번째 상자에서 다른 새 상자로 옮겨 갔다. 마치 뭘 하려던 참이었는지 잊어버린 듯 잠깐 가만 있더니, 의자에 기대앉아 붓을 조셉에게 내밀었다.

둘이 자리를 바꾼 후, 조셉은 톰 레이튼이 하던 대로 조심조심 누에를 옮기기 시작했다. 처음에는 떨리는 손에 조그만 벌레가 죽을까 무서워 어색하고 신경 쓰였으나, 싱싱한 녹색 잎으로 무사히 옮겨진 누에의 숫자가 늘어 감에 따라 긴장을 풀고 좀더 집중할 수 있었다. 조셉은 톰 레이튼이 자신이 작업하고 있는 것을 흡족하게 여기는지 보기 위해 고개를 들었다. 그랬더니, 남자는 조셉의 누에 다루는 손길이 아니라 얼굴을 지켜보고 있었다. 마치 내내 그러고 있었던 듯이.

"이러면 돼요?"

조셉은 불편한 기분이 스물스물 되돌아왔다.

"그래."

건조하고 낮은 목소리의 대답이었다. 톰 레이튼은 조셉이 작업하던 상자를 치우고 마지막 새 상자를 놓았다.

관찰되고 있다는 생각에 조셉은 불안해졌다. 반쯤 갉아먹은 흐늘흐늘한 뽕잎에서 남은 누에를 모두 옮기고 난 후 조셉은 상자를 다른 2개와 나란히 놓았다. 톰 레이튼은 예전 신발상자를 한 번 살펴보더니 방을 나갔다. 조셉은 부엌에서 나는 목소리를 들었다. 이내 톰 레이튼이 캐롤라인과 함께 돌아왔다.

"새 집으로 이사는 다 마쳤어? 잘했네. 금방 누에 전문가가 되겠구나, 조셉. 다만 녀석들에게 등을 보이지 않도록 조심하렴."

캐롤라인은 그렇게 이야기한 후 효과를 위해 잠시 뜸을 들였다.

"바로 그때 덤비거든."

캐롤라인은 다른 두 명에게서 아무 대답도 듣지 못한 채 말을 이어 나갔다.

"이제 자리 잡혔으니 그냥 여기서 그림 그려도 편하지 않을까 생각했는데. 어떠니? 괜찮아? 조셉 너는 빛을 등진 채 창가 긴 의자에 앉고, 톰은 침대에 앉으면? 그럼 어떨까?"

남자와 아이는 침묵 속에 동의를 표했다. 조셉은 고개를 끄덕이고, 톰 레이튼은 침대로 향했다.

"좋아. 그럼 이제 다들 수다는 그만하고 작업해야지?"

톰 레이튼은 음울한 표정으로 동생을 쳐다보았고 조셉은 당황스러움에 얼굴이 빨갛게 달아올랐다.

"어…… 나는 부엌에 있을게."

캐롤라인은 엷은 미소를 띤 채 오빠와 조셉을 번갈아 쳐다보았다.

"팬케이크는 오래 걸리지 않을 거야."

아무런 열의 없이 그렇게 말했다.

캐롤라인이 방에서 나가자 첫 번째 그림 시간을 사로잡았던 긴장감이 더욱 강하게 되돌아왔다. 비록 캐롤라인이 멀리 있는 건 아니지만 조셉은 자신과 톰 레이튼이 거의 위압적이라 할 만큼 가까운 거리에 있는데다 주변을 감싸고 있는 숨 막히는 침묵 때문에 짓눌렸다. 작업에 몰두하여 창작의 즐거움에 푹 빠질 수 있다면 견딜 만하겠지만, 조셉은 종이 위에 그려 내려 애쓰는 메마른 이미지에는 아무런 마음이 생기지 않았다. 전부 피상적인 형태와 구도일 뿐이고, 열의 없이 연필선을 그을 때마다 이름을 제외하면 자신이 누구를 혹은 무엇을 그리는지 전혀 알지 못한다는 확신이 더욱 굳어졌다.

20분 후, 종이 위의 삭삭 하는 연필 소리가 멎고 조셉이 스케치북의 그림을 보았다. 무덤덤하고 아무런 생기가 없었다. 한 가지만은 분명했다. 외면을 뛰어넘어 그 사람 자체를 '보기' 전까지는 톰 레이튼을 그리려 해봐야 헛수고다. 하지만 그 안에서 어떤 것을 발견하게 될까? 조셉은 혹시 모르는 것이 나을 의문과 풀지 말아야 할 수수께끼를 발견하는 게 아닐까 싶었다.

어떤 면에서는 기묘했다. 보통은 늘 다른 사람들이 조셉을 말하게 하려고, 조셉을 끌어내려고 안달이었다. '껍질 밖으로'라는 말이 마섭 아주머니의 단골 표현이었다. 그런데 이제 조셉 쪽이 톰 레이튼을 둘러싼 침묵의 껍질을 파고들 방법을 찾는 입장이고, 실마리는 딱 한 가지밖에 생각나지 않았다.

"잎을 얼마나 자주 갈아 줘야 해요?"

무거운 정적 속에서 조셉의 목소리는 가늘고 어색하게 들렸다.

눈을 든 톰 레이튼은 잠시 주저하다 대답했다.

"하루에 한 번. 나중에는 더 자주."

"그럼 완전히 자랄 때까지, 고치를 만들 때까지 얼마나 걸려요?"

"6주. 어쩌면 7주."

"나방이 나오기까지는요?"

"그 뒤로 일주일 정도 더."

"알이 부화할 때가 되었는지 어떻게 아셨어요?"

"2주일 걸리거든."

"작년부터 있던 알이라고 하셨잖아요."

"그래."

조셉은 어리둥절해서 얼굴을 찌푸렸다.

"겨우 2주 만에 알이 부화하는데 어떻게 작년부터 있었던 알일 수가 있어요?"

이때까지 톰 레이튼의 대답은 숨을 아껴야 하기라도 하는 듯 짧고 간단했다. 이제 조셉이 설명을 찾아 몰아세우자, 그는 침대 위에서 불편하게 몸을 뒤척였다.

"냉장고에 보관해야 해. 차갑게. 봄에 그걸 꺼내지. 그럼 2주일 후에 부화해."

"저는 죽은 줄로만 알았어요."

톰 레이튼의 눈이 약간 가늘어졌다. 그의 목소리가 바위처럼 우렁우렁 조셉을 향했다.

"그렇게 생각했는데 왜 뽕잎을 가져왔지?"

조셉은 미처 모르고 뭔가 잘못했거나 바보짓을 한 것 같은 불편한 기분에 어찌할 바를 몰랐다.

"모…… 모르겠어요."

조셉은 솔직히 말했다.

"그냥…… 아저씨가 부화할 거라고 하셔서."

방은 다시 조용해졌다. 조셉은 톰 레이튼이 멀어져 감을 느꼈다. 그 침묵의 바다에 다시금 절박한 질문을 던졌다.

"뽕나무에도 누에가 있어요?"

톰 레이튼의 눈길이 조셉에게로 돌아왔다. 그 질문에 동요한 듯했다. 마치 속아 넘어갈까 두렵기라도 한 듯 조심스레 대답했다.

"아니."

"왜요?"

"죽을 테니까."

"어째서요?"

"누에는 사육용이 되었거든."

조셉은 묻듯이 톰 레이튼을 마주 바라보았다.

톰 레이튼이 천천히 덧붙였다.

"누에는 수백 년간 실내에서 키워졌어. 중국에서. 여기 바깥에서는 살아남지 못하지……. 기후와…… 천적 때문에……. 상자 안에서 살아야지, 안 그러면 죽어."

"나가려고 하지 않아요?"

"그래."

"왜요?"

"그게 누에가 아는 세상의 전부니까."

조셉은 물론 전에도 누에를 보았고 늘 상자 안에 들어 있었지만, 누에들에게 다른 선택의 여지가 없으리라는 생각은 전혀 해보지 못했다. 마침내 그 생각을 소리 내어 말했을 때는 자신이 그걸 입 밖에 내어 말한 줄도 미처 몰랐다.

"그럼 평생을 상자 안에서?"

고개를 든 조셉은 자신을 뚫어져라 응시하는 남자를 보았다.

"뭐라고 했지?"

톰 레이튼의 목소리는 자제하고 있는 듯했지만 팽팽하게 잡아당긴 밧줄처럼 긴장되어 있었다.

조셉은 급속도로 추락하기라도 하는 듯 심장이 홱 치솟

는 기분이었다. 뭐라고 했더라? 조셉은 조마조마해하며 했던 말을 떠올리려 애썼다.

"누에요⋯⋯. 평생을 상자 안에서 사느냐고 그런 건데요."

톰 레이튼은 마치 숨겨진 의미를 찾듯 조셉의 얼굴을 응시했으나, 발견한 것이라곤 어리둥절함뿐이었다. 그의 이마에 깊게 새겨진 주름이 점차 누그러졌다.

"시 구절이야."

그는 조용히 말했다.

조셉 얼굴에 드리워져 있던 근심은 차츰 혼란스러움으로 바뀌어 갔다.

"네가 한 말⋯⋯. 시에 나온다고. 저 시."

조셉은 톰 레이튼의 고갯짓을 따라 메모판과 아까 본 종이로 눈을 돌렸다. 머뭇머뭇 일어나 다가갔다. 종이 일부분은 자신이 그린 톰 레이튼의 스케치에 가려져 있었으나 그래도 제목 '누에'와 한두 행 정도는 알아볼 수 있었다. 활자는 오래되어 바래 있었다.

"평생을⋯⋯ 상자 안에서⋯⋯."

조셉은 읽기를 멈추고 톰 레이튼에게 희미한 미소를 보냈으나 아무 반응이 없었다. 조셉은 시로 다시 돌아갔다.

평생을 상자 안에서!

어떤 세대도, 수세기에 걸친 주인들도 잔인함을 의도하지는
않았으되
그 노동력을 필요로 하여 이 생물들에게 인내를 가르쳤고
그리고 이제……

조셉은 글자를 읽기 위해 몸을 더 숙였으나 방 구석이 어
두워 희미한 글자를 구분할 수 없었다. 나머지 시 구절을
보기 위해 톰 레이튼의 초상화 가장자리를 조심스레 접었
었을 때 방에서 목소리가 기도처럼 울려 퍼졌다.

그리고 이제 태양이 그 검은 보석 눈동자를 비추어도
달빛이 그 날개 위에 숨결을 불어 넣어도 펄럭이지 않고
나방은 유령처럼 소리 없이 움츠릴 뿐.

조셉은 톰 레이튼을 돌아보았다. 그는 창밖을 응시하고
있었다. 창백한 얼굴은 환한 햇살 속에 빛나고 눈은 마치
그만이 볼 수 있는 것에 초점을 맞춘 듯 가늘게 뜨고 있었
다. 계속되는 그의 목소리는 서글프고 멀게 들렸다.

보라, 아이들의 장난감이니!
뚜껑도 없어, 기어올라 날아갈 수 있으니 온 세상이 저들의

나무라,

그러나 저들은 서로 속삭인다. 쉿, 우리는 감옥에 있는 거야.

이제 고개를 숙인 톰 레이튼의 목소리는 감정으로 울렸다.

저들에게 자유라고 말해 줄 방도는 없고,
저들은 자유가 아니다. 먼 조상의 목소리가 그들을 얽어매
너무나 깊은 꿈속, 바람도 말도 가닿지 않는다.

조셉은 톰 레이튼의 목소리에 홀려 있었다. 방 안에 맴돌
고 울려 퍼지며, 조셉이 전에 느껴 보지 못했던 생명과 온
기가 불어넣어졌다.

"더 있어요?"

톰 레이튼은 고개를 들지 않은 채 살짝 끄덕여 보였으나,
시를 계속 낭송할 기미는 보이지 않았다. 대신 모래늪에 빠
져 몸부림 쳐봐야 허사임을 아는 사람처럼 침묵으로 돌아
갔다.

조셉은 멀어져 가는 그를 무력하게 지켜보다가 마지막으
로 한 번 더 노력해 보았다.

"왜 그렇게 집 안에만 있으세요?"

그 질문은 우리에서 튀어나온 맹수처럼 터져 나왔다. 톰

레이튼은 아무 미동조차 없어 호흡까지 멈춘 듯했다. 그는 몸을 돌려 조셉의 얼굴을 뜯어보았다. 산들바람에 두꺼운 커튼이 흔들렸다. 조셉은 톰 레이튼의 시선에 사로잡혀 있었다. 조셉은 그의 황량한 눈을 들여다보다가 돌 속에 갇힌 화석처럼 희미한 생명의 울림을 포착했다.

톰 레이튼은 얼른 손을 내려다보더니 조셉에게로 다시 눈을 들었다. 턱 옆선 근육이 굳어지고 말하기 위해서는 모든 집중력을 동원해야 하는 것처럼 눈을 질끈 감았다. 그러고는 다시금 조셉을 쳐다보더니 천천히 숨을 들이쉬었다. 손가락을 턱에 가볍게 댔고 입술이 천천히 벌어졌다.

"드디어 간식 다 됐어! 둘이 쉴 시간 되었으면 좋겠네."

조셉은 환하게 미소를 띠며 달콤한 냄새가 나는 팬케이크 접시를 내밀고 있는 캐롤라인을 올려다보았다.

다시 돌아보자, 톰 레이튼의 얼굴은 고대의 석상처럼 무감각하고 고요해져 있었다.

캐롤라인은 조셉과 초상화에 대해 잡담을 나눴고 오빠는 옆에 조용히 앉아 있었다. 다 먹고 난 후 조셉이 설거지를 돕겠다고 자청하자 캐롤라인은 방을 나오고 싶어 하는 조셉의 열의를 알아채고 받아들였다.

더 이상 미룰 수 없게 되자 조셉은 톰 레이튼의 방으로 돌아갔다. 그는 책상에서 누에상자를 들여다보고 있었다. 그는 조셉의 기척을 알아차리고, 얼굴을 보이지 않은 채 고개를 약간 한쪽으로 기웃했다.

"피곤하구나."

그가 무뚝뚝하게 말했다.

"오늘은 이만 마쳐도 될까?"

"그럼요……. 네, 괜찮아요."

조셉은 가볍게 말하려 했으나 톰 레이튼이 천천히 마분지 상자로 돌아 앉는 모습을 보자 묘한 공허함이 느껴졌다. 잠시 가만 서 있다가 그림 도구를 챙겨 문간으로 향하다가 방 안을 돌아보았다. 작별 인사를 할까 생각했지만 책상 앞의 움직이지 않는 형체에게 자신은 이미 가고 없는 사람인 듯했다.

조셉이 잠시 방 안을 둘러보자 메모판의 뭔가가 주의를 끌었다. 자신이 그린 스케치가 사라진 것이다. 찾아내는 데는 오래 걸리지 않았다. 책상 위에 뒤집혀, 톰 레이튼의 팔꿈치에 약간 가려져 있었다.

조셉은 방을 나와 캐롤라인에게 갑작스레 가게 되었음을 말했다. 캐롤라인의 눈에는 지친 듯한 체념이 가득했으나, 따스하게 미소 짓고 계단참에서 손을 흔들며 조셉을 배웅했다.

그날 밤 조셉은 잠이 잘 오지 않았다. 마음 한구석에는 시험과 숙제에 대한 걱정이 있었지만 불안의 핵심은 톰 레이튼이었다. 조셉은 톰 레이튼과 이보다 멀게 느껴진 적이 없었다. 오히려 짙은 커튼 뒤 그림자에 불과했을 때가 더 가까웠던 것 같았다. 이제 조셉은 자신이 밀려난 게 아닐지, 닫힌 문이 영영 잠겨 버리는 게 아닐지 두려웠다. 바로 아버지처럼. 조셉은 씁쓸했다.

하지만 정말 그런 걸까? 어쩌면 톰 레이튼은 그저 피곤했던 것뿐인지도? 함께 누에를 옮기며 그 어느 때보다 가까워지지 않았나? 그 다음 조셉이 물어 본 것이 있었다. 그걸 되돌릴 수 있다면 얼마나 좋을까. 그 말을 아예 하지 않았더라면. 톰 레이튼이 집에만 있는 이유가 그렇게 중요했을까? 하지만, 캐롤라인의 방해를 받기 전 그는 대답하려는 것 같았다. 뭐라고 말하려 했을까?

마지막으로 메모판과 책상에 뒤집어 놓은 스케치의 모습이 떠올랐다. 왜 톰 레이튼은 그걸 떼어 냈을까? 왜 갑자기 나를 보내려고 했을까? 생각하면 생각할수록 조셉은 톰 레이튼을 그리는 건 마지막이라는 확신이 들었다.

몸을 굴려 침대 옆 바닥에 놓인 스케치북으로 손을 뻗었다. 침대 머리판에 붙은 작은 독서등을 켜고 기대앉아 그날 그린 것을 보기 위해 스케치북을 펼치자 누렇게 바랜 종이가 가슴에 팔랑 내려앉았다. 종이를 불에 비추어 소리 없이 읽는 동안, 깊고 강렬한 목소리가 마음속에 울려 퍼졌다.

누에

평생을 상자 안에서!
어떤 세대도, 수 세기에 걸친 주인들도 잔인함을 의도하지는
않았으되
그 노동력을 필요로 하여 이 생물들에게 인내를 가르쳤고
그리고 이제 태양이 그 검은 보석 눈동자를 비추어도
달빛이 그 날개 위에 숨결을 불어 넣어도 펄럭이지 않고
나방은 유령처럼 소리 없이 움츠릴 뿐.

보라, 아이들의 장난감이니!
뚜껑도 없어, 기어올라 날아갈 수 있으니 온 세상이 저들의
나무라,
그러나 저들은 서로 속삭인다. 쉿, 우리는 감옥에 있는 거야.
저들에게 자유라고 말해 줄 방도는 없고,
저들은 자유가 아니다. 먼 조상의 목소리가 그들을 얽어매
너무나 깊은 꿈속, 바람도 말도 가닿지 않는다.

어릴 때조차, 하나하나 작은 용처럼
뽕잎 위에서 녹색으로 몸을 쳐드니,
생명으로 넘치는 듯하나, 목소리는 말한다.
그들은 먹이가 있는 곳에, 안전한 곳에 숨고,
목소리가 속삭인다. "고치를 지어라,
잠들어라, 잠들어라, 너희는 곧 내 안에 감싸일 것이니."

이제 그들의 시간이 되어, 긴 수면에서 깨어날 때다,
창백하고 굽은 날개엔 나뭇잎 모양이 박히고,
나무에선 어슴푸레하고, 달빛 속 춤출 때는 새하얗다.
그리고 여름밤에는 부들레이아꽃이
달콤한 술을 라일락 와인처럼
짝짓기하는 벌레들에게 주고
그들은 그 향기를 마시고 부르르 떨며, 초조하게 기다린다.

바르작거리며, 갈까 하고 생각한다. 그러다가 떠올린다.
그것이 금지되어 있음을,
밖에 나가는 것조차 금지되어 있음을.
밖에서는 손이 천둥처럼 지키고 섰고,
조상의 목소리가 말한다, 그만두어라,
그리고 그들은 그만둔다.

그래도 밤은 그들을 상상할 수 없는 환희로 불러내고
하지만 그들 주위엔 공포가, 드넓은 심연이.

그리고 여기 그들이 아는 종족이, 그들이 아는 곳에 있다.
그들은 상냥하고 친절하며, 언제까지나 안전하리니,
그리고 그들이 받아들이면 마침내 모든 해답을 얻게 되리라.
하얀 나방이 나방에게로, 연인이 연인에게로 다가간다.
죽음의 가장자리에는 기쁨의 고통이 있으니 —
그 부드러운 날개를 팔락거리며,
그들은 하늘을 나는 꿈을 꾼다.

더글라스 스튜어트

조셉은 시를 다 읽고 나서 몸을 일으켜 아직도 흐릿한 불빛이 두꺼운 커튼 뒤에서 흘러나오고 있는 톰 레이튼의 방을 바라보았다. 이제 자신의 스케치가 메모판에서 사라진 것에 어떤 불길한 동기가 있는 게 아니라는 것을 알게 되었다. 톰 레이튼은 시가 쓰인 종이를 떼어 내 몰래 스케치북에 끼워 넣기 위해 그 위에 겹쳐 꽂힌 그림을 떼 내야 했던 것이다. 조셉은 톰 레이튼이 스케치를 도로 꽂아 놓기 전에 자신이 부엌에서 돌아온 것이라고생각했다. 그래서 톰 레이튿은 더 앉아 있지 않으려 했고 스케치를 팔 밑에 감추려 한 거다 — 조셉이 집에 도착하기 전에 시가 발견되지 않게 하려고.

조셉은 이불 속에 편안하게 누웠다. 다시 시를 읽어 보자 비록 몇몇 구절은 약간 알쏭달쏭했지만 부드럽고 차분한 내용과 연상되는 장면이 마음에 들었다. 하지만 마지막 부분은 조셉을 다소 심란하게 했다.

그리고 그들이 받아들이면 마침내 모든 해답을 얻게 되리라.
하얀 나방이 나방에게로, 연인이 연인에게로 다가간다.
죽음의 가장자리에는 기쁨의 고통이 있으니 —
그 부드러운 날개를 팔락거리며,
그들은 하늘을 나는 꿈을 꾼다.

조셉은 시를 여러 번 읽고 나서 침대 옆 협탁에 종이를 내려놓고, 다리를 당겨 무릎 위에 스케치북을 올려놓았다. 스케치북 스프링 속에 끼워 둔 연필을 꺼낸 후 가장 최근 스케치를 찾아냈다. 그리고 자신이 만났던 기묘하고 말 없는 남자에 대해 생각했다. 누에를 조심스레 돌보는 사람, 시를 읽는 사람, 수줍게 선물을 주는 사람.

조셉은 메마른 이목구비의 윤곽선을 부드럽게 가다듬고,

턱과 이마의 거친 윤곽을 매끄럽게 다듬었다. 소리 없이 작업하는 동안 조셉은 자신의 입가에 희미한 미소가 번지고 있는 것을 의식하지 못했다.

마침내 눈이 가물가물 감겨 와 더 이상 버틸 수 없게 되자 그림을 치우고 침대 전등을 껐다. 마지막으로 이웃의 오래된 집을 한 번 보고, 톰 레이튼의 방 커튼에서 새어 나오는 희미한 불빛에 처음으로 편안함을 느끼며 잠이 들었다.

2.
너무나 깊은 꿈속

7장

　다음 한 주는 빨리 흘러갔다. 조셉은 학기말 과제와 시험
으로 기진맥진해 있다가 반가운 봄방학에 무사히 안착했다.

　학교 공부에도 불구하고 조셉의 뇌리에서는 톰 레이튼
생각이 떠나지 않았다. 조셉은 잠들기 전 자주 그 누에 시
를 다시 읽었다. 그 내용은 비단결 같은 마법을 부려 조셉
을 그 소심한 벌레의 꽉 막힌 세계로, 그리고 말로는 설명
할 수 없지만 어찌된 일인지 톰 레이튼의 세계로 살며시 끌
어들였다.

　조셉은 그 주일에는 뒷계단으로 사라지는 이웃집 아저씨
의 모습을 얼핏 한 번 보았을 뿐이다. 두 사람은 학기 마지
막 날 금요일 오후가 되어서야 다시 만났다. 그날 조셉은
수업이 일찍 끝나 버스를 기다리느니 집까지 걷자고 생각

했다. 커즌스 씨 가게 앞 도로를 건너 아서 가에 들어서자 따스한 봄 햇살의 위력이 실감났다. 모자 밴드는 젖어서 이마에 끈적끈적 닿았고 등에서는 땀방울이 주르륵 흘러내렸다.

레이튼네 긴 울타리 옆 잔디를 설렁설렁 걸어가자니, 귀에 익은 목소리가 조셉을 불렀다.

"한잔 하고 가지 그러니."

조셉이 고개를 들어보니 캐롤라인이 커다란 무화과나무 옆에서 갈퀴에 기대 서 있었다. 그녀는 낡은 밀짚모자를 벗으며 손등으로 이마를 닦았다.

"혹시 생각 있다면 차가운 과일 주스가 있는데. 술은 없구나."

캐롤라인은 미소 지었다.

"혹시 갈퀴질하는 걸 좀 도와주면 곁들일 초콜릿 비스킷을 찾아볼 수 있을 텐데. 어떠니? 해볼래?"

"좋아요."

조셉은 기꺼운 마음으로 고개를 끄덕였다.

"방금 네 어머니와 얘기했어. 뭐 좀 사러 가게에 가셨단다. 네가 일찍 올 거라 그러시기에, 혹시 우리 집에 들러 누에가 어떻게 되어 가나 보고 싶어 할지도 모른다고 했어. 관심 있니?"

"그럼요!"

"좋아. 저 아래서 물 좀 마시고 갈증을 달랜 다음, 미안하지만 간식 값은 해줘야겠다."

캐롤라인이 정원을 살펴보며 말했다.

"생각보다 내가 가지치기를 너무 열심히 했나 봐."

조셉은 오래 지나지 않아 마지막으로 외바퀴수레를 거름더미로 날랐다.

"자. 이제 간식 먹고, 누에 구경하자."

"누에 줄 뽕잎을 좀 뜯어 갈까요?"

"좋은 생각이다. 네가 뽕잎을 따는 동안 난 이걸 치워 놓을게."

캐롤라인은 갈퀴와 원예가위를 외바퀴수레에 놓고 집 아래로 끌고 갔다. 그녀는 돌아와 뽕나무 잎을 따고 있는 조셉을 보았다. 조셉은 양쪽을 모두 확인하기 위해 잎을 뒤집어 보기도 하고 높은 곳에 있는 가지를 끌어당겨 잎을 살펴보기도 했다.

"그렇게 까다롭지는 않을 텐데."

조셉이 캐롤라인을 향해 확 돌아서는 바람에 붙잡고 있던 나뭇가지가 휘릭 제자리로 돌아갔다. 마치 남의 일기를 읽다가 들키기라도 한 듯, 좀 부끄러워하는 기색이었다.

"뭐라고요……?"

"누에 말야……. 그렇게 까다롭지는 않을 거라고."

"아니……, 전 그냥."

조셉은 말을 하려 했지만 금방 할 말을 잃어버렸다.

"가자."

캐롤라인이 까르르 웃으며 말했다.

"엄선해서 딴 일류 뽕잎을 기어 다니는 미식가들에게 가져다 주자고, 응?"

조셉은 소심하게 미소 짓고는, 모아 놓은 작은 나뭇잎 무더기를 주워 모아 캐롤라인에게로 향했다. 캐롤라인이 조셉의 어깨에 팔을 두른 채 두 사람은 학교와 방학에 대해 가볍게 이야기하며 집으로 걸어갔다.

"누에가 많이 자랐어요?"

조셉이 뒷계단을 오르며 물었지만 아무 대답이 없었다. 조셉이 확인하려 올려다보자 캐롤라인은 딴 데 정신이 팔린 듯했고, 조금 전 반시간 동안의 느긋하고 편안한 태도는 한 걸음씩 뗄 때마다 사라져 가는 것 같았다.

캐롤라인은 톰 레이튼의 방으로 가서 문에 몸을 기울이며 가볍게 노크했다.

"톰? 톰, 조셉이 왔어. 누에 보러."

캐롤라인은 잠시 사이를 두었다.

"조셉이 싱싱한 뽕잎을 가져왔어."

안에서 움직이는 소리가 들리고 이내 문이 열리더니 키 큰 형체와 무표정한 얼굴의 톰 레이튼이 나타났다. 그러고 는 한 걸음 뒤로 물러서서 조셉이 들어올 수 있게 했다.

"나는 음료수 가져올게."

캐롤라인은 이렇게 말하며 얼른 부엌으로 갔다.

조셉이 방에 들어와 제일 먼저 눈에 띈 것은 다시 벽에 붙은 자신의 스케치였다. 조셉은 혼자 미소 짓고는 누에상 자로 갔다. 눈에 보일 듯 말 듯한 검은 실오라기였던 누에 들은 이제 길이 2센티미터 정도의 통통한 회백색 벌레로 변 해 있었다.

"와, 많이 컸네요. 공간이 별로 없는데. 상자를 더 만들어 야 하나요?"

"그래."

"도와드릴까요?"

"네가 그러고 싶으면."

톰 레이튼은 아무런 감정 없이 말했다. 불편한 시간이 몇 초가량 더 흐른 후 그가 덧붙였다.

"상자는 아래층에 있다."

"몇 개나 필요하죠?"

"10개쯤."

"가져오는 거 도와드릴게요."

톰 레이튼이 고개를 끄덕이며 몸을 돌려 방을 나서려 할 때 캐롤라인이 나타났다. 캐롤라인은 묻듯이 오빠를 쳐다보았다.

"상자를 더 가져와야 해……. 아래층에서."

"아래층? 아……, 이건 어쩌지?"

캐롤라인은 접시와 유리잔을 들어 보이며 오빠와 조셉을 번갈아 쳐다보았다.

"잠깐이면 돼."

톰 레이튼이 덤덤하게 대답했다.

"어, 그래……. 오래 걸리지 않는다면야. 그럼 이건 그냥 책상 위에 둘게."

톰 레이튼 뒤로 조셉이 따라 나갔다.

"톰?"

캐롤라인의 목소리는 가늘고 팽팽하게 긴장되어 있었다.

"나도 내려가서 도와줄까?"

그녀의 오빠와 조셉 둘 다 발을 멈추고 돌아섰다. 톰 레이튼의 눈길은 캐롤라인에게 머물렀다가 옆의 소년에게로 향했다.

"아니…… 괜찮을 거다."

"그래……. 어……, 난 그냥…… 부엌에 있을게."

캐롤라인이 얼버무렸다. 그러고는 손에 들고 있던 잔과

비스킷 접시를 떠올리고 다시 오빠의 방으로 사라졌다.

조셉은 톰 레이튼을 따라 왼쪽으로 거실 그리고 오른쪽으로 2개의 다른 문을 지나쳤다. 조셉은 하나는 욕실이고 다른 하나는 캐롤라인의 방일 거라고 짐작했다. 현관 옆의 일광욕실 근처에 이르러, 집 아래 지어진 방으로 통하는 좁은 계단을 내려갔다.

방은 하나뿐인 창에 드리워진 나무 블라인드를 통해 희미한 불빛이 간신히 새어 들어와 매우 답답했다. 한쪽 끝에는 오래된 벽난로가 있고, 그 앞에는 덩치 큰 안락의자가 놓여 있었다. 안락의자의 갈색 꽃무늬는 바래 흐릿하고 커다랗고 둥그런 팔걸이는 어마어마한 빵덩어리를 연상케 했다. 작은 보조 테이블이 방에 있는 유일한 가구였다. 창고용으로 쓰이고 있는 방은 낡고 무너져 가는 상자들이 대부분의 공간을 차지하고 있었다.

상자들 중 상당수는 책이 들어 있는 듯했는데, 그보다 더 많은 책들이 바닥과 다른 상자 위에 쌓여 있었다. 여기저기 책의 탑들이 전쟁에 피폐해진 도시의 고층건물들처럼 무너져 있었다. 다른 나무상자나 종이상자에는 스크랩북, 오래된 일기, 사진앨범, 액자, 잘라낸 신문조각과 온갖 잡다한 것들이 들어 있었다.

톰 레이튼이 방 한쪽 구석에 쌓인 신발상자로 향하는 사이, 조셉은 주위에 있던 책들의 제목을 훑어보았다. 위층 톰 레이튼의 황량한 방에 있는 빈 책꽂이를 떠올렸다. 조셉은 만약 진짜 톰 레이튼을 발견하게 된다면, 여기, 이 책들 어딘가에 숨겨져 있으리라고 생각했다.

"이거 다 아저씨 책이에요?"

늘 그렇듯, 톰 레이튼은 조셉의 질문에 답하기 전 잠시 뜸을 들였다. 마치 말 한마디 한마디 뒤에 숨겨진 위험이 있을까 두려워하는 듯이.

"대부분은."

"왜 방에 두지 않으시고요?"

"이제는 안 읽어."

"왜요?"

톰 레이튼은 손길을 잠시 멈춘 채 생각하는 듯했다.

"그냥."

조셉의 눈길은 무너져 내린 책들의 세계를 둘러보았다.

"한때는 독서를 좋아하셨을 것 같은데……."

톰 레이튼이 책 한 권을 집어 표지를 보는 사이 책장이 엄지에서 천천히 미끄러졌다.

"한때는……."

그는 생각에 잠겨 말했다.

"한때는 내게 있어 숨쉬는 것과도 같았지."

조셉이 지켜보며 기다리는 가운데 마지막 한 장이 넘어가고 톰 레이튼은 죽은 자식의 관 옆에 선 아버지처럼 책을 응시했다.

"그랬는데요?"

"어느 날…… 그냥 숨쉬기를 멈추었어."

들고 갈 수 있는 한 최대한 많은 상자를 모아 위층으로 돌아가는 동안 두 사람은 아무 말이 없었다.

일단 안에 들어서자, 할 일이 꽤나 많았다. 뽕잎을 더 많이 모아 와야 했고, 원래 상자를 치워야 하고 어린 누에들을 새로 준비한 상자로 조심조심 나눠 옮겨야 했다. 마침내 상자 하나마다 대략 30마리씩 10개의 상자가 나왔다.

조셉이 톰 레이튼과 함께 있으면서 이만큼 편안한 기분이 들기는 처음이었다. 누에를 새 집으로 옮길 차례가 되자 톰 레이튼이 조셉이 앉을 등받이 없는 조그만 의자를 가져다 주어 두 사람은 책상 앞에 나란히 앉아 일했다.

조셉은 어린 누에들을 흐늘흐늘한 뽕잎에서 빳빳하고 반질반질 윤기가 흐르는 새 잎으로 옮기는 일이 좋았다. 누에들은 싱싱한 먹이 덕에 생기를 찾아 부지런히 움직이며 끝없는 식욕을 채웠다. 작은 용처럼. 조셉은 시 구절을 떠올렸다. 그러고는 마치 혼자 있는 것처럼 묵묵히 계속 누에를 옮기고 있는 옆의 남자를 슬쩍 쳐다보았다.

"시 고마워요……. 좋던데요."

톰 레이튼은 앞에 놓인 상자에 눈을 고정한 채로 들었다는 듯 고개를 끄덕했다.

조셉은 이번에는 그의 침묵에 기가 꺾이지 않았다. 톱니 모양의 뽕잎 가장자리에 누에 한 마리를 더 놓고는 말을 이었다.

"정말로 좋아하게 된 시는 처음이었어요. 몇몇 대목은 이해가 안 가지만 대부분은 알겠더라고요."

조셉은 눈앞의 누에상자를 들여다보았다.

"그런데 왜 기어 나오지 않나 모르겠어요? 정말로 바깥 세상을 두려워하는 걸까요?"

조셉은 멍하니 앞을 바라다보다 살짝 고개를 저었다.

"평생을 상자 안에서……. 뭐, 뽕나무에는 하나도 없긴 하더라고요."

조셉은 돌연 톰 레이튼의 눈길이 느껴졌다.

"정말 찾게 될 거라 생각한 건 아니고요."

조셉은 서둘러 설명했다.

"아저씨가 하신 말 기억해요…… 다만 그냥 한 번……."

순간 조셉은 민망함에 열기가 확 치밀어 올랐다.

톰 레이튼은 한동안 조셉을 쳐다보다 다시 누에로 눈길

을 돌렸다. 조셉은 침묵이 사방에서 압박해 들어오며 방이 조여드는 것만 같았다. 얼굴과 귓가가 활활 불타는 듯했고 절박하게 뭔가 말하고 싶고, 그들을 둘러싸고 있는 괴로운 고요함을 깨뜨릴 무슨 말인가를 하고 싶었다.

마침내 다시 방 안의 숨통을 트이게 한 것은 톰 레이튼이었다.

"나도 찾아봤어."

조셉은 톰 레이튼을 돌아보았다. 그는 조금 전 얘기한 기색이라고는 전혀 없이 조심스런 손길로 누에를 옮기고 있었다.

"뭐라고요?"

"나도 찾아봤다고…… 누에를."

"언제요?"

"내가 어릴 때…… 너보다 어릴 때."

조셉은 톰 레이튼이 말을 계속해 주었으면 하는 바람에 그가 계속 말을 잇게 할 만한 질문을 궁리해 내려 애썼다. 하지만 그럴 필요가 없었다. 톰 레이튼이 말하기 시작했던 것이다. 처음에는 천천히. 그의 말은 바싹 말라 푸석푸석한 풀 위에 떨어지는 빗방울처럼 황량한 방에 울려 퍼졌다.

"어렸지……. 초등학교 다닐 때. 어떤 애들이 누에를 가지고 왔어……. 팔거나 바꾸려고."

그는 줄기에 누에 한 마리가 붙어 반쯤 갉아 먹은 뽕잎을 집어들었다. 그러고는 그것을 눈앞으로 가져와 벌레가 조그만 녹색 곡선을 끊임없이 파먹어 가는 것을 지켜보고 있었다.

"누에를 가질 수 있다면 뭐라도 줬을 거야. 하지만 내겐 바꿀 만한 게 아무것도 없었다. 그러다가 우리 뽕나무를 생각해 냈지."

그는 잎을 도로 상자에 넣고 꿈 얘기를 하듯 계속 말을 이었다.

"누에를 찾아 그 나무를 얼마나 뒤졌는지."

톰 레이튼이 혼잣말하듯 웅얼거리고는 고개를 설레설레 내저었다.

"잎 하나하나…… 손이 닿거나 올라갈 수 있는 높이에 있는 건 다. 하지만 누에는 없었어."

톰 레이튼은 천천히 긴 숨을 들이쉬었다.

"그리고 기도했지……."

한순간 톰 레이튼의 얼굴에 그늘이 지더니 목소리에 씁쓸함이 어려 굳어졌다.

"누에 한 마리만……. 그렇게 별것 아닌 것을. 늘 기도는 응답받는다고 배웠거든. 그저 부탁만 드리면 된다고. 난 그렇게 믿었어. 그래서 기도하고 눈을 감고 어둠 속에서 뽕잎으로 손을 뻗었지…… 기적을 바라면서…… 작고 웃긴 기적을. 바라고 또 바라면서……."

조셉은 뭔가 소리라도 내면 톰 레이튼의 흘러나오는 말이 멈출까 두려워 숨을 죽였다.

"하지만 매번 잎에는 아무것도 없었어. 결국에는 눈물에 가려 잎을 제대로 볼 수조차 없었고, 어스름이 내리자 배반감에 치를 떨며 하나님을 욕했지."

톰 레이튼은 주름진 벌레가 매달린 잎을 집어 꼭지를 잡고 천천히 돌렸다.

"누에 한 마리…… 그게 그렇게 큰 부탁이었을까?"

그는 차갑게 말하고는 무뚝뚝한 얼굴로 새로운 상자를 준비하려 했다.

"어렸을 때 누에를 얻은 적 있으세요?"

조셉은 조용히 물었다.

톰 레이튼은 그제서야 조셉의 존재를 기억해 낸 듯이 고개를 약간 돌렸다.

"바로 그날 밤. 막 차를 마시고 난 참이었지. 뒷문에서 노크 소리가 났어. 어머니와 함께 나가 보니 계단참에 저 아랫동네 사는 남자애가 있더구나. 나보다 몇 살 많고……. 다른 학교에 다녔지."

톰 레이튼은 이렇게 말하면서 손을 뻗어 종이상자를 끌

어당겼다.

"그 애 손에는 신발상자가 들려 있었지……. 바로 이것처럼, 뚜껑에 구멍이 숭숭 뚫려 있어서 즉시 안에 뭐가 들었는지 알았어. 그 애가 가족들과 함께 휴가를 가게 되었는데 누에를 가져갈 수 없다는 거야. 우리집 뒤뜰에는 뽕나무가 있으니 별로 수고스러울 것도 없을 테니 원하면 가져도 된다고 하더구나."

그는 잠시 사이를 두었다.

"전에는 한 번도 얘기한 적이 없는 사이였지. 그러니 결국엔 기적이 일어난 거야."

"기쁘셨겠어요?"

조셉이 말했다.

"평생 그렇게 겁이 난 적이 없었어. 그날 오후 내가 말한 온갖 끔찍한 소릴 모두 기억하고 있었거든. 뭔가 중요한 시험에 떨어진 것 같았지. 난 그저 누에 한 마리를 바랐을 뿐인데 받을 자격도 없는 상자 하나 가득 받았으니."

"어떻게 하셨어요?"

"누에들을 내 방, 이 방으로 가져와서 불을 끄고 침대에 앉았어. 나 혼자 있는 게 아닌 듯한 기분이었지……. 마치 누군가 방 안에서 날 지켜보고 있는 것처럼. 눈을 뜨기가 너무 무서웠어."

톰 레이튼은 마지막 누에를 신발상자에 떨어뜨리고는 다른 상자 옆으로 밀었다.

"그게 누에의 기적이고, 그 일로 그게 정말이라는 걸, 기도를 들어주시는 분이 진짜로 계시다는 걸 믿게 되었지."

그들 뒤에서 마룻바닥이 삐꺽거리더니 캐롤라인이 문가에 고개를 내밀었다.

"두 사람을 방해해서 미안한데, 방금 네 어머니가 너희 집 진입로를 걸어가시는 걸 봤어, 조셉. 네가 어딜 갔나 생각하실지도 몰라. 어떻게 되어 가니?"

"거의 끝났어요."

조셉은 말했다.

캐롤라인이 방을 나가자 조셉은 누에를 마저 새 상자에 담았다. 그러고는 책상 위에 놓여 있는 10개의 상자를 둘러보았다.

"이러니 낫네요."

조셉은 의자에서 일어났다.

"가봐야겠어요."

톰 레이튼은 일어나서 조셉이 책가방을 어깨에 메는 모습을 지켜보았다. 조셉은 문가에 다다랐을 때 톰 레이튼의 목소리에 멈춰 섰다.

"넌 기적을 믿니?"

그 질문에 조섭은 어리둥절하고 걱정되었다. 자신이 기적을 믿는지 안 믿는지는 알 수 없었으나, 한 가지만은 확신했다. 그들 사이가 이만큼 진전된 상황에서 톰 레이튼을 속상하게 하거나 언짢게 하고 싶지 않았다.

"전…… 잘 모르겠어요. 어쩌면…… 아마도요."

조섭의 대답에 톰 레이튼의 얼굴이 식어 가는 용암처럼 어두워지고 굳어졌다.

"믿지 마."

그는 불쑥 말하고는 돌아서서 다시 앉았다.

8장

그 후 방학 중인 2주일 동안 조셉은 레이튼네를 거의 매일 찾는 손님이 되었다. 캐롤라인이 파트타임으로 일했기에, 조셉이 들를 시간을 짜는 일은 캐롤라인 담당이었다. 조셉이 찾아올 때는 늘 캐롤라인이 집에 있으리라는 암묵적 이해가 자리하고 있었다.

매일매일이 거의 비슷한 일정으로 흘러갔다. 조셉은 싱싱한 어린 뽕잎을 따서 비닐봉지에 담고는 톰 레이튼과 함께 상자 청소를 한다. 누에를 꺼내 낡은 잎과 단단하고 검은 똥을 쏟아 버린 다음, 새 잎을 깔고 누에들을 도로 넣어 계속 갉아 먹을 수 있게 해주었다.

조셉은 애벌레들이 빳빳한 새 잎 위에서 꼬물꼬물 살아나는 모습을 구경하는 것을 좋아했고, 톰 레이튼 방에 가득

한 상자에서 풍겨 나온 달콤하고 톡 쏘는 냄새도 좋아했다. 조셉에게 있어서 그 냄새는 언제까지나 녹색의 냄새로 기억될 것이다.

누에의 변화 역시 조셉에게는 신기하기 그지없었다. 쭈글쭈글한 뿌연 회색 표면이 몸체가 통통해지면서 늘어나고 팽팽해지기 시작했고, 벌레들이 통통하고 단단해져 감에 따라 이전에는 알아차리지 못했던 자잘한 부분이 눈에 들어오기 시작했다.

조셉은 이제 누에 다리가 세 종류로 나뉜다는 것도 알았다. 앞의 6개는 작고 뾰족한 반면 가운데 8개는 좀더 컸으며 뒤에는 더 큰 다리 2개가 있었다. 좀더 자세히 들여다보면 움켜쥐고 기어오르기에 도움이 될 미세한 털과 작은 발바닥이 보였다. 어떻게 애벌레의 몸이 마디마디 주름지고 그 마디 하나마다 조그만 검은 테두리가 생겨나는지도 보았다. 조그만 회색 머리 뒤의 쭈글쭈글한 목덜미에서부터 조그맣고 부드러운 끄트머리까지 손가락으로 가볍게 쓸어 비단결 같은 부드러움을 느껴 보기도 했다.

캐롤라인은 초반에 한두 번 조셉에게 초상화는 어떻게 되어 가는지 물어 왔다. 조셉은 아직 작업 중이라고 말했고 그건 거의 사실이었다. 이따금 그림을 꺼내 여기저기 미묘한 변화를 주곤 했으니까. 아직도 톰 레이튼을 세밀하게 관찰하고 있으며 그로 인한 작은 세부사항들이 거의 무의식적으로 그림에 반영되고 있었다.

"그래, 언제든 더 스케치할 일이 있거든 말만 하렴."

캐롤라인은 대답했다.

그 후로 초상화 일은 뒤켠으로 물러난 듯했다. 이제 톰 레이튼과 조셉을 더욱 가까워지게 하는 것은 누에였다.

첫 주 동안 두 사람 사이에 거의 대화라고는 오가지 않았으나, 조셉은 함께 있는 시간이 즐거웠다. 톰 레이튼은 말 없고 서먹서먹해하긴 마찬가지였으나 처음과 같은 경계는 수그러든 듯했다.

방학이 둘째 주에 접어들었을 때는 톰 레이튼의 내밀한 세계의 문이 다시 한 번 열렸고, 그 열쇠는 레이튼네 집 창고방의 비밀 속에 숨겨져 있었다.

이때쯤 되자 누에는 크기 면에서 두 배 이상이 되었고, 신발상자가 10개나 되어도 안은 북적북적했다. 조셉은 청소와 마지막 상자에 도로 애벌레를 넣는 일을 이제 막 마친 후 아래층 방에 가서 상자를 더 가져오겠다고 자청했다.

"어디 있는지 알아요. 제가 가져올게요."

톰 레이튼은 주저하는 눈길로 조셉을 바라보았다.

"좋아."

그렇게 말하고는 도로 몸을 돌려 꿈틀대는 누에를 싱싱

한 잎 위에 올려놓았다.

조셉은 복도를 지나 계단을 내려가 아래층 방으로 향했다. 방에 들어서자마자 불을 켜고 퀴퀴한 공기를 들이쉬었다. 방 저쪽 끝에 있는 신발상자들을 발견하고는 포장상자의 미로를 이리저리 지나기 시작했다. 처음에는 상자를 2개밖에 찾지 못했다. 그것을 모아 들고 나가려고 할 때 책더미 뒤의 홍차통 가장자리에 올려져 있는 세 번째 상자가 눈에 들어왔다. 조셉은 몸을 뻗어 손끝으로 그 상자를 잡았다. 끌어당기다가 뒤늦게서야 상자가 가득 차 무겁다는 것을 깨닫는 순간, 조셉의 손에서 미끄러진 상자의 내용물이 모두 쏟아졌다.

조셉은 홍차통과 의자 사이를 지나 사방에 널린 흑백사진 앞에 무릎을 꿇었다. 사진 대부분이 작고 바랬으며 가장자리에는 하얀 여백이 둘러져 있었다. 결혼식과 집 앞 또는 바닷가에서 찍은 아기 사진, 그리고 구식 옷을 입은 사람들의 오래된 사진이었다. 몇몇은 뒷면에 날짜와 이름이 적혀 있었다.

조셉은 사진을 한 움큼 주워 모아 대충 정리해서 도로 상자에 넣었다. 그러던 중 색깔이 얼핏 눈에 들어왔다. 조셉은 색이 바랜 폴라로이드 사진을 들어 빛에 비추어 보았다. 텐트 옆에 있는 젊은 빨간머리 군인 사진이었다. 웃통을 벗고 있었으며 상자 위에 앉아 팔꿈치를 무릎에 괸 채 뭔가 깡통에 든 음식을 퍼먹던 중이었다. 군인은 카메라를 향해 활짝 미소 짓고 있었다. 사진을 뒤집자 거의 다 지워진 메모가 눈에 띄었다.

토미에게
영원한 전우,
믹(1968년 베트남)

솔직하고 서글서글해 보이는 탄탄한 체구의 젊은 남자가 한때 톰 레이튼과 함께 웃고 농담했을까? 무뚝뚝한 얼굴이 조셉에게 있어선 바위만큼이나 완고해 보이는 그 사람과?

조셉은 사진을 도로 상자 안에 넣고 흩어져 있는 나머지 사진들을 손으로 쓸어 모았다. 마지막 몇 장을 넣던 중에 낯익은 것이 눈에 들어왔다. 레이튼네 뒷마당에 있는 오래된 시멘트 소각로였다. 조셉은 다른 사진들 뒤에 있는 그 사진을 꺼내 보았다.

소각로의 일부 모습이었다. 그 옆 뽕나무 둥치와 가지가 보였다. 나무 아래, 사진의 중앙에는 조그만 금발머리 소년이 씨익 웃고 있었다. 벙벙한 반바지와 헐렁한 줄무늬 티셔츠 차림이었고 웃지 않으려 애쓰는 듯한 모습이었다. 뽕나무잎 그림자가 아이의 옷과 얼굴에 드리워졌다. 조셉은 사진을 뒤집어 보았다. 1958년 토머스 아홉 살.

조셉은 다시 사진을 뒤집어 아이를 보았다. 기쁨을 감출 수 없는 눈매와 환한 웃음이 가득한 얼굴에서 톰 레이튼을 찾아보았다. 만약 조셉이 아는 남자와 오래된 흑백사진에서 싱글거리고 있는 소년이 정말 같은 사람이라면, 이 톰 레이튼은 어디로 간 걸까?

"상자 찾았어?"

조셉의 몸은 전류에 감전되기라도 한 듯 순간 움찔했다. 톰 레이튼이 계단 위에 미동도 없이 서 있었다.

"네……. 어…… 2개 찾았어요."

조셉은 얼른 대답하며 자신이 아직 바닥에 무릎을 꿇고 있다는 걸 깨달았다.

"이 상자가 비어 있는 줄만 알았어요. 사진이 전부 쏟아져서. 도로 집어넣던 참이었어요 그러려던 게…… 보려던 건 아니고…….''

조셉은 걱정스레 고개를 들었으나, 톰 레이튼의 눈은 조셉을 보고 있지 않았다. 그의 눈은 조셉이 깜박 잊고 아직 손에 들고 있는 사진에 고정되어 있었다. 조셉은 다시 한 번 사진을 보고 머뭇머뭇 톰 레이튼에게 내밀었다.

"이거 아저씨예요?"

조섭이 물었다.

톰 레이튼의 눈이 조섭과 마주쳤다. 사진은 나무에 달린 마지막 잎새처럼 그냥 허공에 내민 채였다. 조섭은 톰 레이튼이 사진을 보지 않으려는 줄로만 알았다. 그러나 톰 레이튼은 마치 사랑하는 사람의 시신을 신원확인해 달라는 요청이라도 받은 듯 마지못해 눈길을 내렸다.

"아저씨죠?"

조섭이 부드럽게 재우쳐 묻자 톰 레이튼은 고개를 끄덕거리며 쉰 목소리로 "그래"라고 대답했다.

"하지만 같은 나무가 아니네요."

"응?"

톰 레이튼은이 들릴 듯 말 듯한 목소리로 되물었다.

"다른 나무라고요. 소각로 위치가 다르잖아요. 지금 있는 그 나무가 아니네요."

"그래."

"아저씨가 누에를 찾으려 했던 나무가 이건가요?"

"맞아."

"이 나무는 어떻게 됐어요?"

"말라 죽어 가고 있었어. 베어 버렸지. 아버지가 맞은편에 새로 나무를 심으셨어. 소각로와 더 넓게 간격을 두고."

톰 레이튼은 사진에 정신이 팔린 듯이, 마치 그도 행복과

순수함이 가득한 소년의 미소에서 자기 자신을 찾으려는 것처럼 보였다. 그를 열심히 지켜보고 있던 조셉은 그의 눈이 사진 중앙의 인물에서 떨어져 배경을 헤매다가 뭔가 발견하는 것을 알아차렸다. 톰 레이튼은 사진을 눈에 바짝 더 가까이 가져가더니 골똘히 눈썹을 모았다.

"고르고……."

그가 혼자 중얼거렸다.

"네?"

"고르고."

톰 레이튼이 다시 말했다.

"여기."

그는 사진을 조셉에게 도로 건네며 가리켰다.

"여기에 고르고가 살았어."

톰 레이튼은 나무둥치가 2개의 큰 가지로 갈라지는 곳에 있는 구멍을 가리켰다. 가지 하나는 위로 거의 곧게 뻗어 있었고 다른 가지는 사진 속 소년의 뒤로 휘어져 있었다.

"고르고가 누구예요?"

조셉이 톰 레이튼을 올려다보며 물었다.

"도마뱀."

"왜 이름을 고르고라고 했어요?"

"예전에 동네 극장에 가곤 했어……. 토요일 오후에. 대체로 모험물이나 시리즈물이었지. 그중 선사시대의 괴물에 관한 영화가 있었어. 고르고. 어쩌다 그게 도로 살아나는 이야기였는데 그게 도시를 공격해."

조셉은 미소 지으며 자신이 봤던 그런 유의 영화를 떠올렸다.

"그것은 어땠어요, 아저씨의 고르고는?"

톰 레이튼은 조셉을 쳐다보다가 무덤덤하게 대답했다.

"어린애한테는 무시무시했지."

"어째서요?"

"크고, 시커멓고…… 사가웠거든."

톰 레이튼이 눈길을 다른 곳으로 돌렸다. 그는 마치 과거가 저 멀리 보이기라도 하는 듯 조셉의 머리 너머를 바라보았다.

"그때엔 그게 얼마나 커 보였던지 꼬리가 뽕나무 뿌리까지 내려올 거라 상상했어. 어쩌면 전부 상상이었을지도. 아마 아예 존재하지 않았을지도 몰라. 내가 꿈을 꿨을지도 모르지. 하지만 그때의 내겐 진짜였어. 늘 고르고가 나무 속에 있다고 상상했어. 무심하게 기다리고 있다고."

그는 마치 너무 많이 털어놓았다고 여기기라도 한 듯 순간 입을 다물었다.

조셉은 사진을 쳐다보며 톰 레이튼이 얘기한 생물이 뽕

나무 안 깊은 곳에 도사리고 있다고 상상해 보았다. 그러는 사이 고르고의 굴 안 그늘 속에 있는 무언가 보일락말락 한 것이 눈에 들어왔다.

"이거 막대기예요……, 구멍 속에?"

조셉은 사진을 도로 톰 레이튼에게 건네며 물었다.

"그래. 내가 그 안에 넣었어."

"왜요?"

"겁나기는 했지만, 고르고를 보고 싶었거든. 밖으로 나오게 할 수 있을 거라 생각했어."

톰 레이튼은 그 광경을 머릿속에서 그려 보는 듯 말을 멈추었다.

"막대를 나무로 가져가는 동안 손이 막 떨렸어."

"어떻게 되었어요? 고르고가 나왔어요?"

조셉이 물었다.

"처음 시도했을 때는 너무 겁을 먹어서 막대가 구멍 가장자리에 부딪혀 손에 가시가 박혔지. 다음번에는 좀더 조심했어. 신중하게 겨냥했지. 그런데 막대가 내가 예상한 것보다 훨씬 더 깊이 들어가 버렸어. 손이 구멍 입구까지 미끄러졌지. 난 결국 막대를 놓고 도망쳤어……. 겁에 잔뜩 질려서. 돌아볼 수가 없더구나. 고르고가 날 쫓아오고 있을 거라 생각했거든…… 멈추지 않고 끈질기게, 무정하게 말이야.”

“고르고가 나왔어요?”

조셉이 다그쳐 물었다.

톰 레이튼은 사진을 건넸다.

“아니, 안 나왔어. 내가 죽였을지도 몰라. 그 막대에 갇혔을지도 모르고. 아니면 애초에 존재하지 않았을 수도 있을 테고. 이유가 뭐였든 간에, 그 막대를 빼낼 엄두가 나질 않았다.”

“그 뒤로 고르고를 다시는 못 봤고요?”

“그래. 나무가 죽어 가기 시작했어. 아버지는 그걸 베어 버리기로 결심하곤 나더러 거들라고 하셨지. 우리가 모든 가지를 쳐내 텅 빈 나무둥치만 남았어. 아버지가 그걸 밀자 쉽게 쓰러져 버리더군. 한순간 썩은 뿌리 사이에서 꿈틀거리는 고르고의 꼬리를 본 것 같았어. 아버지는 나무둥치를 소각로로 옮기게 거들어 달라 하셨지. 혼자서도 충분히 하실 수 있었겠지만 날 우쭐하게…… 어른이 된 기분을 느끼게 해주려고 그러셨던 것 같아. 하지만 난 너무 겁이 나서 움직일 수가 없었어.”

다시금 톰 레이튼을 말을 멈추었고, 눈앞에서 벌어지는 장면을 보고 있는 듯했다. 조셉은 몇 초 동안 기다리다가 그의 회상에 끼어들었다.

"왜 겁이 났는지 아버지한테 말씀드렸어요?"

"아니. 그럴 수 없었어. 물론 아버지는 화를 내셨지."

"어떻게 했어요?"

"아버지를 도와 나무둥치를 소각로로 옮겼어. 끔찍했지. 그러는 내내 나는 안에서 분노로 어두워진 눈을 하고 꿈틀대는 고르고를 상상했어. 간신히 두려움을 억누르고는 나무둥치에 이미 불이 붙기라도 한 양 소가로에디 던져 넣고 집으로 도망가 버렸어. 아버지는 내가 정신이 나갔나 하셨을 거야."

조셉은 그 광경을 상상하며 미소 지었지만 톰 레이튼의 심각한 얼굴엔 아무 변화가 없었다.

"정말 고르고가 안에 있다고 생각하세요?"

"아니, 지금은 아니지……. 하지만 당시엔 그렇게 생각했지. 그리고…… 아버지가 마침내 소각로에 불을 붙였을 때, 내 상상 속에서 그 불길에 타고 있는 건 고르고가 아니라 누에였어. 누에 생각밖에 안 나더라고. 시커멓게 타 부글거리는 누에, 하나하나 터져 가는 알과 불길 앞에서 그 있으나 마나 한 날개를 펄럭이는 나방들."

"밤에 아저씨를 본 적이 있어요……. 소각로를 들여다보고 계신걸. 훔쳐보려던 건 아니고…… 그냥……. 그때 누에 생각을 하고 계셨던 거예요?"

"아니. 하지만 가끔은."

톰 레이튼은 마치 지은 죄를 고백하기라도 하는 듯이 말했다.

"가끔은…… 들리는 것 같기도 해."

"소각로 안에서요?"

"그래."

"무슨 소리가 들리는 것 같은데요?"

톰 레이튼의 대답은 텁텁한 공기 속에 시 구절처럼 울려 퍼졌다.

"뭔가 시커멓고 그을린 끈질긴 것이, 재 속을 헤치며 긁어대고 부스럭대는 소리."

조셉은 어이없어하며 톰 레이튼을 응시했다.

"하지만 그게 아직 살아 있을 리 없잖아요."

"어쩌면 애초에 존재하지 않았을지도 모르지…… 하지만 악몽은 여느 꿈보다 훨씬 더 물리치기 어려워."

"혹시 고르고에 대한 악몽을 꾸신 적 있어요……? 어렸을 때?"

조셉은 조심스레 물었다.

"많이."

"어땠어요?"

"늘 똑같았지. 무언가 보이지 않는 존재에 쫓기며 그 발톱이 내리 닥치기를 기다리는 거야."

조셉의 머릿속에선 의혹과 두려움이 회오리쳤다. 조셉은 톰 레이튼이 마침내 자신의 두려움을 직면하기로 결심하고 막대를 고르고의 미지의 굴 속으로 쑤셔 넣기 전 어떤 기분이었을지 알 것 같았다. 그리고 그런 악몽에 대해서도 익히 알고 있었다.

"톰? 조셉? 거기들 있어?"

무거운 분위기의 창고방에 캐롤라인의 목소리가 머뭇머뭇 들려왔다. 캐롤라인이 계단을 내려와 꼼짝 않고 있는 남자와 아이를 향해 불안한 미소를 지었다.

"아, 여기 있었구나. 어딜 갔나 했네. 여기서 소설에 정신이라도 팔렸나 했어."

캐롤라인은 두 사람을 번갈아 쳐다보았다.

"아무 일 없지?"

"그래. 상자가 더 필요해서."

톰 레이튼이 말했다.

"자, 이제 올라와."

그녀가 명랑하게 말했다.

"맛있는 과일 파운드케이크를 만들었어, 생각 있다면."

방으로 돌아오자, 톰 레이튼은 새 상자에 뽕잎을 넣고 오래된 상자에서 누에를 골라내기 시작했다. 조셉은 무릎에 접시를 놓고 커다란 파운드케이크 조각을 손에 들고 창가에 앉아 있었다. 조셉은 잠시 톰 레이튼을 지켜보다가 케이크 조각을 도로 접시에 내려놓고 손가락에 묻어 있는 버터를 핥았다. 하고 싶은 말이 있었지만, 얘기하려 들면 말이 목에 걸릴까 두려웠다.

마침내 얘기할 용기를 내자, 마치 절벽 가장자리로 다가가 뛰어내리는 기분이었다.

"저도 그런 꿈 꿨어요."

조셉은 들릴까 말까 한 목소리로 말했다.

톰 레이튼은 움직이지 않은 채 즉시 고개만 목소리 나는 쪽으로 돌렸다. 조셉의 뇌리에는 불현듯 먹이의 움직임을 감지한 크고 시커먼 도마뱀의 모습이 떠올랐으나 그만두기엔 이제 너무 늦었다.

"저도 그런 꿈을 꾸곤 했어요……. 아저씨 꿈 같은…… 악몽을."

톰 레이튼은 자리에 앉아 천천히 의자를 돌려 조셉을 마주하고 기다렸다.

그렇게 해서 눈이 휘둥그런 달리는 남자가 조셉의 꿈과 기억 속 음울한 거리에서 도망쳐, 톰 레이튼의 방으로 나오게 되었다.

그날 오후, 조셉은 처음으로 오랫동안 신기해하고 무서워하던 그 남자에 대해 다른 사람에게 말했다. 달리는 남자와의 만남과 반복되는 악몽을 털어놓았다. 그러는 내내 톰 레이튼은 조용히 귀를 기울였다.

처음 조셉은 염려스러워 머뭇거렸으나, 톰 레이튼의 얼굴에는 아무런 판단이나 비난하는 기색이 없었다. 조셉은 오랫동안 비밀로 감춰 왔던 자신의 생각과 말이 점점 더 침묵의 진공 속으로 빨려드는 기분이었다. 더 이상 할 말이 없어지자 조셉은 얘기를 마무리했다.

"어렸을 때는 늘 그 꿈을 꾸곤 했어요……. 지금은 안 그렇지만."

늘 그렇듯 톰 레이튼은 덤덤하고 거리감 있게 여겨졌다. 그가 책상으로 몸을 돌려 누에를 보살피려나 보다 싶을 때 갑자기 고개를 들더니 말했다.

"넌 그 사람을 달리는 남자라고 해?"

조셉은 그 호칭의 유치함이 창피해서 머뭇거렸다.

"어렸을 때 그렇게 불렀어요. 아저씨의 진짜 이름을 몰라서. 그냥 늘 달리니까요."

"그 사람에게 달리는 남자 이상의 무언가가 있을 거라는 생각 해봤어?"

톰 레이튼의 어조는 담담하고 아무런 감정이 없었으나

조섭은 그래도 일말의 죄책감이 느껴졌다.

"어쩌면요. 모르겠어요. 아무튼 이제는 거의 보는 일도 없는데요."

"아마도 넌 그 사람을 아예 못 보았는지도 몰라."

"무슨 뜻이에요?"

톰 레이튼은 신발상자 하나를 자기 무릎으로 옮겼다.

"만약 누에가 어떻게 생겼는지 전혀 모르는 사람에게 이 상자를 보여 준다면, 누에는 커다란 애벌레구나 하고 생각하겠지. 한 달 후에는 하얀 나방이라 할 테고, 또 한 달이 지나면 회색 알."

그는 상자를 천천히 돌렸다.

"어떤 게 정확하게 누에를 설명한 걸까? 모두 맞는 걸까, 아니면 모두 틀린 걸까? 그리고 이런 간단한 생물도 진짜로 보는 게 그렇게나 힘들다면, 한 사람을 보기란 얼마나 더 힘들까?"

어리둥절하여 조섭의 얼굴이 찌푸려졌다.

"내 말은 이 사람이 늘 지금 같지는 않았을지도 모른다는 거지."

"그럼 무슨 일로 바뀌었을까요?"

톰 레이튼은 고개를 저었다.

"그 사람이 다시 변할 수 있다고, 원래대로 돌아갈 수 있다고 생각하세요?"

"아니, 그런 건 아니야. 잃어버린 것을 다시 회복할 수는 없다고 생각해."

"그 사람을 무서워한다니 바보 같겠죠."

"악마는 여러 형태로 나타나니까."

톰 레이튼이 음울하게 말했다.

즉시 조셉은 메모판에 붙어 있던 에셔의 악마와 천사 그림을 떠올렸다. 하지만 톰 레이튼의 얼굴을 보자 그보다는 자기 자신의 모습에 충격받고 괴로워하는 괴물의 표정에 더 가까웠다.

조셉은 화제를 안전한 쪽으로 돌리려 했다.

"그 사람이 왜 늘 달리는지 궁금해요."

톰 레이튼의 눈썹이 약간 치켜 올라갔다.

"모두들 달리지."

톰 레이튼 말에 어린 지친 씁쓸함에 조셉은 퍼뜩 놀랐다.

"허물어져 가는 집에 30년을 틀어박혀 썩어 가고 있는 사람조차도 어디론가 미친 듯이 질주하는 것일 수도 있어. 어차피 소용없는 짓이야. 절박한 꿈을 좇아 달리든 악몽으로부터 도망치든, 거기에서 한 발짝도 가까워질 수도 멀어질 수도 없지."

그 몸을 축 늘어뜨리고는 이렇게 덧붙였다.

"밀튼은 알고 있었어."

그의 깊고 그윽한 목소리가 멀리서 들려오는 천둥소리처럼 방 안에 우렁우렁 울렸다.

"……그의 안에 지옥 있으니
지옥은 그와 함께, 그의 사방에,
자신에게서 벗어날 수 없는 것과 마찬가지로
어디에서든 지옥에서 한 걸음도 나갈 수 없도다.
어디로 날든 지옥이다. 내 자신이 지옥이다."

한순간 톰 레이튼의 얼굴이 분노와 절망으로 뒤틀렸다. 조셉은 마치 빼꼼이 열린 문틈으로 결코 남들에게 보여서는 안 될 무언가를 얼핏 봐버린 듯했다.

"시 구절이란다…… 존 밀튼의."

톰 레이튼은 말하며 몸을 돌렸다.

"내 말은 너의 달리는 남자도 그럴지 모른다는 거지…… 무언가로부터…… 자기 안에 있는…… 어떤 지옥으로부터…… 얼마나 멀리 얼마나 빨리 달리든 간에…… 절대 벗어날 수 없는 지옥으로부터 도망치고 있는지도."

"그런데 왜 계속 달리는 거죠?"

그의 대답은 흔들리지 않는 확신이 담겨 있는 듯했다.

"왜냐하면 그 사람이 생각할 수 있는 것은 그것뿐이니까…… 남은 것은 그것뿐이니까……. 그저 살아남기 위해서…… 하루를 보내고 다음 하루를 맞이하기 위해서."

톰 레이튼은 신발상자를 도로 책상에 놓고 등을 돌린 채 그대로 있었다. 산들바람에 커튼이 펄렁이고 메모판에 붙은 조셉의 원본 스케치가 휘익 펄럭였다.

조셉은 그림의 거친 형태와 단순한 선을 곰곰이 뜯어보았다.

"아저씨 초상화 진도 좀더 나갔어요. 보고 싶으시다면 다음에 올 때 가지고 올게요."

톰 레이튼은 말없이 고개를 끄덕였다.

"어, 그럼 가볼게요."

조셉은 만남이 끝났음을 감지하고 이렇게 말하자 톰 레이튼은 다시 고개를 끄덕였다.

조셉은 빈 접시를 들고 문으로 향했다. 황량한 방에 홀로 있는 톰 레이튼의 어둡고 침울한 형체를 돌아보며, 마지막 질문을 꺼내 보았다.

"그런데 그 시에 나오는 사람은 무엇으로부터 도망치는 거예요?"

"그 자신으로부터."

돌아보지 않은 채 톰 레이튼이 대답했다.

"왜요?"

"자기 자신이 싫어서 참을 수 없었으니까."

"누군데요?"

톰 레이튼은 무덤을 닫는 묘석과도 같은 차가운 단호함으로 그 이름을 말했다.

"사탄."

9장

조셉은 그 다음 주 내내 누에의 상태를 살피기 위해 레이튼네 매일 잠깐씩 들렀다. 조셉은 매번 찾아갈수록 점점 더 내리깔리는 침묵에 익숙해져 더 이상 그 침묵을 거부의 표시로 해석하지 않았다.

하지만 방학 마지막 주에 조셉이 톰 레이튼의 폐쇄적인 혼자만의 세계와 맞닥뜨리게 되는 사건이 두 번 있었다.

첫 번째는 조셉이 작업 중인 스케치를 가져갔을 때였다. 톰 레이튼은 오래된 사진을 뜯어볼 때처럼 스케치를 골똘히 들여다보았다. 그림이 마치 풀 수 없는 퍼즐이라도 되는 것처럼.

"마음에 들면 가지셔도 돼요. 전 필요없으니까요. 제겐 다른 스케치가 있거든요."

톰 레이튼은 그것을 조셉의 첫 번째 스케치 옆에다 핀으로 꽂았다. 조셉은 두 그림을 비교해 보니 처음의 흐릿하고 머뭇거리던 연필선이 초점 맞춰진 슬라이드처럼 깊이가 생기고 세밀해졌다는 것을 알 수 있었다. 그런데 종이 위의 그림이 실제 인물에 점차 가까워져 가고 있기는 해도 눈은 차갑고 생기 없는 그대로였고 얼굴 표정은 여전히 읽을 수 없었다.

조셉은 책상 위에 줄지어 놓인 깨끗이 청소한 상자들로 눈길을 돌렸다. 지난 두 주일 동안 누에의 크기는 두 배가 되어 이제는 뽕잎 하나마다 통통한 벌레 서너 마리가 붙어 잎맥 사이의 짙은 녹색 부분을 열심히 갉아 먹고 있었다.

"상자가 더 필요하겠네요, 그렇죠?"

조셉이 애벌레들을 지켜보며 물었다.

"전부 두지는 않아."

"어떻게 하시는데요?"

"학교에다 주지. 캐롤라인이 가지고 가."

"얼마나 오랫동안 그렇게 해오셨어요?"

"여러 해…… 20년…… 더 되었지."

학교 얘기가 나오자 순간 조셉의 뇌리에 톰 레이튼에 대한 마섭 아주머니의 신경질적인 경고와 그를 둘러싼 소문이 떠올랐다. 조셉은 책상 위의 뽕잎을 만지작거렸다.

"예전에는 선생님이셨어요?"

조셉은 가능한 한 가벼운 말투로 물었다.

톰 레이튼은 하던 일을 멈추고 조셉을 넘겨다보았다.

"누가 그러는데 아저씨가 전에 선생님이었다고…… 그리고 그 책들이요……. 시하고 그런 거."

조셉이 설명 삼아 말했다.

"국어 선생님이셨나요?"

"예전에…… 오래 전에."

그는 단조롭게 말했다.

조셉은 앞에 있는 누에에 집중했다. 다음 질문은 꽉 메인 목구멍 사이로 간신히 흘러나왔다.

"왜 그만두셨어요?"

"그냥…… 그만뒀어."

그의 목소리가 무척이나 냉담해 조셉은 묵직한 문이 쾅 하고 닫힌 기분이었다.

침묵과 정적이 경호원처럼 그 사람을 둘러싸고 가로막았으나, 먼저 입을 연 쪽은 톰 레이튼이었다.

"몸이 좋지 않았어. 나아졌다고 생각했는데 아니었더라고. 난…… 힘든 시기를 겪었거든."

"베트남에서요?"

조셉은 미처 생각하기도 전에 묻고 말았다.

톰 레이튼은 흠칫 놀라는 표정이었고 순간 얼굴을 스쳐 가는 두려움의 물결을 감추려 애썼다. 그러고는 짧게 헐떡이며 말을 토했다.

"하지만…… 어떻게……?"

"사진이요…… 아래층에. 군인 사진이 한 장 있었어요. 뒤에 글이 적혀 있더라고요. 훔쳐보려던 건 아니고……."

톰 레이튼은 아이의 얼굴에 어린 근심을 보고 눈을 떨구었다.

"괜찮다."

그는 차분하게 말했다.

톰 레이튼의 어조에 안심해서, 조셉은 한 가지 더 물어보았다.

"아저씨 친구분이셨나요…… 그 사진에 나온 사람?"

방 안에 정적이 고운 먼지처럼 내려앉았다. 톰 레이튼은 목소리가 떨렸으나 목을 가다듬고는 좀더 또렷하게 말을 이었다.

"그래…… 하지만 그 친구는 돌아오지 못했지."

"어떻게 되었는데요?"

조셉은 속삭였다.

톰 레이튼은 중요한 결정을 두고 어쩔까 고민하는 듯이 조셉을 가만히 쳐다보았다. 그러고는 어떤 슬픔과 상실의 깊은 우물에서 끌어내는 듯이 낮고 아득한 목소리로 말하기 시작했다.

"우리는 거의 귀국할 때가 다 되었어. 우리의 마지막 작전이 될 예정이었지. 어려운 것도 아니었고. 모두 열두 명이었는데 본대로 귀환하는 중이었지."

그는 미간을 찌푸리고 마치 기억 속 영상을 좀더 제대로 보려고 하는 듯이 눈을 가늘게 모았다.

"그 애가 우리를 향해 달려왔어. 남자애…… 아이가."

그는 거의 믿기지 않는다는 듯한 말투였다.

"거리가 있기는 했지만 얼굴은 볼 수 있었지. 천사 같은 얼굴. 울고 있었어. 눈물을 뚝뚝 흘려 가며. 눈물과…… 피. 그 애 얼굴에, 팔에, 옷에 피가 묻어 있더라고……. 정확히는 옷은 아니고, 누더기. 그리고 그 애 목소리는……."

그는 움찔하더니 눈을 감았다.

"그 애는 소리치고 있었어……. 애원했지……. 베트남어와 서툰 영어로, 자기 어머니에 관해서. 어머니가 죽어 가고 있다고. 도움이 필요하다고. '제발 와줘요! 와줘요!' 그 애는 애원했어…… 그리고 수풀을 가리켰지."

톰 레이튼이 잠시 사이를 두는 사이 조셉은 점차 잦아드는 그의 들먹거리는 가슴을 볼 수 있었다. 그의 목소리에 실린 커져 가던 불안감은 다시 입을 열었을 때는 조금 가라

앉아 있었다.

"그리고 그 애는 품에 뭔가를 안고 있었어······. 아기를. 더러운 천에 감싸여 있었지······. 오래된 셔츠였을 거야. 아기는 아무 소리를 내지 않고 있었어. 죽은 게 아닐까 싶었다. 그 애는 수풀 옆 오솔길에 선 채 울며 자신을 따라올 것을 애원했어."

톰 레이튼이 멍하니 앞을 응시해서 조셉이 기다리는 동안 마치 머릿속에서 이야기가 진행되고 있는 것처럼 톰 레이튼의 눈이 움직이기 시작했다.

"어떻게 하셨어요?"

조셉은 혼자 동떨어질까 무서워 물었다.

"몇몇은 그 아이와 함께 가려 하지 않았어. 우린 피곤했지. 부대로 돌아가고 싶었어. 또 하룻밤을 정글에서 보내기도 싫었고. 위험한 일이야. 적이 어디에 있을지······ 누가 적인지 알 수가 없거든. 믹과 나 그리고 몇 사람은 그 애를 돕고 싶어 했는데 특히 믹은 더했어. 아이들을 좋아했거든. 늘 아이들에게 뭔가 주곤 했지. 초콜릿, 성냥, 돈. 믹은 그냥 두고 가질 못하고······."

잠시 톰 레이튼의 눈에 물기가 반짝였으나, 이내 턱 근육이 꿈틀하더니 다시 돌처럼 굳은 얼굴이 되었다.

"믹은 아이를 따라가자고 지휘관을 설득했지. 어쩔 수 없다면 자기 혼자만이라도 가겠다고. 그래서…… 아이가 앞장서서 달려가고 우리는 그 뒤를 따랐어. 100미터, 어쩌면 200미터쯤 수풀 사이를 달려 작은 공터로 나왔지. 오두막집이 서너 채 있었고. 그 뒤로는 절벽이 있고 아래는 말라붙은 골짜기였어."

그는 머릿속에서 이야기를 정리하는 듯 잠시 입을 다물었다가 다시금 말을 이었다.

"아이는 제일 멀리 있는 오두막으로 달려가 한 손에는 누더기로 싼 그 조그만 꾸러미를 꽉 안은 채 한 손을 열심히 흔들어 댔어. 우리에게 계속 소리쳤어. '여기! 이리로! 이리로! 제발! 엄마, 도와줘요! 제발!' 믹과 내가 정찰을 자원했지. 내가 조심하라고 일렀지만 믹은 앞서 달려갔어. 그냥 오두막 안으로 뛰어 들어갔지. 나는 10미터쯤 뒤처져 있었고. 오두막 뒤편에서 뭔가 움직이는 게 눈에 들어오더라. 그 아이였어. 도망치고 있었고. 바닥에다 뭔가 던지더군. 그 아기였지. 달려가 보니…… 아기가 아니더구나. 그냥 나무에다가 천을 둘둘 감아 놓은 거였어. 한순간 안심했지……. 아기가 다친 게 아니라 다행이다 하고. 그리고 다음 순간…… 함정이라는 걸 알았지. 그 아이가 우리를 함정으로 유인했던 거야."

"그 다음엔 어떻게 되었어요?"

"난 벌떡 일어나 오두막을 향해 돌아섰지. 믹에게, 다른 사람들에게 당장 나오라고, 몸을 숨기라고 소리치려던 참이었어. 하지만 입을 여는 순간, 오두막이 폭발했지. 풍선처럼 터져 버렸어. 열기가 덮쳐 와 숨통이 탁 막혔어. 다음 순간 난 뒤로 날아가 나뭇가지 사이에 처박혔고 거꾸로 뒤집힌 채 뭔가가 내 위로 쏟아져 내리고 있었어. 뭔가 타는 냄새가 났지. 사이렌 소리처럼 귓속이 웅웅 울렸지만, 그 너머 들리는 드르륵 자동소총 소리와 연이은 폭발음은 알겠더구나. 눈을 뜨려 애썼지만 희미한 빛밖에 안 보였고, 곧 그마저도 흐려지더니 의식을 잃었던 모양이야."

조셉은 이번에는 톰 레이튼에게 이야기를 재촉하지 않았다. 시작한 이야기는 끝낼 거라는 걸 알고 있었다.

"정신이 들어 보니, 골짜기 바닥을 뒤덮은 부러진 나뭇가지와 나뭇잎 그리고 오두막 기둥 조각과 지붕 짚 사이에 거꾸로 처박혀 있더군. 그 덕에 목숨을 건졌던 거야. 소란스런 와중에 나를 못 보고 지나쳤던 게지. 뒤통수는 피로 축축했어. 손과 얼굴은 온통 까졌고. 몸을 질질 끌고 비탈을 올라갔어. 베트콩이 아직 있든 말든 신경 안 쓰고. 올라가 보니 위험은 없더구나. 우리 소대원만 있었지, 모두 죽은 채. 전부 다. 거기서 믹을 찾아냈어. 폭발했을 때 오두막 안에 있었던 모양이야. 거기에…… 믹은……."

톰 레이튼은 손으로 입을 막았고 그 참담함을 안에 가두려 애쓰는 듯했다. 고개를 약간 들자 손가락이 입술을 따라 가슴으로 미끄러져 내렸다.

"난 숲 속으로 어정어정 돌아갔지. 거기가 어디인지 어디로 가야 하는지도 모른 채. 머리는 고통에 울려 대고 있었지. 얼굴 살갗이 얼마나 팽팽하게 당겨지던지 찢어질 것만 같았어. 그냥 걷기만 했지. 어떻게 해서인지 라이플 총을 아직 들고 있더라. 비틀거리다가 너무 어질어질해서 마침내는 나무에 기대어 풀썩 주저앉았지. 얼마나 오래 거기 있었는지 모르겠다. 어두워지기 시작했어. 그리고……."

톰 레이튼은 돌연 말을 끊고는 조셉을 똑바로 쳐다보았다. 그의 눈은 초점 없이 이리저리 헤맸고 이마에는 땀이 번질거리고 있었다. 톰 레이튼은 손을 떨기 시작하고 눈에 가득 두려움과 무력감이 뒤섞여 있었다.

"그러고는…… 아주…… 어두워졌지."

톰 레이튼은 떨리지 않게 한 손으로 다른 손을 꼭 움켜쥐며 말했다. 조셉에게서 고개를 돌리고는 매우 막강한 적에게 패배해 버린 사람처럼 말을 이었다.

"잠들었던 모양이야……. 깜박깜박. 아침이 되어 다시 깨어났지. 그리고 마침내 수색대가 날 찾아내서 부대로 데리고 갔어."

톰 레이튼은 마분지 상자를 손으로 감싸며 아무런 감정 없이 말했다.

"군에서는 믹의 유해를, 찾아낼 수 있었던 부분은 고향으로 보냈지. 그렇게 죽어 버렸어. 그리고 나는 병원에 며칠간 있게 되었고. 그 다음에는 일찍 귀국하게 되었지."

"부상 때문에요?"

조셉은 천진하게 물었다.

"아니."

톰 레이튼은 아무 감정 없이 대꾸했다.

"군목(군대 목사)을 죽이러 들었거든."

조셉은 믿기지 않는 얼굴로 톰 레이튼을 응시했으나 머릿속을 내달리는 의문을 표현할 말을 찾을 수 없었다. 결국엔 그럴 필요가 없었다. 톰 레이튼은 조셉의 생각을 읽은 듯했다.

"이름이 존이었는데 다들 그 양반이라고 불렀지. 미쳐 돌아가는 세상에서 한 가지 흔들림 없는 존재였어. 매일 작은 예배를 드렸지. 때로는 딱 한 사람만 참석했어. 때로는, 혹시 작전이 있으면 숫자가 불어나기도 하고. 난 가능한 한 자주 갔어. 믹도 그랬고. 매번 예배가 끝날 때마다 군목은 기도를 드렸는데, 특히 순찰이나 작전에 나설 사람을 위해 기도했지. 그리고 늘 '주님의 은총이 여러분 모두와 함께하기를' 이란 말로 끝을 맺었지."

톰 레이튼이 기억 속 더 깊숙이 들어가면서 눈은 흐려지
고 목소리는 느려졌다.

"주님의 은총······ 난 그 말에 매달렸어. 그 말을 들을 때
까지는 작전에 나갈 수가 없었고 그 말을 갑옷처럼 여겼지.
나비의 움직임조차 위험을 뜻할 수 있는 정글에서 그 말이
주문처럼 뇌리를 스쳐 가곤 했어. 주님의 은총. 주님의 은
총. 내겐 주님의 은총이 있어."

갑자기 차가운 분노가 톰 레이튼의 목소리에 깃들기 시
작했다.

"하지만 내가 얼어붙은 채 서서 믹이 폭발에 죽는 것을
지켜보는 동안 주님의 은총은 어디 있었지? 그리고 믹은 물
론 한 발짝도 떼놓기 전에 산산조각난 나머지 동료들을 위
한 주님의 은총은 어디 있었던 거야? 어디에?"

톰 레이튼은 다그쳤다.

"전부 잔인한 거짓말이었어, 늘 그랬는데 내가 멍청해서
그게 우리를 보호해 줄 거라 여겼던 거야."

"하지만 아저씨는 살아남으셨잖아요."

조셉은 기어들어가는 목소리로 말을 꺼냈다.

"그러냐?"

톰 레이튼의 어조에 담긴 신랄한 반감이 조셉에겐 벌겋

게 달군 인두 같았고, 그 사람의 분노가 원한으로 바뀌자 조셉은 움츠러들었다.

"병원에 누워 있는 동안 내가 얼마나 바보였는지 깨달았지. 난 아직도 누에 한 상자를 주님의 계시라고 생각하던 어린애, 기적을 믿던 어린애, 누군가 지켜보시는 분이, 소원을 들어주시는 분이 있다고 믿는 어린애였던 거야."

톰 레이튼은 조셉을 쳐다보고 차가운 확신을 담아 말을 계속했다.

"진실이 늘 전쟁의 희생자인 것은 아니지. 그날 밤 그 방에서 내가 무지하기 짝이 없구나 했어. 하나님은 없다는 걸 알았지……. 하지만 악마는 있어……. 아주 많이. 베트남에서 그걸 깨달았지."

톰 레이튼은 이야기를 마쳐 가는 듯했으나 조셉에게 있어선 제일 중요한 대목이 아직 나오지 않고 있었다.

"목사님은 어떻게 되었어요?"

톰 레이튼은 경찰에 증언하는 양 말을 이었다.

"웬만큼 회복된 후 예배에 참석하러 갔어. 그날 밤엔 사람들이 제법 있었지. 난 뒤쪽에 자리를 잡았어. 예배가 거의 끝나 갈 때 군목이 마지막 축복을 위해 사람들 앞으로 왔어. 난 그 사람을 향해 저벅저벅 걸어갔어. 그 사람은 무슨 영문인지 몰랐고. 날 향해 미소 지었지. '토미, 무슨 일

172

이야? 아직 다 안 끝났어. 이 사람들에게 주님의 은총을 빌어드리지 않았는데.' 그때 그 작자에게 주먹을 날렸지. 그런 거짓말을 계속 퍼뜨리게 둘 수 없었거든."

톰 레이튼은 오른손을 내려다보고는 연속 정지 화면을 설명하듯 말을 이어 나갔다.

"그 사람은 제단으로 쓰던 작은 테이블 위로 나자빠졌어. 포도주가 쏟아졌지. 하얀 테이블보 위에 피처럼 보이더라. 그 양반 얼굴에서는 진짜 피가 흘러내렸고. 난 주머니에서 권총을 꺼냈어. 우리 소대원 중의 한 사람 거였지. 기념품. 빌려왔어. 바닥에 널브러져 있는 군목을 쳐다보았지. 그 사람은 내 얼굴 앞에 한 손을 들고 있었어. 손가락을 거미처럼 좍 펴고. 권총을 들어올렸지…… 그때 사람들이 나를 붙들었어. 손에서 권총을 빼앗고는 나를 끌고 갔지."

톰 레이튼은 씁쓸한 얼굴을 조셉에게로 돌렸다.

"그래서 군에선 날 돌려보냈어, 기한이 차기 전에. 복무할 상태가 아니라고…… 정신적 붕괴. 한동안 병원에 있었지. 거기 있는 동안 부모님이 돌아가셨고. 나를 보러 오시던 중이었어. 허가를 받아 장례식에 참석했지. 가르치는 일도 해봤지만…… 결국 잘 되지 않았어."

조셉은 톰 레이튼이 자신만의 비밀 세상으로 물러나는 것을 지켜보았으나, 그가 완전히 움츠러들기 전에 대답을 들어야 할 게 있었다.

"정말 그 목사님을 쏠 작정이셨어요?"

조셉과 눈길이 마주친 톰 레이튼의 얼굴이 처음으로 누그러지며 가면 뒤에 숨겨진 반쪽처럼 다른 얼굴이 살짝 드러났다.

"아니."

"하지만 권총은요?"

"군목을 노리던 게 아니야. 나를 쏘려 했지."

그는 숨김 없이 설명했다.

그 순간 조셉의 세상은 기울어지고 무엇보다 익숙하고 편안하던 것조차 이상하고 비뚤어져 보였다.

조셉은 톰 레이튼이 베트남 일을 말한 그날 이후로 두 번 찾아갔으나, 심란하고 고통스런 고백이 마치 나을 때까지 시간이 필요한 상처라도 되는 듯 두 번 모두 침묵 속에 감싸인 채였다. 그것이 나은 후에야 삶이 다시 나아갈 수 있을 것이다.

방학 마지막 날 오후, 너무나 익숙한 학교생활의 뻔한 지루함이 닥쳐올 때, 조셉의 단순한 질문 하나에 톰 레이튼을 둘러싼 미스터리가 더욱 풀려 나가기 시작했다.

"언제 누에를 키우기 시작하셨어요?"

"병원에 있을 때 시작했어."

"돌아오셨을 때요?"

"그래."

조셉은 여러 번 그랬듯이 축축하고 묵직한 나무에 짓눌린 짧은 불길처럼 거기서 대화가 끊길 줄 알았다. 하지만 톰 레이튼은 막판에 그 불길을 살살 부채질해 되살려 냈다.

"다른 환자들과 병동에 있었어. 간호사들이 우리에게 이것저것 해보라고 권하더구나……. 음악을 듣거나, 카드놀이를 하거나, 취미 생활을 하거나. 어느 날 한 간호사가 누에 몇 마리를 가져왔지. 다들 별 관심이 없었어. 난 원치 않았어. 누에는 질렸거든."

톰 레이튼은 음울하게 말했다.

"그런데 환자 중 한 명이…… 바티스타 아주머니가 자기가 돌보겠다고 했지. 아주머니는 매일 누에를 잘 챙겨 먹였어. 잎을 빨리 갈아 주지 않으면 안달복달하며 누에가 죽을까 겁을 냈지. 누에를 눈 밖에 내놓으려 하질 않았어. 간호사들은 걱정했지만, 그 무렵 아주머니에게서 누에를 가져가는 것은 불가능한 일이었어. 누가 건드리기만 해도 소리를 질러댔으니. 빼앗으면 자살하겠다고 그러더구나. 의사들은 아주머니에게 누에를 준 게 과연 좋은 결정이었는지를 생각했을 거야. 결국 좋은 생각이 아니었음을 알게 되었겠지."

"왜요? 무슨 일이 있었는데요?"

"처음에는 누에가 고치를 짓기 시작하자 상황이 나아지는 듯했어. 이제 먹이를 주지 않아도 되고 바티스타 아주머니는 좀더 차분하고 밝아졌지. 고치에 정신이 팔렸어. 어느 날 아침 첫 번째 나방이 부화하자 아주머니는 상자를 들고 병동 안을 춤추며 모든 사람들에게 보여 주었어. 아무도 아주머니가 그렇게 행복해하는 모습을 본 적이 없었어."

톰 레이튼은 손을 기계적으로 움직이며 누에를 이 상자에서 저 상자로 옮겼으나, 정신은 어딘가 먼 혼자만의 세계에 있는 듯했다. 조셉은 대화의 실마리가 끊기는 이런 순간에 익숙해져 있었고, 살짝 잡아당기면 마저 풀려 나오든가 아니면 완전히 끊긴다는 것 또한 잘 알고 있었다.

"왜 누에를 주는 게 나쁜 생각이었다는 거죠?"

톰 레이튼은 천천히 말을 이었다.

"다음 날 아침 바티스타 아주머니의 침대는 비어 있었어. 간호사가 고치상자를 들고 와 방 한쪽 책장에 놓았지. 우리가 바티스타 아주머니는 어디 있냐고 묻자 간호사는 그냥 아주머니 상태가 안 좋다고만 하더군. 나중에서야 아주머니가 침대 시트로 몸을 얼마나 꽁꽁 싸맸는지 숨도 제대로 쉬지 못하는 상태로 방 한구석에 틀어박혀 있는 것을 발견했다는 걸 알게 되었지. 풀어 주려 하자 너무 이르다고, 자기는 아직 변하지 않았다고 소리를 질렀대."

"그 아주머니는 어떻게 되었어요?"

"특별 관리를 위해 다른 병동으로 옮겼는데 그것도 소용없어. 식사를 거부했지. 여전히 무엇이든 눈에 띄는 걸로 자기 몸을 감싸려 들었고. 늘 감시해야만 했어. 마침내는 너무 허약해져서 시트를 자기 몸에 감을 수주차 없게 되었어. 뭐 어떻게 해줄 수 있는 일이라곤 없었지. 퇴원한 후에 어느 간호사에게서 모든 얘기를 들었어. 그 간호사는 바티스타 아주머니가 죽던 날 밤 근무하고 있었거든. 전혀 무게가 나가지 않았다더구나. 마지막으로 한 말이 '왜 내 날개를 빼앗아 갔지?' 였대."

"그리고 아저씨가 누에를 챙겨 가셨고요?"

"직원들은 버리려 했지만 내가 가져도 되냐고 물었어. 그다지 달가워하지 않더군. 내가 갖고 싶었던 건 아니야. 바티스타 아주머니가 나아지면 돌려 드리려 했지. 어쩌면 아주머니가 다시 웃고 덩실덩실 춤출지도 모르니까. 결국에는 병원 측에서 수락했어. 아마 그들은 바티스타 아주머니가 다시 돌아오지 않으리라는 걸 알고 있었을 거야."

슬픔의 그림자가 톰 레이튼의 눈을 스쳐 갔다. 그는 숨을 들이쉰 후 말을 이었다.

"그 후 몇 주일 동안, 마지막 나방이 부화해서 짝짓기하고 노란 알을 낳아 상자 옆면을 뒤덮는 걸 지켜보았어. 노란색에서 갈색으로, 회색으로 변해 가는 알을, 천천히 하나하나 죽어 가는 나방들을 지켜보았지. 알은 가지고 있었어. 봄까지 냉장고에 보관했다가 꺼내면 부화한다고 누가 말해 줬거든. 그 말을 믿었는지는 모르겠다. 죽은 것처럼 보였지만 아무튼 그렇게 했지…… 바티스타 아주머니를 위해서."

톰 레이튼의 목소리가 잦아들었다. 그는 고개를 들었다가 조셉의 기대하는 눈길과 맞닥뜨렸다.

"넉 달 후 나는 퇴원해도 될 만큼 봄이 좋아졌어. 간호사 중 한 명이 나 대신 알을 보살피겠다고 약속해 줬지…… 바티스타 아주머니가 돌아올 때까지. 병원 앞에서 캐롤라인이 데리러 오기를 기다리던 중이었어. 캐롤라인이 좀 늦어지고 있었지. 병원 측에선 내가 이미 가버린 줄 알았나 봐. 청소부가 나오더구나. 바로 내 옆의 쓰레기통에 잡다한 걸 버리더라고. 그 안으로 상자가 굴러 들어가는 걸 봤어. 바티스타 아주머니의 누에 알 상자. 난 그 상자를 쓰레기통에서 꺼냈어. 왜 그랬는지……."

"그리고 알이 부화했군요."

조셉이 결론지었다.

"그래. 거의 잊어버리다시피 하고 있다가 봄에 상자를 꺼내 냉장고 위에 올려 두었지. 어느 날 들여다보니 조그만 애벌레들이 꼬물꼬물 움직이고 있더라. 뽕잎을 좀 따다 주고…… 그렇게 시작된 거지."

"그 후로 매년 키워 오신 거예요?"

조셉은 물었다.

"그래."

그러고는 톰 레이튼이 진지하게 덧붙였다.

"누에는 내 삶의 상징이 되었지."

조셉은 미심쩍어하는 얼굴로 그를 쳐다보았다.

"누에는 삶이 과연 무엇인지를 보여 주고 있어."

톰 레이튼이 설명했다.

"태어나고, 살고, 죽고. 그 삶에는 아무 목적도, 아무 의미도 없지. 그리고 누군가 쓰레기통에 던져 버릴 때까지 행복한 무지 속에서 뜻없는 생활을 계속하는 거야."

톰 레이튼의 목소리에 담긴 공허함에 조셉은 오싹했다.

"불쌍한 바티스타 아주머니. 아주머니는 날개를 갖게 되는 꿈을 꾸었지, 날 수 없는 나방의 날개를. 그 누에처럼 되고 싶어 했지만, 애초부터 누에 같았던 거야. 우리 모두 똑같아. 쓸모없는 날개를 퍼덕이며 날 수 있다는 꿈을 꾸고 있어."

톰 레이튼은 신발상자 하나를 끌어당겨 약간 기울여 그

안을 들여다보았다.

"이 불쌍한 생물들이 살고 죽는 것을 20년 넘게 지켜봤어. 그놈들이 보여 줄 게 뭐가 있을까…… 아니면 나는? 내가 보여 줄 것은 뭐가 있을까?"

그는 오른손을 뻗어 책상 제일 윗 서랍을 열었다.

"이것뿐이지."

조셉은 안에 뭐가 있나 보려고 책상 가장자리 너머로 몸을 숙였다. 처음에는 서랍 안이 해적의 보물상자처럼 금빛 보물로 가득 차 있다고 생각했다. 그러다가 오후의 햇살에 연한 노란색에서 금빛 오렌지색으로 빛나는 수백 수천 개의 누에고치라는 것을 깨달았다.

"와."

조셉이 감탄하여 말했다.

아무 대꾸 없이 톰 레이튼은 서랍을 반쯤 닫고 그 아래 서랍을 열었다. 그 서랍도 누에고치로 가득 차 있었다.

"엄청 많네요. 이걸 다 뭐 하실 거예요?"

"아무것도. 그냥 그것뿐이야. 한때는 뭔가 소용이 있을 거라고, 이걸 만들기 위해 들인 모든 지루한 노력을 정당화할 만한 무언가가 있을 거라 생각했지. 나로선 볼 수 없는 무슨 목적이, 거기 들어간 허망한 세월을 말이 되게 해줄 이유가 있을 거라고……. 하지만 지금은…… 이젠 해답을 찾으려 하지 않아. 누에는 고치를 짓고 나는 그걸 모으지. 누에나 나나 달리 뭘 어쩌겠어?"

"하지만 저건요?"

조셉은 메모판을 가리키며 물었다.

톰 레이튼은 메모판에 박혀 있는 검은 사각형 마분지 조각과 거기 곱게 감아 놓은 부드러운 노란 비단실을 쳐다보았다.

"바티스타 아주머니를 위해 만든 거야. 첫 번째 누에고치에서 뽑아낸 거지. 검사받으러 병원에 갈 때 아주머니에게 보여 주려고 가지고 갔어. 그때 아주머니가 어떻게 되었는지 알게 되었지."

톰 레이튼은 두 서랍 모두를 닫고는, 의자에서 일어나서 방 저편의 벽장으로 향했다. 돌아선 톰 레이튼의 손에는 새 신발상자가 들려 있었다. 그는 상자를 책상으로 가져와 조셉 앞에 놓았다.

"어떤 걸 남겨 둘지 네가 고르겠니?"

"몇 마리나요?"

"열두 마리."

톰 레이튼은 단호하게 대답했다.

"늘 열두 마리를 남겨. 처음에 그 숫자로 시작했거든."

조셉은 상자 안에 싱싱한 뽕잎을 깔고 상자마다 제일 큰 누에를 고르기 시작했다.

"언제 주실 거예요?"

"캐롤라인이 내일 조금 가지고 갈 거야."

톰 레이튼이 조셉을 곁눈질하며 뭔가 다시 말하려 하다 그냥 몸을 돌렸다. 그는 별 목적 없이 책상 위의 상자들을 이리저리 옮기다가 일어나서 조셉이 꼼꼼하게 고르는 광경을 지켜보고 있었다.

"갖고 싶으면…… 좀 가져가도 돼."

톰 레이튼이 머뭇머뭇 말했다.

"그러면 굳이 여기 오지 않아도 되겠지……. 네가 오기 싫다면 말야."

조셉은 톰 레이튼이 빠져나갈 구실을 마련해 주고 있다는 것은 알았으나, 그 제안을 받아들이고 싶은 건지 거절하고 싶은 건지 잘 몰랐다. 상대의 기색을 살피려 올려다보자, 톰 레이튼의 얼굴은 여전히 딱딱하고 표정을 알 수 없었다.

조셉은 톰 레이튼의 숨막히는 삭막한 세상에서 도망가고 싶어 안달했던 때를 생각했다. 그러나 그 음울함과 비관주의에도 불구하고, 조셉은 여전히 톰 레이튼에게 끌리고 있었다. 죽은 친구를 안타깝게 그리워하는 남자에게, 쓰레기통에서 누에 알을 구해 20년 넘게 살려 온 남자에게 끌리고 있었다.

"고맙습니다, 하지만…… 엄마가 집에 두는 건 안 좋아하실지 몰라요……. 그리고 우리 집엔 뽕나무도 없고. 아저씨 집에서 좀 따갈 수야 있겠지만……. 저는 여기 오는 거 싫지 않아요. 아저씨만 괜찮으시다면."

톰 레이튼은 고개를 끄덕이고 방 저편의 벽장으로 천천히 돌아갔다. 그는 벽장 문을 열고 조셉에게 등을 돌린 채 있었다.

"레이튼 아저씨?"

그의 이름을 소리내어 말하려니 이상하게 느껴졌다. 마치 숨겨 두어야 할 비밀을 드러내는 기분이었다.

남자가 살짝 몸을 돌리자 조셉에게는 그의 옆얼굴만 보였다.

"저는 여기 오는 게 좋아요……. 누에를 보러…… 그리고 아저씨를 보러."

톰 레이튼의 고개가 움찔하는 것이 듣기는 한 모양이지만 그는 엘리베이터를 기다리는 것처럼 오래된 원목 벽장을 마주한 채로 있었다.

"시간이 늦었네요. 가봐야겠어요. 내일 개학이라……."

조셉은 마침내 말했다.

톰 레이튼의 대답을 기다렸으나 아무 반응이 없었다.

"남겨 둘 열두 마리 골라 놨어요."

조셉은 덧붙여 말하며 책상에서 일어나 갈 준비를 했다. 톰 레이튼 옆을 지나치면서 잠깐 머뭇거렸다.

"안녕히 계세요."

조셉은 톰 레이튼이 웅얼거린 대꾸 몇 마디를 알아듣지 못했다. 하지만 그중에 자기 이름이 있었다는 것만은 분명했다. 그거면 충분했다.

10장

월요일 아침, 마지막 학기가 시작되어 따가워지는 봄 햇빛 속으로, 저 멀리 오아시스와도 같은 크리스마스 휴가(호주는 남반구라 크리스마스 무렵이 여름이다)를 향해 슬금슬금 굴러가기 시작했다. 며칠 동안 캐롤라인은 누에상자를 날라다 나눠 주기 시작했다. 조셉은 자신이 세인트 주드 초등학교에 상자 하나를 가져다 주겠다고 도움을 자청했다.

수요일 오후, 수업을 마친 조셉은 바삐 집으로 돌아와 옷을 갈아입고는, 예전에 수업을 들었던 가디너 선생님이 기다리고 있는 세인트 주드로 향했다. 후덥지근한 날씨에다 오후의 하늘은 짙은 구름에 멍든 것처럼 시커멓게 되어 있었다.

조셉이 애시그로브 로의 완만한 경사를 따라 걸어가는

사이 기온이 확 떨어지며 날카로운 금속성 빗물 내음이 공기 중에 퍼져 갔다. 주변의 집들은 기묘한 빛 속에서 희게 도드라져 보였다. 이어서 굵은 빗방울이 신발상자에 떨어지자 조셉은 비 피할 곳을 찾아 급히 달리기 시작했다.

조셉이 버스 정류장에 도착했을 즈음 굵은 빗줄기가 쏟아져 내렸다. 일단 몸을 피하자, 3면은 얇은 금속판에 둘러싸이고 다른 한 면은 함석 골판 지붕에서 좍좍 흘러내리는 물이 벽을 치고 있었다.

조셉은 콘크리트 바닥에서 막 튀어 올라 의자 밑으로 졸졸 흐르는 물을 피해 벤치 끄트머리에 걸터앉아 발을 끌어 올린 후 마분지 상자를 무릎에 놓고 웅크리고 있었다.

그냥 내리는 비가 아니라, 뭔가 크나큰 힘에 의해 휘몰아치는 듯했고 지붕에 떨어지는 빗방울의 격한 드럼 소리는 갈수록 기세를 더해 갔다. 조셉은 격렬한 폭우와는 달리 알 수 없는 차분함이 자신을 감싸는 듯했다. 조셉은 벽에 둘러싸여 보호받고 있었다. 양철 벽, 물의 벽, 소리의 벽. 그 안에 있는 조셉은 주위에 몰아치는 난리판으로부터 동떨어져 있는 듯했다.

폭포 같은 빗줄기는 수그러들 기미를 전혀 보이지 않았다. 그냥 앉아 기다릴 수밖에. 달리 할 일도 없었고, 결정내릴 것도 없고, 해결해야 할 문제도 없었다. 마치 외부 세계는 더 이상 존재하지 않는 것 같았다. 조셉은 비를 맞지도 않았다. 중요한 것은 그뿐이었다.

조셉은 서늘하고 축축한 벽을 만져 보며 하얗게 서리는 입김을 보고는 깜짝 놀랐다. 숨을 크게 들이쉰 후 얼굴을 승강장 한가운데로 돌려 천천히 내쉬었다. 조셉은 내뿜은 흐릿한 숨결이 허공으로 퍼져 나가 금방 사라지는 것을 보며 미소 지었다. 이번에는 더 깊이, 가슴이 아프기 직전까지 잔뜩 숨을 들이쉬었다. 그리고 막 숨을 내쉬어 폐의 부담을 덜어 주려는 순간, 그 일이 벌어졌다.

빗물의 벽이 불꽃처럼 싹 흩어지면서 달리는 남자가 발을 질질 끌며 조셉의 작은 세상 한가운데로 뛰어들었다. 그는 조셉과 겨우 1미터 떨어진 곳에서 자기 혼자 있는 게 아님을 전혀 의식하지 못한 채 계속 몸을 흔들며 제자리에서 종종걸음쳤다.

조셉은 깊숙이 뿌리내린 소리 없는 공포에 사로잡힌 느낌이었다. 달리는 남자는 너무도, 너무도 가까워 조셉이 손만 뻗으면 축축하고 때에 찌들어 너덜거리는 그의 윗도리를 만질 수 있을 듯했다.

돌연 조셉은 가슴이 답답해지며 폐 속 가득 찬 뜨거운 공기가 터져 나올 것만 같았다. 하지만 숨 쉬기가 무서웠다. 마치 자신의 숨결이 달리는 남자에게 날아가 쉴 새 없이 움직이던 남자가 다음 희생자를 포착한 미치광이처럼 우뚝 멈추고는 고개를 번쩍 들까 봐 무서웠다.

산소 부족으로 조셉의 머리가 어질어질해 시야 가장자리가 점점이 번지며 어두워지는 순간, 달리는 남자가 돌아섰다. 그와 동시에 조셉은 악문 잇새로 숨결을 후욱 토해내 버렸다.

겨우 1초 동안 눈이 마주쳤지만 달리는 남자의 모습은 그 이후 조셉의 기억 속에 영원히 박혀 버렸다. 그건 물이 뚝 뚝 떨어지는 길고 헝클어진 머리카락도 아니고 턱의 드문드문한 수염자국이나 홀쭉하게 팬 뺨도 아닌 바로 달리는 남자의 눈이었다. 휘둥그런 그 눈에는 감탄이나 놀라움이 아니라, 뭐라 말할 수 없는 슬픔이 담겨 있었다. 그 눈은 마치 언젠가 어느 무서운 광경에 너무나 놀란 나머지 이제는 시커멓고 두꺼운 커튼 뒤에서 움직이는 그림자 같은 형체에 불과해 보였다.

조셉은 그 순간 다른 사람의 눈이 번뜩 떠오르며, 단조로운 목소리의 끔찍한 말이 뇌리에 울려 퍼졌다. '어디로 날든 지옥이다. 내 자신이 지옥이다.'

달리는 남자가 조셉의 존재에 놀랐는지는 모르겠지만 아무튼 그런 기색은 전혀 없었다. 그의 눈은 조셉을 그저 승강장의 부속품쯤으로 여기는 듯 아주 잠깐 머물더니, 불현

듯 자신이 우리에 갇혔음을 의식한 짐승처럼 다급하게 둘러보았다. 그가 홱 고개를 돌리자 머리칼이 휘날리며 조셉의 뺨과 마분지 상자에 물방울이 튀었다. 달리는 남자는 격한 빗줄기의 드럼소리 속에서 물방울이 마분지 상자에 떨어지는 소리를 들은 듯 고개를 다시 홱 돌렸고 눈은 고장난 핀볼 기계처럼 상자와 조셉을 홱홱 오갔다.

조셉은 도망가야겠다는 생각은 도무지 할 수가 없었다. 승강장 지붕에서 쏟아져 내리는 물줄기는 철창만큼이나 뚫고 지날 수 없어 보였고, 더더군다나 그러려면 너무 많은 움직임이 필요했다. 벤치에서 발을 내리고, 일어나서 다리를 움직여 달리고, 그러는 내내 앙상하고 거대한 손이 자신의 목을 노리고 덮쳐 올까 봐 벌벌 떨게 분명했다. 두려움이 암 덩어리처럼 조셉의 뱃속에 자리 잡았다.

마침내 조셉은 말을 꺼내야 한다고 생각했다. 무언가, 무슨 말을, 무슨 소리를 내야 한다. 모든 상황이 일상적으로 보이게끔 해야 한다. 달리는 남자의 눈이 다시금 조셉의 품에 안긴 마분지 상자로 향하는 순간, 조셉은 자신도 모르게 말이 입 밖으로 새어 나왔다.

"누에예요……. 이 안에 있는 건."

아무 반응이 없었다. 조셉은 다시금 절박하게 속삭였다.

"자, 보세요."

조셉이 허둥거리며 상자 뚜껑을 열자 짙은 녹색의 뽕잎 냄새가 한가득 퍼졌다. 달리는 남자의 머리가 잠시 움직임을 멈추더니 입술이 벌어졌다.

달리는 남자가 말하기 직전 조셉은 그가 뭘 하려는지 알수 있었다. 마침내 어린 시절의 말 없는 허깨비가, 발을 질질 끌며 따라오는 괴물이, 홀린 눈을 가진 그 사람이 말을 하려는 것이다. 하지만 만약 그 순간 시간이 멈춰 버린다면 조셉은 평생 노력해도 그 남자가 무슨 말을 하려 했는지 짐작 못하리라는 것 또한 알고 있었다. 하지만 반응할 시간이라곤 없었다. 달리는 남자는 말하자마자 몸을 홱 돌려, 싸구려 공포영화에 나오는 유령처럼 물의 벽을 뚫고 사라졌다.

조셉은 눈을 감고 고개를 풀썩 떨구었다. 조셉이 안다고 생각했던 기존의 세계가 뒤집혔고, 다시 회복하려면 시간이 걸렸다. 바로잡고 일상으로 돌아갈 시간이 필요했다.

마침내 심장 박동이 잦아들며 신발상자를 움켜쥐고 있던 손가락에 힘이 빠지자, 조셉은 눈을 떠 눈앞의 허공을 응시했다. 다시 혼자만 남았다. 두려움처럼 공기 중에 퍼져 있는 두 가지만 빼면 혼자였다. 달리는 남자의 퀘퀘한 옷 냄새와 그 사람이 말했던 가슴 철렁한, 귀에 익은 그 말.

"평생을 상자 안에서! 어떤 세대도……."

그는 그렇게 말했다.

"그 사람은 그 시를 알고 있었어요."

조셉은 믿기지 않는다는 얼굴로 무덤덤한 얼굴의 톰 레이튼을 마주하고 되뇌었다.

"확실해?"

"네. 첫 행 전체를 말했는걸요. '평생을 상자 안에서! 어떤 세대도…….' 그러고는 가버렸어요."

조셉은 어제 오후에 있었던 일에 자신이 얼마나 놀랐는지를 알리려 애썼다. 달리는 남자가 자기에게 욕을 했다거나 불을 내뿜거나 심지어 누에를 채가서 자기 앞에서 우걱우걱 먹어 치웠다 하더라도 그 이상 놀랍지는 않았을 것이다. 야만스러움에는 대비하고 있었지만 시는 전혀 예상 밖이었다.

"어떻게 그 사람이 그 시를 알았을까요……. 아니면 아무 시든? 어떤……."

조셉의 뇌리를 맴도는 의문은 말로 꺼내 놓기에는 너무나 컸다.

"어쩌면 학교에서 그 시를 배웠을 수도 있지."

톰 레이튼이 의견을 내놓았다.

"나는 그랬거든. 당시엔 누에 키우기가 유행이었지. 딱

고를 만한 시잖아. 많은 교사들이 그 시를 가르쳤을 게다."

"그렇겠지요, 하지만……."

톰 레이튼의 설명은 조셉에게 혼란만 더할 뿐이었다. 달리는 남자를 자기 같은 학생으로, 수업을 듣고, 친구들과 웃고, 숙제를 한다고 생각하기란 그야말로 불가능한 일이었다. 달리는 남자는 늘 조셉의 세계 가장자리에 언뜻언뜻 비치는 그림자 같은 존재였다. 그런데 이제 그 시 구절로 인해 그 사람은 조셉이 생각했던 틀에서 도망쳐 경계해야 할 만큼 스물스물 가까워져 있었다.

"우연의 일치일 뿐이야."

톰 레이튼이 결론지었다.

"놀라운 우연의 일치이긴 하다만, 어쩌면 달리는 남자에게는 겉보기 이상의 무언가가 있는지도 모르지."

"누에에 대해 하신 얘기처럼요?"

"그래, 그렇게. 어쩌면 넌 상자 속의 나방이나 알, 애벌레만 본 건지도 몰라. 아니면 네가 정말로 본 것은 고치가 아닐까? 그 안에 무엇이 숨겨져 있는지는 전혀 모른 채로 말이야."

톰 레이튼에게 무언가 변화가 찾아왔다. 그의 목소리와 태도는 더욱 거리감이 생긴 듯했으나 조셉에게는 그 어느 때보다 가깝게 여겨졌다.

"어쩌면 네가 본 것은…… 그의 일부분일지도……. 그리고 그 사람의 현재나…… 과거나…… 그런 건 아닐지도 몰라. 심지어 그 사람이 원하는 모습이 아닐 수도 있고. 하지만 때로는…… 갇혀 움직이지 못해 한 자세로 영원토록 굳어 버릴 수도 있는 거야……. 마치 호박 속에 갇힌 벌레처럼……. 그러면 사람들은 그를 그 모습으로만 보고. 그리고 시간이 지나면 본인도 그런 모습으로만 스스로를 보게 되어…… 벗어나기가 불가능해지는 거지."

톰 레이튼의 적나라하고 구체적인 얘기는 마치 그가 달리는 남자를 아는 것처럼 들렸다. 하지만 조셉은 마지막엔 톰 레이튼이 달리는 남자 얘기를 하는 걸까 아니면 본인 얘기를 하는 걸까 궁금했다.

"하지만 어째서 바뀌었을까요? 도대체 무슨 일이 있었던 걸까요?"

"이유야 많겠지. 살다 보면 이런저런 일이 벌어지게 마련이니까……. 모두들…… 지고 가야만 하는…… 짐을 지는 거고. 하지만 때로는 그 짐이 너무 과하고, 너무 두려워 거기에 짓눌리는 거야. 그 짐이 사람 자체가 되어 버리고, 인생 전체가 그저 그걸 지고 가기 위한 노력이 되어 버리지. 그리고 아무도 그 사람들을 보지 못하지, 그 짐 아래 그들이 있다는 것을 아는 사람들조차……."

톰 레이튼의 목소리가 사그라들더니 박물관의 전시물처럼 책상 옆에 말없이 꼼짝 않은 채 앉아 있었다.

"그 사람이 혹시 아팠거나 뭔가 사고를 당했던 게 아닐까 생각했어요."

조셉이 말을 꺼냈다.

톰 레이튼은 멍하니 앞을 응시한 채 조셉의 의견에 살짝 고개를 끄덕이고는 혼자 중얼거렸다.

"어쩌면 괴물이 도망 나왔는지도."

"괴물?"

조셉이 자기 생각을 읽어 내기라도 한 듯 순간 톰 레이튼의 얼굴에 놀라움과 어리둥절함이 스쳐 지나갔다.

"괴물 얘기를 하셨어요."

"그냥 예전에 읽은 이야기야."

"무슨 이야기인데요?"

"아들에게 화가 나 자기 자식을 바로잡으려 했던 아버지 이야기."

톰 레이튼은 마지못해 설명하는 듯했다.

조셉은 순간 죄책감과 후회가 몰려왔지만 호기심을 누를 길이 없었다.

"그리고 괴물은요?"

"이야기의 한 부분이야."

"얘기해 주실 수 있어요?"

톰 레이튼은 천천히 이야기를 시작했다.

"옛날 일본이 배경이야. 어리석은 아들을 둔 아주 돈 많고 권력 있는 사람 이야기지. 아들에게는 친구가 있었는데, 둘은 늘 사람들에게 장난을 치곤 했어. 아버지는 아들에게 이제 어른이 되었으니 스스로 책임을 질 때가 되었다고 말했지만 아들은 도무지 듣질 않았어. 어느 날 아들과 친구는 또다시 불꽃 터뜨리는 장난을 하다가 큰불을 내서 하마터면 사람들이 목숨을 잃을 뻔했지. 아버지는 몹시 화가 나 크게 호통을 쳤지. 아버지는 아들이 그 일로 정신 차렸기를 바랐지만 며칠 안 가 아들은 다시 어리석은 짓을 저질렀어."

톰 레이튼은 이야기를 하다 말고 조셉이 듣고 있는지 올려다보았다.

"그래서 아버지는 어떻게 했나요?"

조셉은 톰 레이튼의 의혹을 풀어 주듯이 물었다.

"아버지는 타고 넘을 수 없도록 사람 키 두 배 높이의 벽으로 둘러친 거대한 미로를 지었지. 어마어마한 외벽은 돌로 만들었어. 단 하나의 입구에다 일단 안에 들어가면 몇 킬로미터에 이르는 미로를 빠져나갈 방법이라고는 없었어. 하지만 안쪽 벽은 최고급 종이로 만들어 섬세하고 뛰어난 벽화를 그려 놓았어. 아버지는 아들의 눈을 가리고 손발을 묶었어. 그러고는 하인들로 하여금 아들을 미로 한가운데에 데려다 놓도록 했지. 그리고 아들에게 살기 위해 필요한 것은 전부 미로 안에서 찾을 수 있을 거라고 말했어. 매일 매일 새롭고 신선한 음식이 어딘가에 감춰져 있을 거라고. 아울러 아버지는 아들에게 미로 안에는 너 혼자가 아닐 거라고 했지. 곧 호랑이보다 더 포악한 괴물을 미로 안에 풀 것이라고. 아버지는 아들에게 미로 안에서 한 달 동안 살아남으며 삶의 진지함과 행동의 결과를 배우라고 했어. 호신을 위해 검 하나를 놓고 가겠다고. 그러고는 아버지와 하인들은 미로를 빠져나가고 입구는 봉인되었어. 아들이 밧줄과 눈가리개를 풀었을 땐 그 혼자만 남아 있었지."

"어떻게 되었어요? 한 달 동안 살아남았나요?"

"아들은 며칠, 몇 주를 괴물에 대한 두려움 속에 미로를 헤매고 다녔지. 때로는 괴물 소리가 들리기도 했고, 때로는 얇은 종이벽 너머로 보이는 희미한 형체에 너무 놀라 도망갔고. 때로는 누군가가 식량을 먹은 걸 발견하기도 했어. 그러는 내내 아름다운 벽화 뒤에서 뚫고 나오려 어슬렁대는 괴물을 상상했지."

톰 레이튼은 잠시 이야기를 멈추더니 조셉을 올려다보았다.

"그게 내가 달리는 남자를 두고 한 얘기야. 그 사람에겐 괴물이 뚫고 나왔는지도 모른다고."

조셉의 얼굴이 찌푸려졌다.

"우리는 모두 그 이야기 속의 아들과 똑같아. 너, 나, 그리고 달리는 남자 모두. 인생은 종이벽 위의 그림처럼 안전하고 근사해 보이지. 하지만 그건 단지 껍질일 뿐이고, 그 뒤에는 우리가 생각하고 싶지 않은 모든 두려움이 뛰쳐나오려 기다리고 있어. 거기에 늘 두려움이 도사리고 있고, 우리가 무슨 기도를 올리든 그걸 막을 방도는 없지."

톰 레이튼의 침울한 이야기에 분위기가 무거워졌다. 이야기를 듣는 동안 조셉의 눈에 떠올랐던 흥미와 호기심은 모두 사라져 버렸다.

"내 말은 단지……."

톰 레이튼은 마치 사과하는 듯이 중얼거렸다.

"어쩌면 달리는 남자에게 뭔가 안 좋은 일이 있어서 지금 그렇게 되었는지도 모른다는 거야."

"그 이야기는 어떻게 끝나요? 아들이 미로에서 빠져나오나요?"

톰 레이튼은 잠시 뜸을 들이다 대답했다. 그의 목소리는 이야기를 미무리 짓는 이야기꾼의 목소리 같았다.

"시일이 지날수록 아들은 점점 더 피곤하고 허기지고 절박해져 갔어. 잠을 잘 수도 없었고 언제나 괴물이 덮쳐 올까 두려웠지. 결국 괴물을 기다렸다가 죽여 버리자고 마음 먹었어. 그러던 어느 날 밤, 찾아낸 음식을 먹다가 괴물이 다가오는 소리를 들었지. 벽 저편 복도에서 소리가 들려왔어. 아들은 검을 들고 소리 없이 일어났어. 벽 위의 그림자는 점점 더 커져 갔지. 흐릿한 형체가 자리 잡아 갔어. 아들은 두려움으로 부들부들 떨며 얇은 종이벽 너머로 찌른 검이 괴물에게 박힌 것을 느꼈어. 검을 빼내자 피가 뚝뚝 떨어졌고. 아들은 기뻐 소리치며 벽을 베어 버렸어. 그런데 달빛 아래에서 확인한 형체는 예상했던 것이 아니었어."

"뭐였는데요?"

"자신과 함께 늘 짝을 지어 장난을 치던 그 친구였지."

"친구요?"

조섭은 믿어지지 않아 되물었다.

"그래."

조섭은 미간을 찌푸린 채 마치 퍼즐을 맞추듯이 천천히 말했다.

"그러니까…… 아버지가 둘을…… 아들과 친구를 같이 미로에 넣었고…… 두 사람에게 똑같은 이야기를 했군 요……. 괴물 얘기를."

"그렇지."

"그리고 애초에 괴물은 없었고…… 그 둘만……."

톰 레이튼은 고개를 갸웃하며 조셉이 말을 잇기를 기다렸다.

"만약 친구가 먼저 검을 썼으면요? 친구가 아들을 죽였을지도 모르잖아요. 괴물이라고 생각하고."

이래저래 계속 생각과 씨름하느라 조셉의 이마에 더 깊게 골이 패였다.

"그리고 어떤 면에선…… 아들이 괴물이었던 셈이군요, 그렇죠? 다만 본인은 몰랐을 뿐."

톰 레이튼은 처음 보는 사람인 양 조셉을 응시했다.

조셉은 눈을 들어 뚫어져라 쳐다보는 눈길과 마주치자 불편해하며 꿈지럭거렸다.

"아버지는 어떻게 그럴 수 있을까요? 어떻게 될지 알고 있었을 텐데, 안 그러면 왜 검을 줬겠어요?"

조셉은 고개를 내저었다.

"아들을 진짜 괴물과 한데 넣는 것보다 더 심하잖아요."

"어쩌면 그게 아버지가 아들이 인생에 대해 배웠으면 하는 또 다른 교훈이었는지도 모르지."

"무슨 교훈이요?"

"인생에는 늘 더 심한 것이 있다는 것."

한 주가 더 지나자 첫 누에가 고치를 틀기 시작했다. 조셉은 톰 레이튼으로부터 누에 성장의 다섯 단계와 변태의 다음 단계로 향하는 징조를 배웠다. 팽팽한 표면의 누런 기, 하얗게 변하는 머리, 그리고 애벌레가 고치를 틀 준비가 되었음을 알려 주는 표시인 마지막 물똥을 알아보는 데 익숙해졌다.

때가 되자 통통한 애벌레들을 하나씩 열두 칸으로 나눈 상자에 넣었다. 거기서 애벌레들은 3일 동안 고치 짓기 작업을 시작할 것이다. 누에들은 차례대로 상자 벽에 몸을 붙이고는 가느다란 금빛 비단실로 틀을 짜기 시작했다. 그러고는 정교한 솜씨로 단단하고 긴 타원형의 번데기 형체가 지탱하는 실오라기 속에 자리 잡았다.

천천히 두터워져 가는 고치 속에서는 미지의 계시를 향한 불변의 열망에 휩쓸려, 종이벽 뒤의 존재처럼 움직이고 있는 누에가 보였다.

"고치를 지어라,
잠들어라, 잠들어라, 너희는 곧 내 안에 감싸일 것이니."

조셉의 뇌리에 그 시 구절이 찬송가처럼 울려 퍼지는 가운데, 벌레들은 쉼 없이 꼬물대고 뒤틀어대며 비단 무덤 속으로 완전히 사라져 갔다.

마지막 누에가 남은 칸 안에 놓이기까지는 또 한 주가 흘러갔다. 새 뽕잎을 따올 필요가 없으니 조셉이 톰 레이튼한테 꼬박꼬박 들를 이유 또한 없어졌다. 그래서 캐롤라인의 제안에 따라, 조셉은 다음 주 토요일에 들러 그녀 오빠의 초상화 작업을 하기로 했다.

"걸작의 마무리."

캐롤라인은 낙관적으로 전망했다.

조셉은 그 초청에 기꺼이 응했다. 톰 레이튼의 계속되는 서먹서먹함과 늘 자신을 집어삼킬 듯한 공허함에도 불구하고, 조셉은 함께 있는 시간이 즐거워지기 시작했다. 또한 톰 레이튼에겐 뭔가 할 말이 더 있을 것이라는 생각이 들었다. 다른 이야기, 아마도 그를 가두고 있는 음울함과 절망의 고치를 열 수 있을 만한 이야기.

하지만 조셉은 톰 레이튼이 풀려나오기를 바라면서도 한편으로는 어둠 속에서 무엇이 불쑥 나타날지 무서웠다. 톰 레이튼 본인의 말은 어두운 경고를 품고 있는 듯했다.

"인생에는 늘 더 심한 것이 있다는 것."

조셉은 그게 무엇일지 생각하기조차 싫었다.

그날 밤 잠자리에서 조셉은 여러 가지를 생각했다. 부모님 집에서 여러 해 동안 지내 온 톰과 캐롤라인 레이튼, 이웃을 감시하며 보초를 서고 있는 마섭 아주머니, 거리도 거리지만 그 밖의 이유로 멀어진 아버지, 거실에서 혼자 TV를 보고 있는 어머니, 홀로 텅 빈 거리를 바삐 지나는 달리는 남자.

마침내는 누에로 생각이 미쳤다. 조셉은 상자 안에 웅크린 채 마지막으로 허물을 벗고 단단한 번데기가 된 누에들을 상상해 보았다. 기다림은, 변화는 어떤 기분일까?

조셉은 톰 레이튼과의 대화를 통해 2주일 정도면 고치에서 나방이 부화해 짝짓기를 한다는 것을 알고 있었다. 그로부터 7일쯤 후면 아마 알을 낳고 죽겠지. 3주일 정도면 일생이 마무리된다는 것을 조셉은 알고 있었다.

어깨까지 시트를 끌어당기며 포근한 잠자리 속에 있는 동안 조셉이 알지 못한 것은, 그 몇 주가 지나면 자신의 인생 역시 변하리라는 사실이었다.

3주라는 짧은 시간 동안 사람들과 자기 자신에 대한 조셉의 예전 생각은 벗어 버린 허물처럼 떨어져 나가게 되고 — 겉으로는 여전히 같은 아이로 보이겠지만 — 지금의 조셉과는 나방과 애벌레만큼이나 다른 존재가 될 것이다.

11장

다음 토요일 톰 레이튼과 함께하는 시간은 평소보다 더 느긋했다. 조셉은 더 이상 그들 만남의 특징인 긴 침묵에 움츠러들지도 않았을 뿐 아니라 그림에 전념하느라 처음으로 조셉 쪽에서 침묵을 지켰다.

둘 사이에 오간 드문드문한 대화 내용은 대부분이 누에에 대한 것으로, 톰 레이튼은 조셉의 질문에 조심스럽고 상세하게 답변해 주었다.

딱 한 번, 톰 레이튼이 조셉의 아버지가 크리스마스에 집에 돌아오시는지 물었을 때 예전의 긴장감이 약간 돌았지만, 그때 자신만의 비밀 세계에 커튼을 내린 것은 조셉 쪽이었다.

조셉은 처음에는 작업하던 스케치에 미묘한 변화를 주며

조금씩 선을 더해 갔다. 나중에는 톰 레이튼의 손과 이목구비를 세밀하게 따로 스케치해서, 그의 긴 손가락에 담긴 부드러운 힘과 이마에 새겨진 주름, 아래로 처진 입매와 두툼한 귓불을 잡아내려 했다.

그렇지만 조셉은 톰 레이튼의 눈에는 여전히 좌절했다. 푸석푸석 부은 살에 둘러싸여 부숭부숭한 금빛 눈썹을 이고 있는 작고 어두운 눈. 조셉은 개별 요소를 재연해 낼 수는 있었지만 그래도 뭔가 빠진 것이 있었다. 다시금 손을 그리기 위해서는 그걸 지탱하는 근육과 뼈를 알아야 하고 거기에 형태와 기능을 부여해야 한다는, 예전 드 그루트 미술 선생님의 열정적인 주장을 떠올렸다.

하지만 여전히 톰 레이튼의 눈은 조셉에게 있어 꽉 닫힌 방처럼 접근할 수 없었다.

"이만하면 충분하겠어요."

조셉은 마침내 연필을 내려놓고 스케치들을 돌아보며 말했다.

톰 레이튼이 천천히 일어섰다.

조셉은 스케치북을 치우고 12개의 누에고치를 한 번 더 보러 갔지만, 책장 제일 아랫단의 무언가가 눈길을 끌었다.

"책을 위로 가져오셨네요."

조셉이 놀라 톰 레이튼을 돌아보며 말했다.

"조금만."

톰 레이튼은 뭔가 속임수를 들키기라도 한 듯 털어놓았다.

"나머지도 가져오실 거예요?"

"아니, 글쎄……."

"둘 자리는 잔뜩 있잖아요."

"모르겠다. 정리해서 분류도 해야 하고……."

"도와드릴게요, 원하신다면."

톰 레이튼은 조셉의 기대감에 찬 얼굴에서 텅 비어 있는 책장들로 눈길을 옮겼다.

"큰일이 될 거다. 시간도 좀 걸릴 테고."

그는 불확실하게 말했다.

"괜찮아요. 초상화는 집에서 마무리할 수 있고, 이제는 누에 보살필 일도 없으니까요."

톰 레이튼은 돌아오지 못할지도 모르는 전투에 배정받은 군인처럼 앞의 소년을 어찌할 바 모른 채 응시했다.

"글쎄…… 모르겠는데……."

"전부 한 번에 해치울 필요는 없죠."

"그렇겠지."

톰 레이튼이 주저했다.

"그럼 할까요?"

한동안 정적이 흐르고 나서야 톰 레이튼은 눈을 감고 나직한 대꾸로 패배를 받아들였다.

"그러자꾸나."

조셉은 텅 빈 책장 칸들을 쳐다보았다. 궁금한 것이 하나
더 있었다.

"지금 시작해도 돼요?"

"둘이 어디 가?"

복도를 지나는 조셉과 톰 레이튼에게 캐롤라인이 물었다.

캐롤라인에게는 그 질문에 대한 답이 너무도 의외였던
모양으로, 순간 평소 유지하기 위해 몹시도 애쓰던 들뜬 명
랑함을 잊어버렸다.

"오빠 책? 책을 위로 가져가겠다고?"

자기 오빠와 조셉을 번갈아 쳐다보며 캐롤라인이 속삭
였다.

"응."

"어…… 그거 잘됐네, 오빠."

캐롤라인은 평정을 되찾으며 말했다.

"방 공간은 넉넉하니까 이용하는 게 좋겠지. 고지서 다
정리하고 나면 나도 가서 도울게."

그러고는 약간 미간을 찌푸리고 덧붙였다.

"천천히 해, 톰, 응? 서두를 건 없어."

"난 괜찮아."

그녀 오빠의 무뚝뚝한 대꾸였다.

조셉은 톰 레이튼을 따라 아래층 방으로 내려갔다. 방 안은 늦은 봄날의 따뜻함 때문에 더 답답하고 숨이 막혔다. 톰 레이튼은 희미한 전등을 켜고 가구와 잡동사니를 치우고는 책이 든 상자를 끌어냈다. 비록 조셉이 도울 수 있는 일은 도우려 했으나, 톰 레이튼이 원하는 것을 찾아냈을 무렵에는 그의 숨결이 드러나게 가쁘고 셔츠 등판에는 땀에 젖은 자국이 역삼각형으로 자리했다.

상자 중 하나가 벌어져 내용물이 바닥에 쏟아졌다. 조셉이 들 수 있는 만큼 책을 주워 모아 앞서자 책이 가득한 상자를 든 톰 레이튼이 그 뒤를 따랐다. 두 번째로 책을 나르기 위해 돌아가던 중 조셉은 부엌 문을 통해 얼핏 캐롤라인의 걱정스런 얼굴을 보았다.

창고방에 돌아와 상자를 옮기거나 밀어 내고 나서 마침내 커다란 책 상자를 끌어냈다. 조셉이 흔들흔들할 만큼 한 아름 책을 쌓아 올리고 톰 레이튼을 기다릴 때 톰 레이튼의 얼굴은 땀으로 뒤범벅이 된 채 달아올라 있었다.

"괜찮으세요?"

"그래. 괜찮다. 먼저 가. 금방 올라갈게."

그러고는 크게 심호흡을 했다.

조셉은 계단을 올라 비틀비틀 복도를 지나 톰 레이튼의 방으로 향했다. 바닥에 책을 내려놓으려다 손에서 미끄러지는 바람에 책더미를 도미노처럼 무너뜨려 버렸다. 조셉은 책을 다시 쌓으려 바랜 카펫 위에 무릎을 꿇었다.

거의 끝나 갈 무렵 계단 삐꺽거리는 소리와 복도에서 발소리가 들려왔다. 그러더니 갑자기 바닥 저편에서 쿵 하는 둔중한 소리가 울려 조셉은 복도로 뛰어나갔다.

조셉과 캐롤라인은 동시에 뛰어나와, 눈에 보이지 않는 짐을 들고 있는 듯이 두 팔을 앞으로 뻗은 채 백짓장 같은 낯빛을 하고 서 있는 톰 레이튼을 보았다. 마분지 상자가 그의 발치에 놓여 있었다.

캐롤라인이 얼른 말없이 오빠의 주머니에 손을 넣어 약병을 꺼냈다. 병에서 약을 한 알 꺼내서는 오빠의 입에 넣어 주었다.

"물 한 잔만 가져다 줄래, 조셉?"

캐롤라인은 톰 레이튼을 부축하며 절제된 차분한 목소리로 말했다.

조셉은 드디어 도울 수 있게 된 데 안심하며 얼른 부엌으로 들어갔다. 돌아와서 캐롤라인에게 물을 건네고 보니, 톰 레이튼의 얼굴에 혈색이 돌아오고 있었다.

"그걸 톰의 침대 옆에 갖다 놓고, 돌아와서 톰을 방까지 부축하는 것을 좀 도와주렴."

조셉은 부탁대로 했고, 둘이서 한 팔씩 부축하여 천천히 톰 레이튼을 방으로 데려가 침대에 앉혔다.

"물 좀 마셔, 톰."

캐롤라인이 차분히 말했다.

"괜찮아. 다만 천천히."

톰 레이튼은 물을 홀짝이고는 침대에 누워 눈을 감았다.

캐롤라인은 조셉에게 잔을 건넸다.

"조셉, 이걸 부엌에 갖다 놔줄래? 금방 갈게."

조셉은 잔을 싱크대에 넣고, 작은 소나무 식탁에 앉아 캐롤라인을 기다렸다. 캐롤라인의 말투에서 아무 일 없을 거라고 생각했지만, 번들거리는 눈에 석상처럼 양팔을 앞으로 뻗은 톰 레이튼의 모습이 떠올라서 사라지질 않았다.

캐롤라인이 조셉과 함께 식탁에 앉기까지는 꽤 오랜 시간이 걸렸다.

"괜찮니? 네게는 꽤 충격이었겠구나. 하지만 오빠는 괜찮을 거야."

캐롤라인은 조셉의 팔을 토닥이며 안심시켰다.

"전에도 그런 적 있어, 다행히 자주는 아니지만. 보기만큼 심한 상태는 아니란다. 심장 때문에 그래. 다만 조심하고 하는 일에 신경써야 하는 것뿐이야. 가끔은 깜박하고 무리를 하지. 그러면 얼른 약을 먹어야 하고. 가라앉으면 그냥 쉬기만 하면 돼."

씁쓸한 표정의 캐롤라인은 눈을 감으며 이마를 문질렀다.

"그 빌어먹을 책을 전부 나르다니. 대체 무슨 생각을 했나 몰라."

"죄송해요. 제가 아저씨에게 위로 가져가자고 했어요. 도와드리겠다고 했는데…… 모르고……."

조셉은 해명하려 애썼다.

"아냐, 아냐, 네 잘못이 아니야, 조셉, 전혀. 그 책을 도로 옮기는 걸 보고 내가 얼마나 기뻤는지 모를걸. 이런 날이 올 줄은 몰랐어. 다만 오빠가 좀더 분별 있게 했어야 했다는 거지, 그것뿐이야."

조셉은 톰 레이튼이 지금 저런 상태가 된 것에 일말의 죄책감을 느끼지 않을 수 없어 고개를 푹 숙였다.

조셉의 불안함을 알아차린 캐롤라인이 상냥하게 말을 이었다.

"조셉, 네가 오빠에게 얼마나 도움이 되었는지 모를 거야……. 그리고 내게도. 고맙다는 인사도 제대로 못했구나. 고맙단 말을 어떻게 다 할지 모르겠어. 여기 오는 게 너한테 쉽지 않은 일이었다는 거 알아. 이해해. 너는 아주 용감

하고 상냥하다고 생각한단다. 너는 모르겠지만, 오빠에게 도움이 되고 있어. 나도 애써 왔지……. 하지만……."

한순간, 생각을 말로 옮기는 일이 캐롤라인에게 벅찬 듯했다.

"오빠에겐 문제가 있어, 하지만 늘 지금 같았던 건 아니야. 여러 일이…… 안 좋은 일이…… 오빠에게 벌어졌어."

"베트남에서요?"

캐롤라인이 눈을 깜박이며 얼굴에 놀란 기색을 감추지 못했다.

"오빠가 네게 베트남 얘기를 했어?"

"사진을 봤어요, 누에 넣을 상자를 찾을 때…… 돌아가신 친구분 사진요. 그분에 대해 얘기해 주셨어요."

"뭐라고 하던?"

캐롤라인은 지나가는 말이라기에는 너무 딱딱한 목소리로 물었다.

"아저씨네 소대가 베트남 아이에게 속아 친구와 다른 사람들이 죽었다고요."

캐롤라인은 갑자기 움직이기가 두려운 사람처럼 아무 미동 없이 앉아 있었다.

"다른 얘기는 없었고?"

그녀는 조셉의 눈을 피하며 속삭이듯 물었다.

"아저씨가 어떻게 도망쳤고 부대로 실려 갔으며, 군대 목사님을 죽이려는 줄로 사람들이 착각했지만 정말 그럴 생각은 아니었다고요."

캐롤라인은 조셉이 말을 마친 것이 분명해질 때까지 조용히 앉아 있었다.

"다른 얘기는…… 안 하던?"

그녀는 주저주저 물었다.

조셉은 지난 몇 주일 간의 일들을 돌아보았다.

"네……. 병원에 있었던 일하고…… 선생님이 되려고 한 거요. 가끔은 어렸을 때 얘기도 하시고……. 시나 옛날 이야기랑…… 누에 얘기도요. 가끔 슬프거나…… 화가 나실 때는 제가 이해할 수 없는 얘기도 하시고……."

캐롤라인은 조셉에게 동정적인 미소를 지어 보였다.

"가끔은 나도 이해가 안 가던걸."

그녀는 머리를 홱 젖혔다.

"한때는 지금과 많이 달랐어. 무척이나 정 많고…… 희망에 가득 차 있었지. 네가 그때 오빠를 알았더라면…… 분명히 좋아했을 거야."

캐롤라인이 고개를 떨구자 곧은 머리칼이 커튼처럼 그녀의 얼굴 주위로 늘어졌다.

"전 지금 아저씨를 좋아해요."

조셉은 아무 꾸밈 없이 말했다.

마치 견딜 수 없는 속도로 내몰리고 있는 것처럼, 캐롤라인은 수척한 얼굴의 모든 근육이 긴장되고 굳어지는 듯했다. 조셉이 어찌할 바를 모르고 앉아 있는 사이, 그녀의 눈에서는 그렁그렁 커다란 눈물이 고이더니 뺨을 흘러내려 블라우스에 짙은 자국을 남겼다. 그녀는 한 손으로 식탁 너머 조셉의 팔을 움켜쥐고 다른 손으로는 얼굴과 눈가의 젖은 자국을 닦았다.

"미안해, 조셉. 난감하게 하려던 건 아닌데. 날 덩치만 큰 어린애나 뭐 그렇게 생각하지는 말아 줘."

그러고는 무거운 숨을 내쉬었다.

"네 말은 우리 오빠에게 무척 큰 의미가 있거든······. 그게 어느 정도인지 너는 모를 거야. 그리고 오빠는 널 좋아해. 오빠가 내색하기 힘들어하는 건 알지만, 정말이야. 오빠는 다만······ 더 이상 감정을 받아들이지를 못해. 두려움이 너무 커서. 오빠의 마음을 열려고 20년 동안 애써 왔지만, 나는 도움이 안 됐어."

캐롤라인은 고통으로 가득한 눈길을 조셉에게 고정했다.

"오빠는 모든 것에 믿음을 잃었고 자기 자신을 미워하고 있어, 조셉. 그리고 난 오빠의 마음을 열 수 없었고······ 도울 수가 없어."

조셉은 뭐라 말해야 할지 몰랐지만 캐롤라인의 말이 옳다는 것을 알았다. 비록 지난 몇 주일 동안 톰 레이튼이 덜 내성적이 되긴 했지만 그래도 무언가 다른 것이, 말하지 않는 무언가가 유령처럼 방에 도사리고 있었다.

톰 레이튼은 그토록 오랜 세월이 흘렀는데도 아직 친구의 죽음을 자기 탓으로 여기고 있는 걸까? 그것이 그를 둘러싼 위협적이고 음울한 괴로움의 원인일까, 아니면 그의 말대로 더 심한 무언가가 있는 걸까?

의자가 바닥에 긁히는 소리에 조셉의 생각은 거기서 멈추었다. 고개를 들자 캐롤라인이 일어나 손수건으로 뺨의 눈물을 닦는 것이 보였다.

"오래 걸리지 않을 거야. 그냥 톰 상태만 확인하고 나서 네가 봐주었으면 싶은 게 있어."

조셉은 복도 저편에서 들려오는 낮은 말소리에 귀를 기울였다. 잠시 뒤 캐롤라인이 톰 레이튼의 방에서 다시 복도로 나왔다. 캐롤라인은 누런 종이가 빼곡 들어차 불룩해진 오래된 스크랩북을 들고 있었다.

"톰은 괜찮아, 쉬고 있을 뿐이야."

그렇게 말하곤 캐롤라인은 스크랩북을 조셉 앞에 놓으며 몸을 숙였다.

"이게 너한테 보여 주고 싶은 거였어. 우리 어머니 거란다. 어머니는 애쓰는 역사가셨던 것 같아. 늘 신문에서 이것저것 잘라 내거나 기사, 프로그램, 버스표 등 뭐든 모아들이셨지. 이런 걸 수십 권 만드셨는데, 그중 몇은 세계적 행사, 어떤 건 스포츠에 관한 거고 이건 전부 지역 관련이야. 그리고 어느 날 두두두둥……."

캐롤라인은 자랑스레 말하며 페이지를 넘겼다.

"토미가 뉴스감이 되었지."

캐롤라인은 페이지를 펼쳐 청바지와 티셔츠 차림에 챙 넓은 모자를 손에 든 톰 레이튼의 사진을 짚어 보였다. 기사 제목은 '앤잭(호주군) 정신으로'라고 되어 있었다. 기사는 지역 신문에서 오려 낸 것으로 어떻게 해서 톰 레이튼이 베트남으로 파병되었는지를 설명하고, 비록 걱정은 돼도 조국을 위해 싸우게 되어 자랑스러워하고 있다고 씌어 있었다. 할아버지가 1차 세계대전 때의 원조 앤잭이었으며, 그런 분들과 자신을 비교할 수는 없지만 최선을 다하겠다고 말했다고 되어 있었다.

짧은 기사를 읽은 조셉의 관심을 끈 것은 내용이 아니라 서글서글하게 미소 짓고 있는 톰 레이튼의 얼굴이었다. 오래된 신문 사진의 바래고 거친 질감인데도 톰 레이튼의 눈은 따뜻하게 반짝거리고 있었다.

"우리 오빠는 이런 사람이었어. 아직도 저 어딘가에는 남아 있지."

캐롤라인은 복도 저편 반쯤 열린 톰 레이튼의 방문을 쳐다보며 말했다.

"난 알아. 다만 오빠를 찾아낼 수가 없을 뿐이야."

캐롤라인은 약간 몸을 바로 하고는 말을 이었다.

"오빠가 어땠는지 한 번이라도 너에게 보여 주고 싶었어. 빌려 가고 싶으면 그래도 돼. 그림 그리는 데 도움이 될지도 모르잖니."

"고맙습니다."

"게다가 이 지역 역사에 대해 배울 수 있을지도 모르고. 어떻게 변했는가를."

그 말과 함께 캐롤라인은 천천히 페이지를 넘기기 시작했다.

"봐, 이건 지금 슈퍼마켓 자리에 있던 큰 집이야……. 길 건너에 살았던 가족들 사진이 있구나, 그 집은 복권에 당첨되었지……. 이건 처음 신호등이 도입되었을 때의 기사고…… 이건 세인트 주드 성당 탑이 번개에 맞은 후…… 극장이 헐리고 있는 오래된 사진이 있네……."

캐롤라인은 몇 페이지 더 넘기다가 웃음으로 마무리했다.

"그래, 이거면 몇 시간 즐겁게 볼 수 있을 거야. 컴퓨터 게임이나 축구, 영화보다 훨씬 재밌고 흥미진진할걸."

조셉은 마주 미소 지었으나 캐롤라인은 그 스크랩북이 조셉에게 얼마나 중요한지, 그리고 조셉이 얼마나 간절하게 그 안의 보물을 살펴보고 싶어 하는지 전혀 알지 못했다.

스크랩북을 꼭 끌어안고 집으로 향하는 조셉의 심장은 쿵쿵거렸으나, 캐롤라인이 보여 준 기사 때문이 아니었다. 현재의 악몽에 쫓기지 않는 시절의 톰 레이튼 사진 때문도 아니었다.

마침내 방으로 뛰어 들어가 스크랩북을 책상에 던지고 페이지를 넘기기 시작하며 사진을 살피는 조셉의 뇌리에는 오직 한 가지뿐이었다. 조셉은 캐롤라인이 눈앞에서 페이지를 팔락팔락 넘길 때 잠시 스쳐간 사진을 찾고 있었다. 조셉의 기억 속에 영원히 새겨진 사진. 잘못 알아볼 리가 없는 달리는 남자의 얼굴.

전날 오후 오래된 스크랩북에서 기사를 찾아낸 이래, 조셉은 그 소식을 톰 레이튼에게 전하고 싶어 안달이 났다. 학교에서 돌아오자 조셉은 침대에 가방을 내던지고 어머니를 지나치며 "안녕, 엄마. 안녕, 금방 올게요" 하고는 곧장 옆집으로 향했다.

캐롤라인은 마당에서 빨래를 널고 있었다. 비록 조셉을 따뜻하게 맞이하기는 했어도, 짧게 끝내라고 했다.

"오래 있진 않을 거예요, 약속해요. 다만 아저씨에게 하고 싶은 말이 있어서요."

캐롤라인은 궁금하다는 듯 눈썹을 치켜 올렸다.

"둘이 이젠 날 빼놓고 비밀 모의를 하는 거야?"

캐롤라인이 장난스레 물었다.

그 뒤의 당황스런 침묵은 그녀의 의혹에 대한 확답이 되었다.

"그래……. 어, 남자들끼리 얘기인가 보구나. 그럼 올라가 봐. 좀전에 오빠에게 차를 가져다 줬으니 마침 좋을 때 왔네."

"고맙습니다."

조셉은 뒷계단을 쿵쿵 뛰어올라 문이 열려 있는 톰 레이튼의 방으로 향했다.

"달리는 남자가 왜 달리는지 알아낸 것 같아요!"

조셉은 숨가쁘게 뛰어 들어가다, 뒤늦게서야 톰 레이튼이 베개로 등을 받치고 침대에 누워 있다는 걸 깨달았다.

"죄송해요……. 저는…… 좀 괜찮으세요?"

조셉이 웅얼거렸다.

"조금 피곤하구나."

톰 레이튼은 반사적으로 대꾸했으나, 눈은 조셉이 들고 있는 오래된 스크랩북에 고정되어 있었다.

"캐롤라인 아줌마가 어제 보여 주셨어요. 아저씨 사진이 들어 있는데…… 신문 기사에…… 베트남 가게 된 것에 대해서요. 보세요."

조셉은 페이지를 더듬더듬 넘겨 펼친 스크랩북을 어색하게 톰 레이튼의 무릎에 놓았다. 조셉은 톰 레이튼이 스크랩북을 끌어당겨 천천히 위로 기울이는 것을 지켜보았다. 톰 레이튼의 눈길이 30년도 전에 찍힌 사진에 가닿더니 온 몸이 바위처럼 굳어지는 듯했다. 오직 눈만이 잠시 움직이다가 그 역시 딱딱하게 경직되었다.

그 페이지에서 톰 레이튼의 소년 같은 얼굴은 티 없이 빛나고 있었으나, 그걸 마주한 얼굴은 어떤 빛도 허용하지 않은 채 모든 접근을 뿌리치는 차갑고 어두운 표정이었다. 두 얼굴은 마치 기싸움을 벌이는 듯했고, 마침내 남자의 손이 스크랩북 가장자리에서 미끄러져 무릎으로 툭 떨어졌다. 경직된 쉰 목소리가 침묵을 뚫고 들려왔다.

"달리는 남자에 대해 뭐라고 했었지?"

조셉은 몸을 숙여 스크랩북을 몇 장 넘겼다. 페이지가 팔락팔락 넘어가면서 조셉이 책갈피 삼아 끼워 둔 찢어낸 종이조각이 바닥으로 떨어졌다. 조셉은 사진을 가리켰다.

"이게 그 사람이에요. 달리는 남자."

조셉은 톰 레이튼의 눈길을 따라 이제는 눈에 익은 그 사

진을 보았다. 기사 옆에 깔끔한 연필 글씨로 쓴 날짜는 1979
년 4월 22일이었다. 달리는 남자의 얼굴은 물론 훨씬 젊었
고, 좀더 살이 쪄 이목구비가 덜 날카롭고 덜 수척했다. 머
리는 좀더 짧았으며 긴소매 셔츠 차림에 넥타이를 하고 있
었다.

　사실, 한 가지만 아니었다면 조셉은 알아보지 못했을 것
이다. 낯익은 괴로운 표정, 그리고 얼굴에 새겨진 가슴 아
릴 만큼의 생생한 고통.

　사진 속에서 달리는 남자는 하수구 쪽으로 발을 벌린 채
인도 가장자리에 앉아 있었다. 그의 앞에는 누군가 제복을
입은 사람, 소방관이나 구급대원이 한 손을 달리는 남자의
가슴에 대고 있었다. 그 옆에는 다른 한 명이 카메라에 등
을 돌린 채 달리는 남자의 왼쪽 어깨를 붙들고 있었다. 달
리는 남자는 몸을 앞으로 아등바등 내밀었는데 카메라 플
래시에 비친, 고통에 가득 찬 얼굴은 유령처럼 새하얗게 보
였다. 세 사람은 어둠에 둘러싸여 있었다. 기사 제목은 '어
머니와 아기들 불길에 목숨을 잃다'였다.

　조셉은 기사를 여러 번 읽어 세부 사항이 저절로 떠올랐
다. 달리는 남자의 진짜 이름은 사이먼 제이미슨이었다. 그
는 시내 서점에서 일했다. 정확한 화재 원인은 밝혀지지 않
았는데, 전기 합선으로 여기고 있었다. 이웃들이 알아차렸

을 무렵에는 이미 오래된 목조 집이 활활 불타고 있었고 안에 있는 사람을 구하려는 시도는 짙은 연기와 불꽃에 가로막혀 있었다.

늦게 퇴근하여 귀가한 제이미슨 씨는 집으로 들어가려 기를 쓰고 몸부림쳤으나 소방관과 구경꾼들이 제지했다. 아기방에서 세 구의 시신이 발견되었다. 제이미슨 아내(23세)와 11개월 된 쌍둥이 딸 에이미와 제시카. 아이들은 어머니의 품에 있었다.

전날 밤 조셉은 잠자리에 누운 채 달리는 남자가 맞닥뜨렸던 그 끔찍한 악몽을 이해하려 애썼다. 평범한 하루, 퇴근길 버스에서 내리는 그를 상상했다. 아마도 나무 타는 냄새를 맡거나 밤하늘에 튀는 불꽃이 얼핏 눈에 들어왔을지도 모른다.

상상 속에서 조셉은 그가 다급한 발걸음으로 점점 더 빨리 걸어가는 가운데, 저 멀리서 붉은 불길과 미친 듯이 빙글빙글 도는 소방차의 불빛에 그의 가슴에 두려움의 칼날이 관통하는 것을 보았다. 끔찍한 어느 한순간, 그 두려움은 공포로 변했을 것이라고 조셉은 생각했다. 그 뒤 달리고 또 달리는, 광기의 가망 없는 달리기가 시작되었으리라.

세상에, 안 돼! 달려. 제발, 제발, 하나님, 안 돼요! 달려, 그냥 달려. 아니, 아니, 하나님 안 됩니다! 계속 달려. 달려.

멈추지 마, 그럼 끝장이야. 달려. 계속 달려…….

기사를 다 읽고 나자 톰 레이튼은 눈길을 다시 사진으로 향하며 고개를 천천히 내저었다.

"그 화재로부터 살아남았다니 놀랄 일이구나."

조셉은 미간을 찌푸리며 톰 레이튼이 기사를 잘못 읽었나 했다.

"그때 그 사람은 집 안에 없었어요. 직장에 있었고 집에 도착했을 때는 사람들이 들어가지 못하게 말렸죠. 불 속에 없었는데요."

"아니, 그날 밤 말고."

톰 레이튼은 순순히 동의했다.

"그 이후 매 순간마다, 그 끔찍했을 시간을 말이다."

슬픔의 물결이 조셉에게 밀려왔다.

"그 사람은 그날 밤 같이 죽고 싶었을까요?"

"안 그럴 사람이 있겠냐?"

톰 레이튼은 자신의 퉁명스런 대답에 조셉이 고개를 떨군 것을 보고는 덧붙였다.

"하지만 그 사람은 살아남았지……. 나름의 방식으로."

"짐을 지고서요?"

톰 레이튼은 자기 자신이 했던 말을 듣게 되자 놀랐다.

"그래. 때로는 사람들이 평생 짐을 짊어지고 있다는 것을 거의 알아채지 못할 정도로 가볍기도 하지. 때로는, 달리는 남자처럼 그 짐에 짓눌려 겨우 발짝을 떼는 경우도 있고. 그 짐이 사람들을 끌어당기고 뒤틀어 변하게 해."

"그걸 떼어 버릴 수는 없어요?"

"아니, 그럴 것 같진 않다."

톰 레이튼은 괴로운 목소리로 대답했다.

"그걸 버리려 애써도, 늘 같이 있어. 자신의 일부가 되어 버리지. 그걸 지고 가는 방법을 익히든가 아니면 그 짐에 짓눌려 버리는 거야."

톰 레이튼의 목소리에는 좌절감이 깃들었고, 조셉은 대화가 달리는 남자에서 톰 레이튼 자신에게로 향하였다는 것을 알아차렸다.

"어쩌면……."

조셉은 주저주저 말을 꺼냈다.

"누군가 그 짐을 떼어 버리도록 도울 수 있는 건 아닐까요……. 같이 지고 가든가?"

톰 레이튼은 침대 가장자리에 앉은 소년의 눈을 들여다보았다.

"하지만 만약 그 사람이 예상했던 것 이상이라면 어떻게 할까…… 둘이서 지고 갈 수 있는 정도가 아니라면?"

그는 거의 겁먹은 어조로 물었다.

"둘 다 짓눌려 버리면 어쩌지?"

톰 레이튼의 격해져 가는 감정에 불편해진 조셉은 화제를 안전한 쪽으로 바꾸려 했다.

"모르겠어요……. 저는 늘…… 그 사람을 무서워했달까……. 하지만 이제는…… 안됐다는 생각이 들어요……. 하지만 그래도 그 사람에게 뭐라고 해야 할지 모르겠어요."

톰 레이튼은 스크랩북을 다시 들어 오래된 신문 조각을 내려다보았다. 그러고는 조셉이 이제껏 들어 보지 못한 상냥함과 갈망을 담아 말했다.

"한때는 말이란 게 몹시 중요하다고 믿었는데 지금은 아니야. 설령 네가 역사상 최고의 시인이라 해도, 무슨 말을 해주기보다는 그냥 곁에 있어 주고, 무서워하지 않는다는 걸 알려 주고, 그저 달리는 남자가 아니라 사이먼 제이미슨 이란 사람이 아직 살아 숨쉬고 있음을 알고 있다고 알려 주는 게 훨씬 더 중요할 거다."

12장

　캐롤라인이 의사의 조언에 따라 오빠가 기운을 차리도록 며칠 쉬어야 한다고 밀어붙이는 바람에 조셉은 금요일 오후까지 그 집에 들르지 않았다. 금요일쯤이 되어 톰 레이튼이 평소대로 돌아온 듯하자 캐롤라인은 조셉이 다음 날 아침에 와도 된다고 기꺼이 약속을 잡아 주었다. 조셉의 방문 목적은 아직도 그의 방 구석 상자에 들어 있거나 쌓여 있는 책을 분류하고 정리하는 일을 돕는 것이었다.

　오전은 금방 지나갔다. 조셉은 톰 레이튼을 도와 책을 세 무더기로 나누었다. 시, 소설, 단편집. 그러고는 저자 이름을 알파벳 순서대로 책장에 정리했다.

　조셉은 책장에서 차곡차곡 들어찬 칸이 점차 늘어나는 것이 즐거웠다. 무언가를 원래대로 되돌려 놓고 있는 것 같은, 너무나 오랫동안 퀘퀘한 어둠 속에 방치되어 있던 톰 레이튼의 일부를 되살리고 있는 듯한 기분이었다.

이따금씩 조셉이 아는 책이나 호기심이 가는 책을 들어 보이면 톰 레이튼은 저자나 내용에 대해 약간씩 설명해 주었다. 톰 레이튼은 때로 소설 단락을 읽어 주거나 시 구절을 낭송해 주기도 했다. 조셉은 오랫동안 묻혀 있던 무언가가 마침내 뚫고 나온 것처럼 톰 레이튼의 굳건하고 음울한 태도가 변하고 있음을 느낄 수 있었다.

조셉은 어머니에게 점심 먹으러 일찍 돌아오겠다고 약속했었다. 그러나 가야 할 때가 되었는데도 아직 손도 안 댄 큰 상자가 2개나 남아 있었다. 캐롤라인은 둘 다 얘기만 하고 일은 안 한다고 나무라기는 해도 톰 레이튼의 변화에 매우 기뻐하는 듯했다.

다음 날 조셉이 일을 마저 끝내기 위해 돌아오자 톰 레이튼이 책상을 가리켰다.

"보여 줄 게 있어."

조셉은 고치를 살펴보려 다가갔다. 한 고치 끝에 곱게 둥그런 구멍이 뚫려 있고, 그 옆에는 좁은 데 갇혀 있느라 아직 날개가 작고 구겨진, 통통하고 흰 나방이 앉아 있었다.

"하나가 부화했네요!"

"그래. 바로 오늘 아침. 암컷이야. 수컷들은 좀더 작지.

알을 잔뜩 배고 있어.”

조셉은 다시 분가루투성이의 나방을 돌아보았다. 몸통은 통통하고 만화 속 꿀벌처럼 금이 그어져 있었으며 2개의 커다란 검은 더듬이는 눈 위로 깃털처럼 휘어져 있었다. 톰 레이튼은 조셉 옆으로 다가와 나직이 읊었다.

“이제 그들의 시간이 되어, 긴 수면에서 깨어날 때다,

창백하고 흰 날개엔 나뭇잎 모양이 박히고,

나무에선 어슴푸레하지만 달빛 속에 춤출 때는 새하얗다.”

조셉은 자장가처럼 잔잔한 톰 레이튼의 목소리에 귀를 기울였다. 그 시는 눈앞의 온순하고 연약한 벌레를 완벽하게 구체화시키고 있었다.

“그 시가 적힌 종이 제가 아직 갖고 있어요. 돌려드리려고 했는데…….”

“가져도 돼.”

톰 레이튼이 책꽂이 꼭대기에서 소설 한 권을 집어 넘겨보며 말했다.

“아니면 새로 한 장 타자 쳐서 드릴 수도 있어요…… 컴퓨터로.”

“그럴 거 없다.”

"전 괜찮아요, 힘들 것도 없고요. 그러면 아저씨도 메모판에 하나 꽂아 두실 수 있잖아요."

톰 레이튼은 손에 든 책을 만지작거리며 하릴없이 책장을 넘기고 있었다.

"고맙다."

그는 등을 돌리기 전 그렇게 말했다.

바로 그때 파닥파닥 작은 소리가 들려왔다. 내려다보니 누에나방이 고치에서 떨어져 나와 작은 칸의 벽을 타고 기어올라와 있었다. 조셉이 지켜보는 가운데, 나방은 천천히 가장자리로 비틀비틀 다가와서는, 멈춰 서서 그 여린 날개를 파닥거렸다.

다음 주, 캐롤라인이 일하지 않는 날이면 조셉은 거의 매일 톰 레이튼을 찾아갔다. 매번 갈 때마다 고치에서 나온 나방들이 늘어나 있었고, 때로 조셉은 새내기 나방들을 톰 레이튼이 산란을 위해 준비한 상자로 옮기는 일을 돕기도 했다. 나방들은 모터 소리처럼 날개를 붕붕대며 활주로 위의 점보기처럼 왔다 갔다 하면서 짝을 찾았다.

주말 즈음 나방들은 모두 부화해 노랗고 회색의 알들이 참깨처럼 마분지 상자 바닥과 옆면에 다닥다닥 붙어 있었다. 조셉은 토요일 점심때쯤 마지막 남은 고치들을 이미 수

백 개가 든 톰 레이튼의 책상 서랍 속에 넣었다. 그러고는 늘 해오던 대로 등받이 없는 의자에 앉아 누에나방 상자를 즐겁게 들여다보았다.

안에는 몇 마리가 평화롭게 쉬고 있었고, 몇몇은 소리없이 짝짓기를, 그리고 몇몇은 아직도 날개를 붕붕대며 짝을 찾아 기어다니고 있었다. 조셉은 그들의 평화스러우면서도 단순한 삶이 부러웠다. 그때 익숙한 문구가 떠올라 조셉은 아무 생각 없이 소리 내어 말했다.

"그들은 온화하고 친절하며, 언제까지나 안전하리니."

그 목소리에 이끌린 듯, 톰 레이튼이 조셉 옆으로 다가와 마찬가지로 상자 안을 응시하며 말했다.

"그리고 그들이 받아들이면 마침내 모든 해답을 얻게 되리라.
하얀 나방이 나방에게로, 연인이 연인에게로 다가간다."

톰 레이튼은 조셉에게 눈길을 보내며 기다리고 있었다. 조셉은 남자를 올려다보며 무언의 도전을 받아들여 가장 좋아하는 구절을 자신있게 낭송했다.

"죽음의 가장자리에는 기쁨의 고통이 있으니 —

그 부드러운 날개를 팔락대며, 그들은 하늘을 나는 꿈을 꾼다."

톰 레이튼의 낯익은 음울한 얼굴과 돌 같은 이목구비에 그림자 같은 미소가 번져 올랐다. 몇 초 동안 눈가에 주름이 지고 희미한 반짝임이 그 눈에 담겼다. 톰 레이튼은 한 손을 들어올려 잠시 조셉의 어깨 근처에서 머뭇거리더니 도로 아래로 떨구었다.

"고맙다, 조셉…… 전부 다."

그날 오후 레이튼 집을 나서는 조셉은 기쁨을 감출 수가 없었다. 잔디밭을 가로지를 때 뽕잎을 한 움큼 뜯어 허공에 흩뿌렸다. 하지만 뒷계단을 올라 부엌에 들어서는 순간, 조셉의 얼굴에서 미소가 지워졌다. 마섭 아주머니가 부엌 식탁 앞에 재판관처럼 앉아 있었다. 그 옆에는 작고 무력해 보이는 어머니가 근심으로 잔뜩 구겨진 얼굴을 하고 있었다.

"그건 사실이 아니에요!"

조셉은 반항적으로 외쳤다.

"받아들이기 힘들다는 건 알지만, 제발, 그냥 마섭 아주머니 말씀 좀 들어 보렴."

어머니가 말했다.

조셉은 심문 받는 죄수처럼 두 여자 맞은편에 앉아 있었다. 조셉이 멍하니 식탁을 바라보는 사이 마섭 아주머니는 느릿하게 타이르는 목소리로 말했다.

"조셉, 널 속상하게 하려는 건 아니란다, 도와주려고 그래. 너희 아버지가 멀리 가 계시니 네가 외로웠으리라는 건 잘 알아. 무척이나 아버지가 보고 싶겠지. 남자애에겐 아버지가 필요해. 하지만 그 사람, 톰 레이튼은…… 겉보기와 달라."

"아주머니는 아저씨에 대해 아무것도 모르시잖아요. 얘기해 본 적도 없고."

조셉은 분노와 아버지 얘기로 인한 죄책감에 발끈하여 쏘아붙였다.

"그래, 맞아, 그 사람과 얘기해 본 적은 없어."

마섭 아주머니는 차분하게 말을 이어 나갔다.

"하지만 그 사람에 대해 알고 있는 건 있지. 그 사람으로선 숨겨 두고 싶을 만한 일을……."

마섭 아주머니가 조셉의 어머니를 건너다보자 어머니는 계속하라고 우울한 얼굴로 고개를 끄덕였다.

"톰 레이튼은 작은 시골 학교의 선생이었단다. 겨우 몇 달 있다가 그만두게 되었지."

"저도 다 알아요. 아저씨가 말해 주셨어요."

조셉은 되바라지게 반박했다.

"왜 그만둬야 했는지 말하던?"

마섭 아주머니가 물었다.

"그래요, 상태가 좋지 않았다고. 아저씨는 베트남 전쟁에서 싸우셨어요. 제일 친한 동료가 죽었고요. 가르칠 만큼 나았다고 생각했지만 그렇지 않았대요. 너무 과했다고."

"그게 그 사람이 한 말이라면, 안됐지만 거짓말이란다."

마섭 아주머니는 윗사람인 양 하는 어조로 조셉의 성미를 돋우었다.

"거짓말 아니에요. 아저씨는 베트남에서 끔찍한 일을 겪었다고요. 정말이에요. 거기 계셨단 말예요. 사진도 봤어요."

마섭 아주머니의 입매가 가늘어지더니 아까보다 좀더 엄격하게 말을 이었다.

"그 사람이 베트남과 관련해 너한테 무슨 이야기를 했는지는 모르겠다, 정말일 수도 있겠지. 하지만 톰 레이튼이 교사 일을 그만두어야 했던 이유는 베트남과 아무 관련이 없어. 한 학생에게 부적절한 행동을 했기 때문이야."

순간 차가운 기운이 조셉을 뒤덮어 오며 마치 심장을 꽉 쥐어짜는 듯한 느낌이었다. 조셉은 어머니를 돌아보며 도움을 청했으나 어머니는 눈을 내리깔았다.

"사실이 아니에요!"

조셉은 반항심에서라기보다는 절박한 마음으로 외쳤다.

"아저씨는 누굴 해칠 사람이 아니에요. 게다가, 무슨 일이 있었는지 아주머니가 어떻게 아시는데요? 거기 계셨던 것도 아니잖아요."

"그래, 하지만 거기 있던 사람과 얘기를 했지."

마섭 아주머니는 그 의미가 파고들기를 기다렸다가 말을 이었다.

"전에는 그저 소문만 들었을 뿐이지, 안 좋은 소문들 말이야. 하지만 네가 그 사람과…… 가까워지기 시작해 조사를 좀 해봐야겠다 싶었어. 톰 레이튼이 교사 일을 하던 지역에 내 사촌이 살고 있거든. 왜 그 사람에게 관심을 두고 있는지 설명하자 사촌이 조용히 알아봐 주겠다고 했지. 음, 그게 몇 주일 전이야. 너희 어머니에게는 이미 말했는데, 어젯밤 그 학교에서 톰 레이튼과 함께 교사로 있던 분에게서 전화를 받았단다. 사촌이 그분에게 연락해서 내가 걱정하는 바를 설명했지. 내 사촌 얘기를 듣자마자 그분은 즉시 연락해 왔어."

마섭 아주머니는 이런 말을 하게 되어 유감이라는 듯한 표정으로 조셉을 쳐다보았다.

"네 말이 맞아, 조셉. 난 거기 있지 않았지만 그 사람은 거기 있었어. 그리고 그냥 그 학교에 있었던 것도 아니야. 그 일이 벌어졌을 때 교실에 같이 있었지. 그 장면을 봤대."

"어쩌면 그분이 거짓말하는지도 모르죠."

조셉은 기어들어 가는 목소리로 말했다.

"왜 거짓말을 하겠니?"

"어…… 잘못 알았을 수도 있잖아요."

"그분 혼자만 있던 게 아니야, 조셉. 나한테 전화한 사람은 교장과 함께 톰 레이튼의 교실을 지나가고 있었대. 점심 시간이었지. 그때 놓아 달라고 소리치는 남자애 목소리가 들리더란 거야. 교실 안을 들여다보니 톰 레이튼이 흐느끼고 있는 아이를 껴안고 거듭 미안하다고 말하며 용서해 달라고 빌고 있었다는구나. 아이는 너보다 어렸어, 조셉. 그리고 잔뜩 겁에 질려 있었지. 일주일이 안 되어 톰 레이튼은 떠났어. 어찌저찌 사건은 무마되었고 그 이상 파고들지 않았지."

"하지만 그렇다고 해서 무슨 일이 있었다는 확증은……."

조셉이 힘없이 중얼거렸다.

"없지, 네가 보지 않으려 든다면."

마셥 아주머니가 대답했다.

조셉은 언쟁할 기운을 잃었다. 머릿속에서는 '오빠는 자기 자신을 미워해, 조셉'이라는 캐롤라인의 말과, '인생에

는 늘 더 심한 것이 있지'라는 톰 레이튼의 말이 죽음의 전
조처럼 계속 울려 퍼졌다.

"미안해, 조셉. 하지만 그냥 손 놓고 앉은 채 그 사람이
널 해치게 둘 수는 없었단다."

그 말을 들은 조셉은 상처와 분노가 솟구쳐 마구 내쏘았
다. 마치 스스로도 그 말을 믿고 싶어 하는 것처럼.

"아저씨는 절대 저를 해치지 않아요! 그럴 리 없다고요.
아저씨는 책들을 보여 줬어요. 같이 그 책을 아저씨 방으로
도로 날랐다고요. 여러 가지 얘기도 해줬어요, 베트남에 대
해, 누에에 대해. 같이 여러 가지 얘기를 했다고요. 아주머
니는 몰라요. 아저씨는 괴물이 아니에요. 날 좋아한다고요.
절대 그런 짓 안 해요. 아주머니는 아저씨 모르잖아. 그냥
멍청한 할머니면서. 아무것도 모르면서!"

"조셉!"

조셉의 어머니가 놀라 외쳤다.

마섭 아주머니는 비틀비틀 자리에서 일어났다. 그 마른
체구가 복수의 여신처럼 조셉 앞에 우뚝 섰다.

"난 알아."

아주머니는 끔찍한 확신을 담아 말했다.

"너는 상상도 못할 일들을 말이지. 알고말고. 겉으로는
멀쩡해 보이는 사람들이 속은 반대일 수도 있다는 걸. 그런

사람들이 남을 어떻게 속이는지, 아이들이 장난감과 리본의 세계로부터 더럽고 끔찍한 곳으로 끌려갈 수도 있다는 걸 알아. 그리고 혼자가 된다는 것이 어떤지, 사랑한다, 비밀이야, 소중한 아이니 하는 말을 듣는다는 게 어떤지. 결코 누군가의 소중한 아이 따위는 되고 싶지도 않은데 말이지…… 원하지도 않았는데…… 않았는데…….”

마섭 아주머니의 얼굴이 아이의 얼굴처럼 일그러지더니 처참하고 고통으로 가득한 목소리가 그녀 안에 감춰진 깊은 슬픔으로부터 솟아 나왔다.

“내가 모른다는 소리 하지 마. 그런 소리 마! 난 안다고.”

그녀는 서글프게 흐느꼈다.

“평생 매일매일. 알고 있어. 늘 그럴 거야.”

조셉의 어머니가 마섭 아주머니의 손목에 손을 얹었다.

“제랄딘?”

마섭 아주머니는 손을 홱 잡아 빼고는 부엌을 뛰쳐나가 뒷문으로 나가 버렸고 조셉의 어머니는 그 뒤에서 그녀의 이름을 걱정스레 불러댔다.

그날 밤 달리는 남자의 꿈이 다시 조셉을 괴롭혔다. 또다시 조셉은 겁에 질려 달리고 있었고 책가방이 어깨에 매달려 있었다. 또다시 인도가 모래로 변하고 다리가 푹 빠져들어 아파 욱신거리는 가운데 달리는 남자의 그림자가 시시각각 다가들었다. 또다시 홱 돌아서서 두려움을 마주하고 모든 것을 멈추게 했다.

그런데 이번에는 거기서 끝나지 않았다. 조셉의 눈에 들어온 얼굴은 달리는 남자가 아니라 히죽거리며 조셉을 비웃고 있는 톰 레이튼의 뒤틀린 얼굴이었다.

"늘 더 심한 것이 있지!"

톰 레이튼은 역겨운 얼굴로 빙글거리며 조셉을 향해 달려들었다.

그 뒤 조셉은 다시금 단단한 땅을 딛고 달리고 있었다. 조셉은 눈을 감고 귓가를 스쳐가는 바람 소리를 들었다. 아주 빠르게, 거의 날다시피 했다. 돌연 푹신한 벽 같은 것에 부딪힌 순간 커즌스 씨가 자신을 구하러 왔다는 걸 알았다. 조셉은 자신을 감싸안고 있는 굵고 힘센 팔을 느끼며 커즌스 씨의 불룩한 배에 얼굴을 대고 짙은 빵과 햄 그리고 사탕 냄새를 들이쉬었다.

그러고는 꿈이 다시 바뀌어 조셉이 얼굴을 들자 깔쭉깔쭉한 뽕잎 가장자리가 얼굴을 스쳤다. 커즌스 씨는 뽕잎에 뒤덮여 있었다. 조셉의 등을 감싸고 있던 팔이 아프게 조여들었다. 조셉이 눈을 떠 고개를 번쩍 들자 짐짓 슬픈 척 찡그리고 있는 톰 레이튼의 얼굴이 보였다.

"미안하다."

그는 속상한 어린애처럼 아랫입술을 내밀고 말했다.

"정말, 정말 미안해."

조셉이 톰 레이튼의 품 안에서 몸부림치자 그 두 팔이 어깨에서 떨어져 나가더니 바닥에 굴렀다. 그러나 그것은 팔이 아니라 나뭇가지로 이제 톰 레이튼의 몸을 뒤덮고 있던 나뭇잎도 떨어지기 시작했다. 그 아래 그의 피부는 검고 매끄러웠으며 그의 얼굴은 인간이 아닌 파충류의 차갑고 위협적인 주둥이가 차지하고 있었다. 조셉은 비틀비틀 뒷걸음질쳤다. 바닥에는 뽕잎이 깔려 있었다. 조셉이 뒷걸음질치는 사이 뽕잎 속으로 더욱 발이 푹푹 빠져 들어갔다. 갈색의 마른 뽕잎이 조셉의 목까지 차올라 왔다.

순간 단단한 파충류 비늘로 뒤덮인 톰 레이튼의 얼굴이 기계적으로 돌아가더니 날카로운 한쪽 눈이 조셉을 향해 번뜩였다. 그러고는 예고도 없이 검은색의 거대한 도마뱀처럼 나뭇잎 밑으로 파고들었다. 조셉이 공포에 얼어붙어 있는 가운데 지면 아래에서는 그것이 꿈틀꿈틀 다가오고 있었다.

조셉은 온 힘을 다해 악몽에서 깨어나 휘둥그렇게 눈을 뜨고 침대에서 벌떡 일어나 헐떡였다. 호흡이 진정되자 레이튼 집을 내다보았다. 사방이 고요하고 어둠에 잠겨 있었다. 조셉은 도로 드러누워 천장을 응시했다. 심란한 잠 속으로 빠져드는 가운데 오직 한 가지 생각만이 조셉의 머릿속을 맴돌았다.

설령 꿈속에서 톰 레이튼에게서 도망친다 해도, 아침에 깨어나면 그는 여전히 거기 있을 것이다.

13장

다음 날 아침 조셉은 톰 레이튼을 만나러 가기 위해 어머니의 허락을 받아내느라 애를 먹었다.

"하지만 가겠다고 했단 말이에요."

조셉은 우겼다.

"알아, 조셉, 하지만 걱정돼서 그래. 마섭 아주머니 말씀 들었잖니."

"하지만 그걸로는 아무것도 증명되지 않고, 아무튼 캐롤라인 아주머니도 있을 거라고요. 늘 그랬어요. 괜찮아요, 정말로."

데이비드슨 부인은 지치고 답답해하는 얼굴을 했다.

"너한테 아무 일도 없었으면 해."

그녀는 힘없이 말했다.

"네 아버지가 있으면 가는 걸 허락할 리가 없는데."

"하지만 아버지는 여기 없잖아요? 언제 그런 적이 있었어야지."

조셉의 어조는 다소 지나치리만큼 냉소적이었다. 그러고는 좀더 차분하게 덧붙였다.

"저기, 엄마, 톰 레이튼 아저씨는 절대 잘못된 행동이나 말을 한 적이 없어요. 엄만 늘 사람을 성급하게 판단하지 말고 소문에 귀 기울이지 말라고 그랬잖아요. 마섭 아주머니가 어떤지 알면서."

"그 불쌍한 분이 사람들을 못미더워할 만도 하지. 누굴 믿는다는 것 자체가 기적일걸."

로라 데이비드슨은 눈을 감은 채 고개를 설레설레 내저었다.

"전 그저 남은 책 옮기는 일을 도와드리고 싶은 것뿐이에요."

조셉은 좀더 차근차근 말을 이었다.

"아저씨는 아직 몸이 안 좋아요. 혼자서는 못 한다고요. 도와주겠다고 약속했단 말이에요. 그리고 나 그림도 마저 끝내야 하고. 학교 과제요. 제발, 엄마. 괜찮을 거예요, 약속할게요. 네?"

조셉은 레이튼 집 잔디밭을 천천히 가로지르며 어머니에

게 톰 레이튼을 다시 만나고 싶은 이유를 백 퍼센트 솔직하게 털어놓지 않은 것에 약간 죄책감을 느꼈다. 책이나 그림과는 상관없었다. 그저 마섭 아주머니가 한 말이 진짜인지 아닌지 직접 알아내야만 했다.

하지만 뒷계단을 오를 때쯤 톰 레이튼에게 정면으로 대응한다는 생각에 기분이 축 가라앉았다.

"안녕, 조셉, 들어와. 톰은 막 아래층에 내려갔어. 금방 돌아올 거야. 들어가렴. 네가 왔다고 전할게."

캐롤라인은 따스하게 미소 지으며 가려고 몸을 돌리다가 금방 다시 휙 돌아섰다.

"아, 그리고 까먹기 전에, 나 바닷가로 며칠 여행을 갈 참이야. 친구가 며칠 놀러오라고 했거든. 톰도 같이 가자고 설득해 봤지만 소용없더라. 아무튼, 오늘 오후 늦게 출발해서 수요일 아침에 돌아올 거야. 그러니까 수요일날 학교 끝나고 들르고 싶으면 그래도 괜찮아."

"네."

조셉은 짧게 대답했다. 또다시 캐롤라인이 없는 동안 조셉이 와서 오빠와 단둘이 있으면 안 된다는 분위기였다.

"그래, 가서 톰을 데려올게. 그런 다음 나는 서핑보드에 왁스칠을 해야겠다."

캐롤라인은 팔을 벌려 파도타기를 하는 것처럼 몸의 균

형을 잡는 시늉을 했다.

조셉이 창가에 있는 긴 의자에 정색하고 앉아 있을 때 톰 레이튼이 작은 책 무더기를 들고 돌아왔다.

그는 조셉에게 고개를 끄덕하고는 짐을 책상 위에 내려 놓았다.

"이게 생각나서…… 다른 것들에다 합하는 게 낫겠다 싶더라고."

남자가 돌아보았으나 조셉은 눈을 피한 채 말없이 그냥 고개만 끄덕였다.

"이제 알이 꽤 많다."

톰 레이튼이 이렇게 말하며 마분지 상자를 조셉에게 내밀었다.

조셉은 상자를 받아 무릎에 놓고 나방과 알들을 건성으로 들여다보았다. 톰 레이튼은 조셉을 지켜보며 조용히 반응을 기다렸다. 아무 반응이 없자 다가와서 조셉을 마주 보고 침대 가장자리에 앉았다.

"무슨 일 있니?"

조셉은 뭔가 대답할 방법을 찾아 열심히 궁리했다. 상자 속을 들여다보며 생각했지만 아무것도 떠오르지 않았다.

"조셉?"

조셉은 천천히 고개를 들며 이해하려고 몹시 애써 온 짙은 눈을 들여다보았다.

"왜 교사 일을 그만두셨어요?"

그 말은 방 안에 악취처럼 맴돌았다.

"말했잖아."

톰 레이튼은 아무 감정 없이 대답했다.

"상태가 안 좋았다고. 그만둬야 했어. 베트남 이후로 내 겐 너무 무리여서."

조셉은 다시 나방을 쳐다보았다.

톰 레이튼은 충분한 대답이 되지 못했다는 것을 알아차 렸다.

"왜 그걸 다시 물어 보는 거지?"

"다른 이야기를 들었어요."

톰 레이튼은 침대 위에서 몸을 틀어 방을 둘러보다가 다 시 조셉에게로 눈을 돌렸다.

"그래, 마섭 아주머니가 뭐라 하시더냐?"

"남자애가 있었다고요."

톰 레이튼은 독약이라도 받은 듯한 얼굴이었다.

"아주머니가 아저씨는 그 애 때문에…… 그만둬야 했다 고 그랬어요. 아저씨가 애를 안고 놓아주지 않았다고요. 그 자리에서 아저씨를 본 사람과 통화를 했대요."

"나쁜 짓은 하지 않았어, 맹세해. 오해야. 상태가 안 좋았거든. 믿어 주렴."

톰 레이튼이 애원하듯 말했다.

"그 애를 해친 거 아니야. 너한테 절대 거짓말 안 해. 제발 아저씨 믿는다고 해줘."

톰 레이튼을 쳐다본 조셉은 그가 진실을 말하고 있음을 알았다.

"믿어요…… 아저씨를 믿어요."

안도감의 물결이 조셉에게 밀려왔다.

"아주머니한테 잘못 안 거라고 그랬어요. 아저씨가 나쁜 짓 할 리가 없다는 거 알았는데. 절대 어린애를 해칠 리 없다고 그랬죠. 누굴 해칠 리가 없다고……."

조셉은 톰 레이튼이 눈을 피하자 말을 더듬었다.

"왜 그러세요? 그 애한테 아무 짓도 안 했다고 그러셨잖아요."

"애를 겁먹게 했어, 그게 다야. 하지만 그럴 생각은 아니었고 아무런 해도 끼치지 않았다고."

목쉰 대꾸였다.

희미한 의혹이 천천히 조셉의 마음 속에 형체를 갖춰 갔다. 조셉은 처형을 기다리듯 고개를 숙이고 남자를 쳐다보았다. 묻고 싶지 않은 질문을 도저히 피할 수가 없었다.

"그럼 아무도 해치지 않는다고요? 한 번도 그런 적이 없다고……."

톰 레이튼은 무슨 말인가를 하기 위해 입을 벌렸다가 창에 심장을 꿰뚫린 사람처럼 조셉을 쳐다보았다.

"조셉…… 난……."

아이는 커져 가는 두려움 속에 뒤틀리고 일그러진 남자의 얼굴을 응시했다. 그냥 아니라고 해요, 그럼 믿을 테니까. 아니라고 해요. 믿을게요. 아니라고 하라고!

조셉의 머릿속에 하고 싶은 말이 쌓여 톰 레이튼을 뒤흔들며 막 소리를 지르고 싶을 지경이었다.

"조셉…… 절대 널 해치는 일은 없을 거야."

톰 레이튼은 외치며 손을 뻗었다.

조셉은 그 손길에 몸을 움츠렸다. 무릎 위에 놓여 있던 신발상자가 뒤집혀 바닥으로 굴러떨어졌다.

톰 레이튼은 무릎을 꿇고 떨리는 손으로 신발상자를 바로 뒤집어 놓았다. 한 마리를 제외하고 나방들은 전부 상자 안에 꼭 달라붙어 있었다. 나머지 한 마리, 제일 처음 부화한 나방은 얇은 카펫 위에 뻣뻣이 죽어 있었다.

다시금 톰 레이튼이 손을 뻗어 왔다.

"조셉, 제발……."

"저리 비키세요!"

조셉은 빽 소리를 지르며 방을 뛰쳐나와 도망갔다.

집에 도착한 조셉은 어머니의 눈을 피하려 조용히 방으로 들어갔다. 메모판에서 톰 레이튼의 초상화를 떼어 벌컥 책상 앞에 앉았다. 눈물로 시야가 흐려지자 연필을 집어 위협적으로 그림 위로 가져갔다. 힘이 들어간 손길로 눈을 시커멓게 하고 얼굴 반쪽에 음영을 넣었다. 원래 스케치의 섬세하고 미묘한 선은 이제 투박하고 거칠어졌으며 형상은 왜곡되고 일그러졌다. 마침내 연필을 내려놓은 조셉은 마치 악마의 눈을 들여다보고 있는 듯했다.

한밤중에 어머니가 자러 가고 나서 한참 후에 조셉은 옆집에서 마지막 불이 꺼지는 것을 보았다. 레이튼네 잔디를 가로질러 계단으로 향하며 그곳에 처음 방문했던 순간과 그때 자신을 사로잡았던 불길한 예감을 떠올렸다. 그때와는 달리 이제는 공허함에 무덤덤할 뿐이었다. 계단 꼭대기에서 톰 레이튼의 초상화를 문 밑으로 집어넣고 밀었다.

그 어두운 얼굴은 악령처럼 스윽 미끄러져 들어갔다.

어머니는 전날 레이튼 집에서 돌아온 이래 말이 없는 아들을 두고 안달복달했으나, 월요일 아침 등교길에 배웅하는 어머니에게 조셉은 그저 어깨를 으쓱하며 다 괜찮다고 웅얼거릴 뿐이었다.

조셉은 세상이 갑자기 시큰둥하고 공허하게 여겨졌다.

학교가 그나마 기분전환이 되기는 했지만 아무런 흥미가 일지는 않았다. 그날 밤 조셉은 문 밑에서 초상화를 발견하는 톰 레이튼을 상상해 보았다. 그 사람을 아프게 하고 자신이 얼마나 화가 나고 괴로웠는지 알리고 싶었으나, 웬일인지 톰 레이튼이 그 어두운 그림을 맞닥뜨리는 생각을 해도 전혀 기쁘지 않았다. 조셉은 자신이 한 일을 되돌리고 싶었다.

다음 날, 덥고 짜증난 상태로 학교에서 돌아온 조셉은 우편함에서 톰 레이튼의 쪽지를 발견했다. 단순한 봉투 앞에는 조셉의 이름이 깔끔하게 박혀 있었다. 안에는 '제발 와서 만나 주렴' 이라고 쓰인 종이 한 장이 들어 있었다. 그 아래에 톰 레이튼의 머릿글자인 T. L.이 적혀 있었다.

그날 밤 조셉은 어머니에게 피곤하다고 말하고 일찍 자러 갔다. 거실 텔레비전이 꺼지고 창문 거는 소리가 들릴 때까지 어둠 속에서 참을성 있게 기다렸다. 집 안은 천천히 정적에 잠겨 들었고 조셉은 한 시간 후 나가면 안전하겠다고 결론지었다.

조셉은 자신이 하는 일이 옳은지 아닌지도 알 수 없었다. 사실 아예 생각도 하고 싶지 않았다. 다만 겁에 질린 아이처럼 바보 같은 그림 뒤에 숨을 게 아니라 톰 레이튼을 봐야 한다는 것을, 그를 직접 만나야 한다는 것만 알 수 있었다. 또한 캐롤라인은 없을 테고 처음으로 자신과 톰 레이튼 둘만이 되리라는 것도 알고 있었다.

조셉이 뒤뜰 서늘한 풀 위로 발을 내디뎠을 때 밤 공기는 잔잔하고 따뜻했다. 톰 레이튼의 방 바로 위로 낮게 깔린 보름달이 전구처럼 빛나는 가운데 조셉은 울타리를 훌쩍 넘어 반은 달리고 반은 걸으면서 성큼성큼 이웃집으로 향했다.

뒷문은 열린 채였다. 톰 레이튼의 방에서 희미한 불빛이 흘러나오고 있었다. 책상 위 작은 전등 불빛이었다. 집안 전체는 어둠 속에 있는 듯했다. 조셉은 톰 레이튼의 방문으로 다가가며 솟아오르는 불안함을 가라앉히려 애썼다.

"레이튼 아저씨? 계세요? 저예요, 조셉."

조셉의 목소리는 서툰 연극 대사처럼 이상하고 어색하게 들렸다.

조셉은 반쯤 열린 문틈으로 들여다보며 문을 살짝 밀었다. 방은 비어 있었다. 톰 레이튼이 아래층에서 가져온 한 무더기의 책은 조셉이 마지막으로 이 방에 있었을 때 그대로 책상 위에 놓여 있었다.

조셉은 방 밖으로 나와 복도를 바라보았다. 눈이 어둠에 익숙해지자 아래층 방에서 흘러나오는 희미한 빛을 알아차렸다. 조셉은 계단 꼭대기로 가서 살짝 열린 문을 통해 노란 불빛이 새어 나오는 곳을 내려다보았다.

"레이튼 아저씨?"

조셉은 다시 주저하며 불렀다.

기다리다가 한 손으로 벽을 짚으며 내려가기 시작했다. 한 걸음 뗄 때마다 감각이 예민해지는 것을 느꼈다. 나무 타는 냄새와 들큰하면서도 띵한 향기가 났고 지구 중심부로 내려가는 것처럼 공기가 더워졌다.

아래까지 내려온 조셉은 문틈 사이로 얼굴을 들이밀었다. 방 안의 훅 하는 열기가 따뜻하게 뺨에 와 닿았다. 어둠 속의 윤곽 그리고 상자와 가구의 선이 보였다. 방 저쪽 끝에서 희미한 불빛이 빛났으나 벽난로를 마주한 오래된 안락의자의 커다란 덩치가 그 빛을 가로막고 있었다.

작은 움직임이 조셉의 시야에 들어왔다. 의자 등받이 위로 머리 윤곽을 알아볼 수 있었다. 조셉은 문을 열고 조심조심 안으로 들어섰다.

"레이튼 아저씨?"

머리 윤곽이 홱 옆으로 돌아가며, 어둠에 가린 옆모습 반쪽이 드러났다.

"조셉? 너냐?"

톰 레이튼의 목소리는 유령에게 말을 거는 것처럼 잠기고 숨가빴다.

조셉은 널린 상자들 사이를 지나 난로 옆에 서서 의자를 마주 보았다. 톰 레이튼의 얼굴은 달아오른 채 부어 있었고, 눈 아래가 축 늘어졌으며 긴 머리카락이 뺨에 흘러내려 있었다. 한 손으로 잔을 쥐고, 다른 손은 다리와 의자 팔걸이 사이에 낀 반쯤 빈 럼주 병에 올려놓고 있었다. 그의 무릎에는 누에고치들이 널려 있었다. 바닥에는 톰 레이튼의 책상 서랍들이 흩어져 있었다.

"올 줄 몰랐…… 나는…… 저기…… 앉아라, 앉아. 어서."

톰 레이튼은 조셉 오른쪽에 있는 커다란 상자를 떨리는 손으로 가리켰다.

조셉은 남자에게서 눈을 떼지 않은 채 앉았다.

"뭐 하고 계세요?"

톰 레이튼은 무릎에서 고치를 집어 들어 얼굴 가까이 가져가 돌려 보았다.

"진작에 했어야 했던 일……."

그는 기운 없이 대답했다.

"이 모든 바보짓을 끝내는 거."

톰 레이튼은 활활 타오르는 불길에 고치를 서투른 동작으로 집어 던졌다. 그것은 아주 잠깐 확 타올랐다가 시커멓게 되어 사라졌다.

"누에, 누에, 이글이글 불타네."

이렇게 말한 그는 멍하니 불길을 응시하며 홀린 듯 덧붙였다.

"양을 만든 그분이 너희도 만들었을까?"

조셉은 무슨 말을 해야 할지, 뭘 어째야 할지 몰라 지켜보고만 있었다. 톰 레이튼의 고개가 불안정하게 뒤로 넘어갔다가 다시 앞으로 푹 떨구어졌다. 그는 고치를 한 움큼 쓸어 모아 불길을 향해 주먹을 들어 올렸다.

"그러지 마세요, 제발."

조셉은 얼른 말했다.

조셉을 뚫어져라 쳐다보는 톰 레이튼의 눈이 젖은 풀처럼 반짝거렸다.

"어째서? 무슨 쓸모가 있는데?"

조셉은 뭐라 답할 말이 없었으나, 애원하듯 톰 레이튼을 쳐다보았다.

남자가 손을 천천히 허벅지로 떨구자 고치가 금화처럼 바닥으로 굴러떨어졌다. 톰 레이튼이 눈을 내리깐 채 잔을 입가로 가져가자 짙은 금빛 액체가 구렁이처럼 꿀렁꿀렁 목 속으로 들어갔다. 입술이 물기로 번들거렸다.

"왜 왔어?"

"아저씨 쪽지 받았어요. 와달라고 하셨잖아요."

조셉은 어리둥절해서 대답했다.

"여기서 저 사람을 만나게 될까 겁나지 않든?"

톰 레이튼은 고개로 벽난로 쪽을 가리키며 말했다.

처음에 조셉은 무슨 말인지 알아듣지 못했다. 그러다가 벽난로 위 그늘에 반쯤 가려진, 자신이 그린 톰 레이튼의 우악스런 초상화 윤곽을 보았다.

가슴이 콱 찔린 듯이 아팠다.

"죄송해요…… 그러면 안 되는데…… 잘못했어요."

"아냐, 아냐…… 잘 그렸어. 아주 뛰어난걸. 보는 눈이 있구나. 나를 완벽하게 잡아냈어."

톰 레이튼은 웅얼거렸다.

"하지만 이해가 안 가는 건…… 네가 저걸 보고도…… 이 밤중에…… 혼자서 여기 왔다는 거지…… 캐롤라인이 없다는 걸 알면서? 왜?"

"절대 해치지 않는다고 하셨잖아요."

조셉은 간결하게 대답했다.

톰 레이튼은 어이없다는 표정으로 고개를 내저었다.

"사람들은 거짓말을 해, 조셉."

"늘 그렇진 않죠…… 전 아저씨를 믿어요."

톰 레이튼은 턱으로 초상화를 가리키며 성난 어조로 내뱉었다.

"어떻게 저런 걸 믿을 수 있냐?"

"모르겠어요…… 저…… 모르겠어요."

조셉은 눈에 고이는 뜨거운 눈물을 억누르려 애쓰며 더 듬거렸다.

톰 레이튼은 조셉의 얼굴에서 상처받은 마음을 보고 도로 의자에 축 늘어졌다. 더듬거리며 병을 집어 들어 거친 손길로 잔을 채웠다. 한 모금 벌컥 들이키고는 다시 고개를 기대고 눈을 감았다.

조셉은 잠깐 기다렸다가 입을 열었다.

"왜 오라고 하셨어요?"

톰 레이튼은 잠시 눈을 떠서 흐릿하니 조셉을 쳐다보다가 다시 감고 말했다.

"네 그림 속 사람은 내가 아니라고 말하고 싶었어. 하지만 네가 옳아…… 너에게는 거짓말 못하겠구나. 그건 나야…… 그래."

그의 목소리는 슬픔으로 아려 왔다.

"매일매일 그 사람을 보고 그렇게 싫을 수가 없지. 하지만 네가 생각하는 그런 사람이 아니야. 너는 몰라, 조셉, 네가 알았다면…… 때로 진실은……."

톰 레이튼의 얼굴이 고통으로 일그러졌다.

"네가 날 싫어하게 될까 무서워, 조셉."

그는 간청하는 듯 몸을 내밀며 손을 뻗었다.

벽으로 휙 물러선 조셉의 몸이 뻣뻣하니 굳어졌다.

톰 레이튼은 의자에 풀썩 주저앉았다. 은은한 불빛이 그의 눈가에 깊게 얼룩덜룩 그림자를 드리웠다. 그는 마시려는 것처럼 잔을 들더니, 의자 팔걸이에 손을 털썩 떨구었다. 술이 잔에서 넘쳐 짙은 자국을 남겼다. 그는 마치 얻어맞고 코너로 돌아온 권투선수처럼 축 늘어졌다.

조셉이 톰 레이튼이 잠든 모양이라고 막 생각했을 때, 그가 하다가 끊긴 이야기를 이어 나가는 듯 말하기 시작했다.

"정찰대가 찾아내기까지 난 꽤 오래 정글에 있었어······. 정확히 얼마나 오래인지는 모르겠고."

그는 고개를 앞으로 숙이고 눈에 뜨일 만큼 굳어졌다. 그러고는 눈을 떴고, 다시 말을 이었을 때는 마치 그 상황이 눈앞에서 벌어지는 것을 다시 보고 있는 듯했다.

"계속 깜박깜박 정신을 잃었지. 머리가······ 시멘트로 가득 차고, 귓속에서는 거대한 기계가 웅웅대는 기분이었어. 걸어가다가 시야 가장자리가 새까매지고 깨어 보니 흙먼지 속에 얼굴을 파묻고 있던 게 기억나. 나중엔 언제 의식을 잃을지 알게 되어서 쓰러지기 전에 곧장 앉곤 했지."

톰 레이튼은 말을 끊고 일부러 술을 홀짝였지만, 눈은 저 멀리 오직 그만이 볼 수 있는 광경에 초점을 맞춘 채였다.

"나무들 사이에 쓰러졌지. 얼마나 오래 정신을 잃고 있었느는지는 몰라, 하지만 깨어났을 때는 아마 늦은 오후였을 거야. 이전의 경험으로 곧장 일어나려 해봐야 헛일이라는 걸 알고 있었기 때문에 그냥 앉아서 머리가 빙빙 도는 게 멎기를 기다렸어……. 그때 내 눈앞 공터에 나타났지."

톰 레이튼의 턱 근육이 긴장으로 꿈틀거렸다. 숨도 제대로 쉬지 못하는 것 같았다.

"그쪽에선 뒤늦게서야 날 봤어. 난 단박에 알아봤지. 바로 그 눈, 이제는 우리를 마을로 이끌 때처럼 슬프게 애원하는 눈이 아니라, 놀라고…… 겁에 질려 있었어. 그리고 목에는 페니 동전을 단 목걸이를 하고 있더구나. 1948년 동전. 알고 있었어, 왜냐하면 그건 테리 호프만의 행운의 동전이었거든……. 그 친구가 태어난 해. 테리가 기습에 몰살당할 때 목에 걸고 있던 바로 그 행운의 동전."

톰 레이튼은 미간을 찌푸렸다.

"아이는 어찌할 바를 모르는 것처럼 그냥 거기 서 있었어. 왜 그냥 도망가지 않나 싶었지. 지금은 내 라이플이 겨누고 있기 때문이었다는 걸 알지만, 그때는 내가 라이플을 들고 있다는 것조차 의식하지 못했거든. 그래서 그냥 그 애를 쳐다보기만 하면서, 테리와 믹 그리고 다른 모든 동료들을 생각했고…… 갑자기…… 마치 꿈 같았어…… 믿을 수가 없었지…… 하지만 춤을 추고 있더라고…… 아이가 춤을 추고 있었어…… 그리고 장미꽃이…… 그 애 가슴에 확 피어나선…….”

그는 믿을 수 없는 광경을 보는 듯 넋이 나가 눈물을 흘리기 시작했다.

“……그러고는 드럼 소리를 들었어……. 아마 그래서 아이가 춤을 추나 보다라고 생각했지. 그러나 그 애는 춤을 추는 게 아니었고 드럼 소리도 없었고…… 그 장미꽃은 피로 된 거였어.”

조셉은 톰 레이튼의 몸이 흔들리고 부들부들 떨리더니 손에 쥐고 있던 잔을 떨어뜨려 바닥에 쨍그랑 깨지는 것을 어쩔 바를 모른 채 지켜보고 있었다. 톰 레이튼은 의자에서 확 몸을 굽히고 숨을 헐떡였다. 마치 무언가 끔찍한 것이 톰 레이튼 안에서 꿈틀거리며 요동치고, 나오기 위해 몸부림치는 듯했다.

마침내 견딜 수 없을 만큼 처절하여 거의 사람같이 들리지도 않는 상처와 고통의 울부짖음이 터져 나왔다.

“나였어! 나였다고!”

톰 레이튼이 울부짖었다.

“내 라이플…… 내가 라이플을 쏘고 있었어…… 내 손가락이 방아쇠를 당기고…… 쏘고 있었다고…… 그 애를 쐈어…… 어린애를!”

그는 아이처럼 헐떡이더니 숨을 헉헉거렸다.

"내가 그 애를 죽였어! 내가 죽였어…… 그럴 생각은 아니었는데…… 몰랐는데…… 난…….

조셉은 슬금슬금 다가가 톰 레이튼의 어깨에 한 손을 얹었다. 자신을 감싸 끌어당기는 남자의 팔을 느꼈다. 톰 레이튼이 조셉의 가슴에 머리를 묵직하게 기대자 눈물이 조셉의 셔츠를 적셨다.

"미안해. 미안해. 정말 미안해."

그는 킥킥대며 말을 토해 냈다.

조셉은 팔을 모아 포옹하고 고개를 숙여 남자의 정수리에 뺨을 댔다. 조셉의 눈가에서 눈물이 흘러내려 톰 레이튼의 이마에 똑똑 떨어졌다.

"미안해……."

격렬한 흐느낌이 잦아들고 조셉을 끌어안은 팔이 느슨해지기까지는 꽤 시간이 걸렸다. 마침내 한쪽 팔이 등을 미끄러져 내려가자 조셉은 조심스레 몸무게를 앞으로 실어 톰 레이튼을 안락의자에 앉혔다.

조셉은 그를 응시하며 톰 레이튼이 한 이야기를 생각했다. 그가 매일매일 지고 있던 끔찍한 비밀은 발각되지 않았었다. 하지만 조셉이 지금 벽난로 위에서 나무라듯 인상을 쓰고 있는 초상화를 그렸을 때 상상했던 건 그게 아니었다.

어떤 면에서는 더욱 심했다.

조셉은 나무 상자에 도로 앉았다. 온 몸에 힘이 쭉 빠지고 머리가 복잡해서 지끈거렸다. 한 시간 넘게 톰 레이튼의 구겨진 형체 앞에 앉아 자신이 그 사람에 대해 아는 모든 것을 떠올리며 그런 삶을 산다는 것이 어떨지 상상해 보았다.

마침내 조셉은 일어나 흩어져 있는 누에고치를 모아 서랍에 도로 넣기 시작했다. 그러고는 깨진 유리를 쓸어 담고 빈 럼주병을 치운 뒤 서랍을 톰 레이튼 방으로 가져갔다. 마지막으로 침대 위에 놓인 담요를 아래층으로 가져와 톰 레이튼을 덮어 주었다.

더 이상 정리할 게 없자 조셉은 돌아서서 벽난로 위에 괴물처럼 도사리고 있는 초상화를 마주했다.

이글거리는 눈이 마주 노려보았다. 조셉은 다가가 손을 뻗었다. 초상화를 내려서 꺼져 가는 불 위에 얹었다. 불길이 확 일어 종이를 움켜쥐었다. 종이에 그려진 얼굴이 일그러지고 뒤틀리며 마지막으로 조소를 남기고는 시커멓게 되어 춤추는 불길 속으로 영원히 사라졌다.

불길이 가라앉으며 마침내 꺼지자 조셉은 주머니에서 종이를 꺼내 펼쳤다. 그것은 서랍을 가져다 놓은 후에 톰 레이튼의 방에서 쓴 쪽지였다. 조셉은 안락의자 옆 작은 테이블에 쪽지를 놓고 그 위에 누에고치를 하나 올려놓아 톰 레이튿이 일어나면 찾을 수 있게 했다.

쪽지엔 단지 이렇게만 씌어 있었다.

레이튼 아저씨께

아저씨 초상화는 태워 버렸어요. 전혀 좋은 게 아니라서.

아저씨하고는 하나도 안 닮았어요.

조셉

조셉은 목요일 오후까지 레이튼 집에 가지 않았다.

또다시 로라 데이비드슨은 아들을 불안하게 쳐다보았다.

"엄마, 괜찮다니까, 응? 캐롤라인 아줌마도 돌아왔고, 아
무튼 톰 레이튼 아저씨에 대해서는 마섭 아주머니가 틀렸
어요."

"조셉, 네가 그렇게 믿고 싶은 건 알지만, 어떻게 확신할
수 있니?"

데이비드슨은 부드럽게 물었다.

"왜냐하면 왜 아저씨가 지금 그렇게 되었는지 아니까. 아
저씨가 교사이던 때, 그날 무슨 일이 있었는지 알아요. 아
저씨가 말해 주셨어요. 엄마가 생각하는 그런 일 아니야.
그리고 아저씨 얘기가 진실이라는 거 난 안다고요."

"그럼 말해 봐."

"안 돼요, 엄마…… 그럴 순 없는 일이에요. 그냥 믿어 줘요. 톰 레이튼 아저씨는 절대 날 해칠 사람 아니야, 아무도 안 해쳐."

조셉은 얼굴에 의혹이 그늘처럼 드리워진 어머니를 두고 나왔다.

캐롤라인은 이틀 전 조셉의 비밀 방문에 대해 전혀 모르는 눈치였다.

"톰에게 너 왔다고 할게. 오빠는 아래층에 있어. 내가 돌아온 이래 내내 거기서 정리 중이야."

캐롤라인은 고개를 내저었다.

"뭐에 홀려 저러나 몰라. 아주 조용하네, 평소보다도 더, 하지만 걱정되진 않아. 뭐랄까, 예전하곤 다르거든. 말도 안 되게 들릴 거라는 건 알지만, 그리고 정확하게 설명할 순 없지만…… 나아졌거든. 좀더 차분해졌어. 그리고 내가 무슨 생각하는지 아니?"

캐롤라인은 고개를 살짝 기울이고 미소 지었다.

"네가 뭔가 관계가 있을 거라고 생각해."

캐롤라인은 얼마나 감탄했는지 보이려는 듯 놀란 얼굴을 해보였다.

"금방 올게."

밝게 덧붙이고는 조셉을 혼자 두고 내려갔다.

조셉은 창가 긴 의자에 앉아 초조하게 톰 레이튼을 기다렸다. 이전의 충격적인 만남 이후로 어떻게 행동해야 할지 혹은 톰 레이튼이 어떤 기분일지 알 수가 없었다. 어쩌면 그럴 생각이 아니었는데 비밀을 털어놓아 이 만남을 두려워하고 있을지도 모른다. 어쩌면 너무 취해서 자기가 무슨 말을 했는지 정확히 기억하지 못할지도 모른다. 두려움과 기대감에 울렁대는 조셉의 속은 처음 롤러코스터를 타기 위해 기다릴 때 느꼈던 것과 똑같았다. 미지의 것이 닥쳐왔고 피할 수는 없었다.

마침내 어슬렁어슬렁 방에 들어왔을 때, 톰 레이튼은 마치 중요 인사를 맞이한 자리에서 안달복달하는 집주인처럼 불편한 기색이었다.

"조셉…… 기다리게 한 건 아닌지…… 아래층에서 정리하느라…… 오랫동안 손대지 않은 게 워낙 많아서……."

톰 레이튼은 구명줄이라도 찾는 듯 절박하게 방 안을 둘러보았다.

"대부분의 책들은 정리했어. 아무튼 중요한 책들은. 나머지는 미뤄도 되고. 최소한 시작은 한 셈이니…… 아, 그리고 누에알은 아래층으로 가져갔다……. 집 아래 옛날 냉장고 안에. 내년 봄까지 거기 둬야 해. 그런 다음 꺼내면 부화하고…… 대충 14일 정도 걸리지."

톰 레이튼은 말을 멈추고 어쩔 바를 모른 채 조셉을 쳐다
보았다. 그러고는 주절주절 말을 쏟아 내느라 기운이 쏙 빠
진 듯 천천히 침대에 주저앉았다. 초조한 듯 긴 손가락을
무릎 위에서 꼼지락거리며 열심히 생각하는 듯했다. 조셉
은 그 막막한 어색함을 덜어 줄 만한 좋은 말이 없을까 생
각하다가 자기 가슴에 기대 울던 톰 레이튼을 떠올리고는
무슨 말을 하든 진부하고 우스꽝스러울 것 같았다.

마침내 톰 레이튼이 침묵을 깼다.

"조셉, 미안하다…… 요 전날 밤 일. 네가 올 줄은 몰랐
어. 취했지. 그럴 생각은 아니었는데…… 그래선 안 되는
데…… 네게 짐을 지웠구나. 너에게 한 얘기는 캐롤라인 외
엔 아무도 몰라. 교실에서의 그 아이는…… 동양인이었어.
뭐라 설명할 수 없는데, 악몽이…… 참혹한 기억이 다시 돌
아왔지. 내가 뭘 하는지 여기가 어디인지 전혀 몰랐어. 그
애에게는 참 끔찍했을 거다."

그는 고개를 숙이고 천천히 양손을 비볐다.

"쪽지 봤다…… 네가 상상하는 것 이상으로 내게 큰 의미
가 있다는 것을 알아주렴. 하지만 네가 날 어떻게 생각할지
이해하니까 이제는 여기 안 와도 괜찮아. 내 말은…… 다시
날 보러 오지 않아도 된다는 거야. 물론 예전처럼 캐롤라인
을 보러 오고 싶겠지, 하지만 난 없는 거나 마찬가지라고

생각해. 난 방 안에서 문을 닫고 있을 테니까 너한테는 빈 방이나 마찬가지일 거다…… 오래된 고치처럼."

톰 레이튼이 머뭇머뭇 눈길을 들었다.

조셉의 입가에 미소가 삐죽삐죽 번져 갔다.

"정말로 오래된 고치 같지는 않을 거예요, 안 그래요?"

조셉이 물었다.

"무슨 말이냐?"

"음, 고치는 구멍이 있어서 안이 보이니까 비었다는 걸 알 수 있잖아요."

"어, 그렇겠지."

톰 레이튼이 약간 당황해서 말했다.

"그리고 아저씨는 방문을 닫아 놓을 거랬으니까, 나방이 나오기 전의 새 고치에 가깝겠지요."

"그래, 맞는 말이다. 하지만 내 말뜻은 다만……."

"그러니까 전 아저씨가 거기 있다는 걸 알 거예요. 그리고 아저씨가 나오길 기다리겠죠……. 나방을 기다렸던 것처럼."

"그래, 하지만 내 말은 굳이 기다릴 필요가 없다는 거다, 난 나오지 않을 거니까. 나는 안에 있겠지만, 그대로 안에만 있을 거야."

톰 레이튼은 찬찬히 설명하면서도 고치 비유가 뒤틀어진

것에 약간 짜증이 나는 듯했다.

"하지만 전 그래도 기다릴 거예요."

조셉은 톰 레이튼이 눈을 들 때까지 기다렸다. 마침내 그가 고개를 들자 조셉은 그의 눈을 마주 보았다.

"저는 기다릴 거예요. 왜냐하면…… 아저씨가 나오길 바라니까."

톰 레이튼은 아무런 움직임이나 표정이 없었다. 눈에 물기가 일렁이기 시작했을 때조차 꼼짝 않은 채였고, 얼굴은 열대우림의 고대 돌벽처럼 딱딱하게 굳어 있었다. 그렇게 있는 가운데 눈물이 샘물처럼 흘러넘쳐 뺨을 따라 무성한 턱수염 사이로 사라졌다.

"게다가, 제 초상화 작업 도와주시기로 약속했잖아요."

조셉은 눈물에 신경 쓰지 않는다는 듯이 말했다.

톰 레이튼은 입술을 굳게 다물고 고개를 끄덕였다.

"그랬지."

"음, 이제 다시 시작해야 해요. 토요일 아침 일찍 올까 생각하는데…… 괜찮아요?"

"그러면…… 좋겠구나."

톰 레이튼은 속삭였고, 짧은 순간 그의 얼굴이 누그러져 조셉은 얼핏 캐롤라인의 오래된 신문 조각에서 본 젊은 청년의 모습을 보는 듯했다.

톰 레이튼이 방 밖의 목소리에 정신이 팔리는 바람에 그 모습은 겨우 몇 초밖에 가지 않았다. 조셉은 그 소리를 향해 몸을 돌렸다. 누군가와 이야기하고 있는 캐롤라인의 말투가 굳어진 듯했다. 조셉은 캐롤라인과 이야기하고 있는 상대의 목소리를 알아들었다. 어머니 목소리였다. 어머니가 자신이 안전한지 확인하러 왔다는 생각에 짜증이 나고 조금 창피했다.

톰 레이튼의 방문이 열리더니 캐롤라인이 나타났다.

"조셉, 너희 어머니 오셨어."

그녀가 긴장된 어조로 말했다.

조셉은 캐롤라인 너머 복도를 내다보았다.

어머니가 보였다. 신문을 움켜쥔 채 서 있는 어머니 얼굴은 두려움으로 창백했다.

3.

그
기
쁨
의

아
프

14장

그날 오후 조셉은 가슴 속에 얼음처럼 굳어지는 어마어마한 두려움을 느꼈다. 처음 'PNG 산사태로 3명 실종'이라는 기사 제목을 보고는 바로 딱 떠올리지 못했으나, 이내 '부건빌'이라는 단어를 보는 순간 마치 구둣발에 가슴을 세게 차인 기분이었다.

어머니는 레이튼네 식탁의 조셉 맞은편에 앉았다. 캐롤라인이 차를 만드는 동안 톰 레이튼은 소리 없이 문가에서 서성였다.

"피터가 일하는 곳이에요."

로라 데이비드슨은 앞에 놓인 신문을 응시하며 참담하게 말했다.

"지난번 편지에서 거기 얘기를 했어요. 새 광산으로 향하는 도로 건설 중이죠. 지난 며칠간 큰 비가 내렸다고 그랬어요. 그곳에 가게 된 걸 그다지 달가워하지 않더라고요. 위험하다는 걸 알고 있었을 거예요……."

그녀는 자신의 두려움이 말로 토해져 나오는 것을 막으려는 듯 손으로 입을 막았다.

"하지만 이곳이 정확히 피터가 있는 곳인지는 아직 모르잖아요."

캐롤라인이 달래듯 말했다.

"거기에 공사 중인 새 도로가 좀 많겠어요?"

"그래요, 하지만 우로피 광산으로 가는 건 하나뿐이에요. 피터의 저번 편지를 확인해 봤거든요. 같은 곳 맞아요. 화요일에 작업을 시작하는데 자기는 커다란 불도저를 몰 거라고 했어요. 그리고 여기 신문엔, '해당 도로의 공사는 전날 시작되었다'고 하고 산사태는 어제, 수요일날 일어났어요. 웨스트콤 채광 직원들이라고까지 나와 있어요. 그게 피터 회사거든요."

눈을 든 로라 데이비드슨은 아들의 창백한 얼굴에서 두려움을 보았다.

"아, 조셉."

그녀는 테이블 너머로 아들의 손을 꼭 잡으며 말했다.

"미안하다, 엄마가 괜한 걱정을 하는 걸 거야. 그냥 더럭 겁이 나서 그래. 아버진 분명 무사하실 거야."

조셉은 안심한 표정을 지으려 했지만 기사 내용이 뇌리를 맴돌아 쉽지 않았다. 현장에서 일하던 여섯 명 중에 세 명이 현재 실종 중이고 둘은 중상을 입었으며 한 명은 안정기에 접어들었지만 의식은 차리지 못한 상태라고 나와 있었다. 실종된 사람들이 살아 있을 가능성은 없었다. 그레이더(도로포장을 위해 땅 고르는 기계)와 크레인 한 대가 몇 톤은 될 흙과 자갈 아래 파묻혔다.

조셉은 가슴이 덜컹 내려앉았다. 이제 최선의 경우라 해봤자, 아버지가 병원에 누워 생사의 고비를 헤매고 있는 것이었다.

캐롤라인이 로라 데이비드슨 앞에 차 한 잔을 놓고 최대한 자신감을 실어 말했다.

"물론 걱정은 되시겠어요, 누군들 안 그러겠어요? 하지만 피터가 그 근처에 계셨는지도 아직 모르는 일이잖아요. 그 편지는 지난주에 온 거죠? 음, 그 사이에 무슨 일이 있었을지 누가 알아요? 계획이 변경되었을 수도 있고, 아직 옛 광산에서 일하고 계실 수도 있고…… 그리고 확인된 건 아무것도 없잖아요. 기사 내용이 아직 불명확하잖아요. "

로라는 차를 한 모금 마시고 캐롤라인을 향해 힘없이 미소 지었다.

"그렇겠죠. 다만 얼른 전화 좀 해줬으면 좋겠어요. 우리가 걱정하는 거 알 텐데. 포트 모스비(파푸아뉴기니의 수도)에 있는 회사 지사에 전화해 봤는데 그쪽도 아무것도 모르더군요. 광산과 연락이 두절되었다고……."

"음, 지금은 그쪽도 매우 혼란스러울 거예요."

캐롤라인이 천천히 대답했다.

"그리고 산사태에 폭풍까지 있었으니 전선이 많이 끊어졌을 테고. 상당히 외진 곳이잖아요. 아마 피터도 연락하는 데 고전하고 계실 거예요."

"그래요…… 네, 아마 그렇겠죠?"

로라 데이비드슨은 멍하니 말하고 잔을 내려놓았다.

"아, 혹시 누가 전화할지도 모르니까 얼른 집에 가봐야겠네요."

"그러세요. 하지만 그건 마저 다 들고 가세요. 좀 나을 테니까."

캐롤라인이 상냥히 답하고는 데이비드슨 부인의 어깨에 손을 얹었다.

"우리가 옆에 있다는 것 잊지 마세요. 혹시 도울 일이 있거나 아니면 그냥 얘기할 사람이 필요하다든가 하면 알려주시고. 네?"

조셉의 어머니는 자신의 어깨를 잡고 있는 캐롤라인의

손 위에 손을 놓으며 숨을 깊이 들이쉬었다.

"아무 일 없을 거예요, 로라. 분명히요."

조셉은 강인하면서도 상냥한 캐롤라인 레이튼의 얼굴을, 모든 고난과 힘겨운 생존을 알고 있는 듯한 얼굴을 올려다보자 내면의 소용돌이가 조금 가라앉는 듯했다.

서성거리는 소리와 왼쪽 편에서 시커먼 형체의 움직임이 눈에 들어오고 나서야 방에 있는 또 다른 사람을 떠올렸다. 톰 레이튼은 꼼짝 않고 바닥을 응시하고 있었다. 자신을 쳐다보는 눈길을 감지한 듯 고개를 들어 조셉을 마주 보았다. 그야말로 바위산처럼 도무지 속내를 알 수 없는 얼굴이었다. 톰 레이튼 눈에 비친 잔혹하고 피할 수 없는 현실이 점점 더 크게 압도해 오며 캐롤라인의 확언으로 인한 안도감은 한순간에 날아가 버렸다.

신문 기사 제목의 굵은 글자를 쳐다보자 그야말로 산 채로 파묻히는 기분이었다.

조셉은 거의 한밤중이 되어서야 잠자리에 들었다. 조셉과 어머니가 애써 두려움을 내색하지 않는 가운데 저녁은 느릿느릿 흘러갔다. 둘은 말없이 텔레비전 뉴스를 통해 헬기에서 촬영한, 모래성처럼 무너지고 내려앉은 어마어마한 산자락을 지켜보았다. 관계당국에서는 아직까지 실종자나 부상자의 이름을 공개하지 않고 있었다. 처음의 신문 보도 이후 추가로 폭풍과 산사태가 일어나 통신선이 끊어짐으로써 그 지역과의 연락이 어려워졌다.

포트 모스비에 있는 지사와의 전화 통화를 통해 광산과 병원에 연락을 취하기 위해 가능한 한 모든 노력을 하는 중이며, 추가 소식이 들어오면 연락하겠다는 답을 들었다. 그쪽에서 확답해 준 유일한 것은 남편의 이름이 그 비극이 벌어졌을 때의 근무자 명부에 올라 있다는 것뿐이었다.

조셉과 어머니가 저녁 내내 기다리는 동안 이따금씩 전화벨 소리가 침묵을 깼다. 전화가 울릴 때마다 조셉은 심장이 덜컥했고 어머니가 지뢰 제거라도 하는 듯이 조심스레 수화기를 드는 동안 끔찍한 예감 속에 지켜보았다.

전화를 받을 때마다 어머니는 더욱 기운이 빠지는 기색이었다.

"베스 고모님이셔."

힘없이 그렇게 말하고는 다시금 하릴없이 떠드는 텔레비전을 멍하니 응시했다. 마침내, 두 시간 넘게 전화가 울리지 않자 조셉은 어머니의 채근에 백기를 들고 자러 가기로 했다.

"아무 일 없을 거야, 조셉."

어머니는 조셉 이마의 머리칼을 쓸어 넘기고 살며시 끌

어안았다.

"우린 이겨 낼 거야. 힘들다는 건 알지만, 지나치게 걱정하지 말고. 우리 둘 다 좀 자야지."

침대에 누워 있자니 머릿속에 온갖 생각이 가득해 잠자기는 다 틀린 듯했다. 길고 짙은 머리를 베일처럼 얼굴 주위로 드리운 채 묵주 알을 굴리며 혼자 방에 앉아 있는 어머니의 모습이 떠올랐다. 또한 아버지 생각을 하며 안전하고 건강한 모습을 상상하려고, 아버지가 행복하게 웃던 때를 기억하려 애썼다. 하지만 그 모습은 늘 분노와 좌절, 그리고 혼란으로 가득한 얼굴로 변했다. 부건빌로 떠나던 날의 아버지 얼굴.

조셉은 그날, 그리고 마지막 순간의 아픔을 뇌리에서 쫓아내려 애썼지만 자신을 파먹는 괴로움을 없는 척하려 해봐야 허사였다. 더 이상 외면할 수 없다는 사실을 깨달은 조셉은 이제 이해하려 노력했다.

조셉의 기억 속에 아버지는 늘 집과 멀리 떨어진 건설현장에서 일했다. 서부의 광산, 저 아래 남쪽 댐 그리고 태즈메이니어 섬, 그리고 이제는 부건빌. 어렸을 때는 그게 조셉이 아는 전부였다. 조셉과 어머니는 거의 단 둘이 살고 아버지는 크리스마스 전후로 한 달, 때로 부활절 때 며칠, 아니면 얼마나 멀리 떨어져 있느냐에 따라 어쩌다 한 번씩 돌아오곤 했다. 그렇지 않았던 적이 한 번도 없었다.

어린 시절 조셉에게 남아 있는 가장 뚜렷한 기억은 현관 계단에 앉아 난간에 고개를 기댄 채 지나가는 자동차 헤드라이트 중 하나가 속도를 멈추고 집 마당으로 들어오는 마법과도 같은 그 순간을 기다리는 것이었다. 또한 힘세고 굳건한 팔에 들려 공중으로 번쩍 올려지자 가슴이 콩콩 뛰었던 것도 기억이 났다. 하지만 무엇보다도 가장 행복했던 기억은 다음 날 아침 깨어나 세상이 전부 변했음을 깨닫는 것이었다. 아버지가 집에, 엄마 방에서 자고 있다는 것.

그게 계속되지 않으리라는 건 알고 있었다. 몇 주가 지나면 아버지는 떠나고, 조셉과 어머니는 다시 둘만 남는다. 모두들 그걸 알고 늘 받아들였다. 그런데 왜 저번은 달랐을까? 왜 그런 끔찍한 상황과 그런 끔찍한 말로 끝난 것일까?

어릴 때는 그래도 쉬웠다. 나이를 먹어 감에 따라 조셉은 아버지가 집에 계속 있어 주기를 갈망했고, 작별이 점점 더 힘들어져 갔다. 아버지가 곁에 있어 주기를, 이것저것 가르쳐 주고, 여기저기 같이 가고 그냥 얘기하기를 바랐다. 아버지가 크리켓 경기에 자신을 데리고 가줘서, 친구네 가족을 따라다니지 않아도 되었으면 했다. 어머니는 늘 바빴으니까. 아버지가 집에 있다는 사실이 중요한 손님으로서의 특별한 경우가 아니라 일상이 되기를 바랐다.

하지만 아버지가 집에 같이 있을 수 없거나 가족이 아버지를 따라갈 수 없는 이유는 늘 산처럼 많았고, 그 이유들은 좌절한 조셉의 눈앞에 돌벽처럼 한없이 쌓여 있었다. 저쪽이 더 벌이가 좋다, 이 지역에는 괜찮은 일자리가 없다, 이사할 형편이 안 된다, 조셉의 학교 공부에 방해가 되게 할 순 없다, 때가 좋지 않다, 이게 최상의 선택이다 등등.

조셉은 지금보다 어렸을 때는 그런 대답을 뛰어넘을 수 없는 장애물로 마지못해 받아들였으나, 최근에는 비판적이 되었다. 심지어는 어머니조차 스스로의 설명에 확신이 떨어진 기색이었다. 조셉이 변화를 눈치챈 것은 지난 크리스마스 때였다. 어머니는 아들의 호소에 머뭇머뭇 편을 들기 시작했다.

"좀 생각해 봐야 할지도 몰라, 피터. 당신 입으로 지금 있는 곳에는 별로 일이 많이 남지 않았다고 그랬잖아. 내 말은, 만약 이쪽에 어떤 일자리가 생기면 조금 덜 벌어도 꾸려 나갈 수 있을 거야."

접시 위의 음식을 이리저리 밀치는 아버지의 모습은 구석에 몰린 동물을 연상시켰다.

"봐서……."

아버지는 확신 없는 말투로 우울하게 말했다.

그리고 어느 날 밤 조셉은 부모님의 목소리에 깨어났다.

내용은 분명치 않았으나 거칠고 퉁명스러운 목소리였다. 조셉은 조용히 문가로 다가가 살그머니 문을 열었다. 웅얼거리는 소리가 알아들을 수 있을 만큼 뚜렷해졌다.

"……지금까지는 다 괜찮았잖아."

몰리고 화난 듯한 아버지였다.

"하지만 지금은 상황이 달라. 애가 자랐는걸. 조셉한테는 당신이 여기 있어 줘야 해."

"애는 멀쩡해. 당신이 너무 싸고돌아 그렇지."

"나한테 아들을 어떻게 키우라는 소리 마. 당신은 여기 살지도 않으면서. 몇 주 동안 집에 돌아왔다가 다시 떠나 버리지. 당신은 조셉을 위해 여기 있어 주질 않잖아. 아이를 제대로 알지도 못하고. 조셉은 멀쩡하지 않단 말야. 속으로 감추고 있어서 그렇지 분명 상처 받고 혼란스러울 거야. 그리고 앞으로는 화를 낼 거라고. 피터, 애한테는 당신이 필요해. 계속 그렇게 도망칠 순 없어."

"애한테는 내가 있고 나는 도망치는 게 아니야."

남편이 쏘아붙였다.

"난 여기 있어, 내가 내빼기라도 했나? 당신하고 애를 위해서, 이 집이니 학비니 그 밖의 온갖 빌어먹을 비용을 대기 위해서 뼈 빠지게 일하는데, 그것만으론 충분치 않은가 보지."

"그래, 충분치 않아."

차가운 대답이 나왔다.

"그리고 단지 돈 문제만도 아니고. 처음에는 그랬을지 모르지만 지금은 아니야. 이제 당신 아들에겐 아버지가 필요해. 자기 아버지를 알고 지내야 할 때라고!"

"쓸데없는 소리! 걔는 날 알아."

"그럴까? 때로는 나 자신도 당신을 알기는 하는 걸까 싶은데?"

날이 서린 차가운 어머니의 목소리와 그에 이어지는 침묵은 조셉에게 칼로 찔린 듯한 충격이었다.

조셉은 몰랐지만 다른 대화가 더 있었던 모양으로, 아버지는 2월에 뉴사우스웨일즈에서의 일이 끝나자 집으로 돌아와 시의회의 설비 관리직일을 얻었다. 조셉의 소원이 이루어지긴 했지만 오랫동안 원했던 아버지는 이제 툭 하면 부루퉁하고 짜증을 냈다. 일이 어렵거나 힘겨운 것도 아니었다. 오히려 그 반대였고, 그래서 문제였다. 대형 공사장과 큰 규모의 건축공사의 일원이 되는 데 익숙한 아버지에겐, 도로정비나 공원 잔디 깎기는 격이 떨어지는 일이었다.

조셉과 어머니는 처음 몇 주일 동안은 저녁식사 자리에서 아버지가 토해 내는 그날의 짜증과 울분에 귀 기울여 주었다.

뭐 하나 제대로 계획되거나 짜여진 게 없어 하루 일과의 대부분을 사람이나 장비가 오기를 기다리느라 날려 버린다, 기계가 구식이고 관리가 엉망이다, 동료들이 게으르거나 무능력하다, 현장감독이 물렁하고 아무것도 할 줄 모른다, 모든 것이 '개판이다' 등등.

몇 주가 지나자 아버지는 더욱 내성적이 되어 가고 로라가 그날 하루에 대해 묻기라도 하면 부정적인 웅얼거림으로만 대꾸할 뿐이었다. 늘어 가는 아버지의 침묵이 새로운 생활을 받아들이고 있다는 징조이기를 바랐으나, 대화를 나눌 시에 일렁이는 긴장감은 그것이 아님을 말해 주고 있었다.

그러고는 거의 기적과도 같은 일이 벌어졌다. 아버지의 기분이 나아졌고 휴가 중 집에 있을 때의 아버지처럼 되어 갔다. 조셉은 아버지의 변화에 너무나 기쁜 나머지 어머니 눈에 깊어 가는 근심까지는 미처 보지 못했다.

조셉은 방 어둠 속에 누워 아버지가 살았는지 죽었는지 모른 채 그 토요일 일을 생각했다. 그날은 조셉의 인생에서 최고이자 최악의 날이었다.

크리켓 예선 날 아침이었다. 조셉은 아버지와 함께 학교에 도착하여 얼마나 뿌듯했는지, 다른 부모들과 이야기하며 웃는 아버지를 보고 얼마나 감격했는지 기억났다. 또한 얼마나 초조해하며 들떠 있었는지, 그리고 잘하려고 경기에 얼마나 열심히 집중했는지도 기억났다. 특히 조셉이 높게 뜬 어려운 공을 잡아냈을 때 아버지가 행복하게 미소 지으며 엄지손가락을 세워 보인 것도 떠올랐다.

그날의 마법은 저녁식사 자리까지 계속되었으나 아버지가 수저를 내려놓고 염려스레 고개를 들며 말했을 때 끝나 버렸다.

"할 말이 있어."

조셉은 기다렸다. 아버지의 어조에 담겨 있는 무언가에 더럭 겁이 났다.

"일자리 제안을 받았거든…… 부건빌에."

침묵이 뒤따랐다.

"받아들이려고 해."

처음 조셉은 아버지가 무슨 말을 하는지 이해하지 못해 어머니를 돌아보았다. 어머니는 뻣뻣하게 앉아 식탁보만 바라보고 있었다.

"어딘데요?"

"부건빌."

아버지가 다시 말했다.

"뉴기니 해안 섬이야. 그쪽에서 말하길……."

"뉴기니?"

조셉의 목소리에는 놀란 기색이 역력했다.

"그래, 아주 먼 거리처럼 들린다는 건 알지만……."

"아버진 이미 직장이 있잖아요."

조셉은 절박하게 대꾸했다.

"알아……, 하지만 그만뒀다."

피터 데이비드슨은 아들이 이 믿을 수 없는 상황에 눈이 휘둥그레져 어쩔 줄 모르는 것을 알아차렸다.

"어째서요?"

아버지는 고개를 내저으며 아들을 이해시킬 말을 찾아 헤맸다.

"조셉, 아빤 노력했다, 정말로 노력했어. 하지만 그 일은…… 시의회 일은 더는 못하겠어. 그리고 이번 일은 내가 잘 알고 잘하는 일인데다 돈도 훨씬 많이 줘. 네가 갖고 싶어 하던 컴퓨터도 살 수 있을 거다."

"우린 돈은 더 필요 없어요, 엄마가 그랬다고요! 그리고 컴퓨터 따위도 됐고요. 이제는 집에 계실 거라고 했잖아요. 약속했잖아요!"

조셉의 목소리에 담긴 괴로움이 커진 만큼 아버지는 그에 맞서 어조를 굳혔다.

"조셉, 미안하다. 하지만 넌 이제 늘 원하는 대로 되지만은 않는다는 걸 알 만큼 컸잖아. 괜히 바보같이 굴어 봐야 소용없다. 이미 정해진 거다. 내일 비행기로 떠나."

"내일!"

조셉은 놀라 외쳤다.

"그래, 갑작스럽다는 건 알지만 나도 며칠 전에야 알게 됐다. 좀더 일찍 말하려고 했지만 오늘 예선이 끝날 때까지 기다리느라……."

한순간 조셉은 그날의 행복을 떠올렸다.

"꼭 가야 하는 거예요? 여기서 다른 일자리를 얻을 수도 있잖아요. 더 나은 일을. 그렇죠, 엄마?"

돌아본 조셉에 아랑곳하지 않고 어머니는 천장만 바라보고 있었다. 어머니는 눈에 고인 눈물이 흘러내릴까 봐 눈을 깜박이지 않으려고 애를 쓰고 있었다. 침묵을 지키고 있는 그녀의 턱에 주름이 잡히고 떨렸다.

"조셉, 그냥 넘어가라, 됐지? 너 때문에 엄마만 속상해하시잖아."

"나 때문이라고요!"

조셉은 폭발했다.

"진정해."

아버지가 엄하게 쏘아붙였다.

조셉은 눈물로 눈이 아려 왔고 목은 뻑뻑하게 메였다.

"아버지는 늘 가버리죠. 왜 엄마랑 나와 같이 살기 싫어해요? 우리가 뭘 잘못했어요?"

"바보 같은 소리!"

아버지가 화가 난 목소리로 대답했다.

"넌 아무 잘못 없어. 왜 가는지는 이미 얘기했고, 이제 좀 울보 어린애 말고 어른답게 행동해야지."

조셉이 어머니는 마법이라도 풀린 양 갑자기 몸을 돌려 아들의 손을 잡았지만 아들은 홱 잡아 뺐다.

"가버리세요, 그럼!"

조셉은 소리치며 의자를 확 밀어내고 쿵쿵대며 문으로 향했다.

"조셉! 이리 와서 앉아!"

아버지가 고함쳤다.

"싫어요! 가고 싶거든 가라고요!"

조셉은 쓰게 내뱉었다.

"가요, 가시라고요! 아빠가 있어 주길 바라지 않으니까. 아빠 따윈 다시 돌아오지 않았으면 좋겠어!"

그게 조셉이 아버지에게 한 마지막 말이었다.

다음 날 아침 조셉은 아직 캄캄한데도 집 안에서 움직이는 소리에 잠에서 깨어났다. 부모님이 얘기하는 소리가 들렸고 아버지가 떠날 준비를 하는 중이란 걸 알았다. 잠시 후 방문이 천천히 열리며 어둠 속에서 아버지의 윤곽을 간신히 알아볼 수 있었다.

"조셉, 자니? 아빠 지금 간다."

방 안의 정적과 어두움이 아버지의 말을 삼켜 버렸고, 조셉은 문이 가만히 닫힐 때까지 그대로 있었다. 자동차 소리가 진입로 저편으로 멀어지며 밤에 묻혀 버릴 때서야 조셉은 소리 없는 슬픔과 후회의 흐느낌으로 헐떡였다.

그로부터 이제 6개월이 지났지만, 아버지에게 한 그 마지막 말은 여전히 칼날처럼 조셉의 가슴을 꿰뚫고 있었다.

조셉은 떠오른 기억에 괴로워하며 시트를 걷어차 내고 몸을 굴려 침대 가장자리에 앉았다. 아버지가 부건빌에서 보내온 편지를 생각했다. 늘 '우리 로라와 조셉에게'라는 말로 시작하고 '둘에게 사랑을 보내며'와 같은 말로 끝났지만, 조셉에게만 보내는 편지는 없었고 떠나기 전날 있었던 말다툼에 대한 언급도 없었다. 대신 아버지는 일에 대해, 동료와 그곳에 대해 솔직하게 써 보냈다.

조셉이 어렸을 때부터 그래 왔듯 데이비드슨 부인은 남편의 편지를 조셉에게 읽어 주었으며 조셉은 뭔가 아버지가 자신에게만 전하는 말이 있지 않을까 하고 기다리며 듣곤 했다. 보통 조셉에 대한 언급은 편지 말미에서였다. '조섭이 학교에서는 어때? 조셉이 크리켓 팀에 들었어? 조셉이 정원 관리는 잘하고 있어?' 마치 차에 대해 묻는 거나 다름없었다.

그해 초, 어머니의 채근에 조셉은 아버지에게 편지를 써 보려 했으나 종이 위에 적힌 말은 서툴고 가식적으로 들렸다. 결국 짜증이 솟구친 조셉은 '아빠에게'라고 쓴 것에 좍좍 거칠게 줄을 그어 버려 종이가 찢겨져 나갔다.

조셉은 지난 6개월 동안 아버지와의 깊어진 골을 다시는 되돌려 놓지 못할까 두려웠다. 무력함과 공포가 밀어닥치자, 조셉은 침대에서 미끄러져 내려와 몇 년 만에 처음으로 기도하기 위해 무릎을 꿇었다. 그러고는 몸을 숙여 양손에 얼굴을 묻고 속삭였다.

"제발 하나님, 아빠가 살아 있게 해주세요……."

그 말은 이상하고 낯설게 들렸다. 조셉은 자신이 아이처럼 손을 꼭 마주 잡고 있다는 것을 알았다. 매일 밤 침대 옆에서 기도할 때 어땠는지 기억났다. 얼마나 편안했는지, 얼마나 안정감을 느끼고 확신에 넘쳤는지.

하지만 지금은 전혀 그렇지 않았다. 조셉이 지금 자신을 집어삼킨 정적과 공허에서 느낀 것이라곤 자신의 숨소리와 나직한 심장 박동뿐이었다. 마치 살아 있는 사람은 조셉 혼자뿐인 것 같았다.

돌연 전화벨 소리가 밤의 정적을 꿰뚫었다. 조셉은 불 켜지는 소리와 어머니의 다급한 발소리를 들었다. 잠시 후 요란스런 전화벨 소리가 조용해졌다.

"하나님 제발……."

조셉은 악문 잇새로 숨을 쉬었다.

조셉이 거실에 들어섰을 때 어머니는 꼼짝 않고 서 있었다. 휴대폰을 귀에 대고 있는 그녀 위로 침실 불빛이 희미하게 드리워졌다. 그녀의 얼굴은 창백하고 아무 표정이 없었다.

마침내 뭐라고 속삭였지만 조셉은 알아듣지 못했다. 로라가 수화기를 천천히 가슴께로 내렸다.

"엄마?"

조셉의 목소리가 정적 속으로 떨려 나왔다.

로라 데이비드슨은 겁에 질린 아들의 얼굴을 멍하니 올려다보았다.

"엄마, 무슨 일이에요?"

쓰러지는 어머니의 얼굴이 슬픔으로 구겨졌다. 조셉이 미처 움직이기도 전에, 수화기가 그녀의 손에서 빠져나와 전화선에 달려 목맨 사람처럼 마구 흔들렸다.

15장

"조셉?"

톰 레이튼은 파자마 차림으로 앞에 선 아이를 놀라 바라보았다. 이어서 팽팽하게 긴장한 아이의 얼굴을 보고는 들어오라고 손짓했다.

전화 온 지 이제 한 시간이 지났다. 조셉의 어머니는 마침내 피로와 약의 효과로 잠이 들었으나, 조셉의 마음속은 아직도 두려운 의문으로 달음질치고 있었다.

조금 전 조셉은 창문 밖 시커먼 밤을 내다보고 있었다. 한 줄기 희미한 불빛이 어둠을 비추고 있었다. 톰 레이튼의 방 커튼 뒤에서 새어 나오는 불빛. 그리고 이유는 설명할 수 없지만 은은한 전구불에 나방이 이끌리듯 조셉은 그 방으로 와버린 것이다. 조셉은 창가에 앉아 고개를 떨구었다.

톰 레이튼은 초상화 그리기 할 때와 마찬가지로 침대 가에 앉았다.

"조셉?"

톰 레이튼이 다정스럽게 조셉을 불렀다.

"엄마한테 전화가 왔어요."

조셉은 올려다보지 않은 채 말했다.

"병원에 있는 사람들에 대해서. 그중 한 분이 죽었대요. 다른 두 사람은 회복될 거고. 그 사람들 신원을 알아냈는데…… 그중에 아빠는 없대요."

톰 레이튼은 고개를 끄덕이고 자기 손을 내려다보았다. 두 사람이 만난 초기부터 익숙해진 침묵이 홍수처럼 밀려왔다.

"아빠는 돌아오지 않을 거예요."

조셉은 숨을 쉬려 애쓰는 듯 속삭였다.

"그건 모르는 일이지."

조셉은 턱이 가슴에 닿을 정도로 고개를 더 숙였다.

"아빠와 싸웠어요, 부건빌로 떠나실 때. 아빠가 가지 말았으면 했거든요……. 우리와 함께 있어 주기를 바랐어요. 아빠는 들어주지 않았고…… 아빠한테, 아빠한테…… 돌아오지 말라고 그랬…… 다시는 오지 말라고…… 하지만 진심으로 그런 건…….."

조셉은 갑자기 벌떡 일어나 책상으로 가서, 톰 레이튼에게 등을 돌리고 섰다.

"조셉, 네가…… 화나고 마음 아파서 그런 거지. 아버지는 이해하셨을 거다. 네가 진심으로 한 말이 아니라는 거 아셨을 거야."

조셉은 천사와 악마가 빙글빙글 어우러진 에셔의 그림을 보았다. 중앙의 조롱하는 듯한 얼굴을 한 커다란 눈의 박쥐 모양 악마를 바라보자 마침내는 구형 위에 줄줄이 연결된 검은 악마들만 보였다.

"늘 아빠가 집에 안 계신 게 싫었어요, 그리고 이젠…… 정말 아저씨가 말한 대로예요."

"무슨 소리냐?"

톰 레이튼이 불안해하며 물었다.

"언제나 더 심한 것이 있다고."

충격적일 만큼 귀에 익은 말이 톰 레이튼의 뇌리를 맴돌았다.

"그야말로 괴물 나오는 그 얘기에서처럼요. 그러셨잖아요, 인생에는 늘 더 심한 것이 있다고. 아저씨 말이 옳았던 거예요."

"조셉, 그런 식으로 생각하면 안 돼. 아버지 걱정이 되는 건 알아, 하지만……."

"아빠가 살아 계실 거라 생각하세요?"

그 질문에 톰 레이튼이 허를 찔린 듯 목소리가 나오지 않아 허둥대는 사이 조셉이 돌아서서 그를 마주했다.

"만약 병원에 안 계시다면 산에 계신 거겠죠."

조셉은 아무 감정 없이 말했다.

"아직도 그 흙더미 아래에…… 이렇게 시간이 지났는데 살아서 발견될 거라 생각하세요?"

"조셉, 너한테 절대 거짓말은 않겠다고 했지. 내가 너희 아버지에 대해 할 수 있는 말은 모르겠다는 것뿐이다. 아무도 모를 일이야."

"그렇다면 기적이겠죠, 안 그래요? 아빠가…… 살아 있다면?"

톰 레이튼은 도끼가 내리쳐지기를 기다리는 사형수처럼 몸을 숙인 채 말없이 앉아 있었다.

"그리고 아저씨는 기적을 믿지 말라고 하셨잖아요."

"너에게 그런 말을 한 건…… 내 잘못이다."

"하지만 아저씨는 기적을 믿지 않죠, 안 그래요?"

톰 레이튼은 대답하기 전에 골똘히 생각했다.

"물이 포도주로 변하고 장님이 눈을 뜨게 되는 그런 거? 마법? 아니, 그런 종류의 기적은 안 믿어……. 하지만 만약…… 다른 종류의 기적이라면…… 평범하고, 일상적이고, 지루한 기적이라면?"

그는 몸을 돌려 눈앞의 두꺼운 커튼을 바라보았다.

"어쩌면 우리가 기적에 대해 잘못 생각하고 있는지도 몰라. 어쩌면 기적이란 전혀 요란한 게 아닌지도 모르지……. 그저 느리고 지루할 뿐인…… 계곡에 흘러내리는 빙하처럼 볼 수 없는 것. 오빠를 위해 자기 인생을 희생하는 여동생처럼, 그런 게 기적이지도 몰라. 혹은 시합에서는 이미 수천 번 졌는데도 불구하고 계속 달리는 사람, 그런 게 기적일지도."

톰 레이튼은 머뭇거리다 조셉을 쳐다보았다.

"그리고 아이들도 기적이 될 수 있겠지. 어쩌면 기적이란 너무나 흔해서 그걸 보는 방법을 잊어버린 건지도 몰라. 우리는 기적을 바라며 기도하고 기다리지만……. 어쩌면 기적은 그러는 내내 우리 곁에 있었는지도 몰라. 그리고 어쩌면 때로 우리 스스로 기적을 만들어야 하는지도…… 그러기 위해 필요한 건 시간뿐이고."

조셉은 톰 레이튼의 말을 한 마디도 듣지 못한 것처럼 멍하니 서 있었다. 마침내 대답했을 때는 아무 감정 없는 목소리였다.

"엄마는 나더러 기도해야 한다고 했어요. 그러려고 했지만…… 그것도 아저씨 말이 옳았어요."

톰 레이튼은 자신을 마주 보고 있는 차갑고 공허한 눈을 들여다보았으나, 거기 비친 자신의 절박한 모습 외에는 아무것도 발견할 수 없었다.

"집에 가봐야겠어요. 엄마가 일어나셨을지도 몰라요."

조셉이 가려고 움직이자 커다란 두 손이 조셉의 어깨를 움켜잡았다.

"조셉! 잠깐만, 제발. 나한테 물들지 마! 아버지에게 무슨 일이 생기든 나처럼 되지는 마라. 이렇게 빈다. 도저히 견딜 수 없을 거야. 내가 망가뜨려 놓은 게 이미 너무나 많아⋯⋯."

톰 레이튼은 마치 설명할 말을 찾는 듯 얼굴을 잔뜩 찡그렸다.

"나 스스로도 무언가에 믿음을 갖고 있는지 아닌지 모르겠어. 그런 믿음을 가질 수 있는지도 모르겠고. 하지만 내 머릿속의 악몽 때문에 30년 넘게 그런 의문을 갖기를, 꿈꾸기를 두려워해 왔다는 건 알아. 네가 그걸 변화시켰어. 나를 변화시켰다고. 가끔은 방금 고치에서 나온 나방 같은 기분이야. 다만 내 경우엔 뭘로 변하는지 모를 뿐이지⋯⋯. 이제 무엇을 해야 할지, 구겨져서 쓸모도 없는데 왜 날개가 있는지?"

톰 레이튼은 애원하는 듯한 눈길로 조셉을 쳐다보았으나

조셉은 생명이 스러져가는 수술대 위의 환자처럼 무감각해 보였다. 조셉의 어깨를 움켜쥔 손이 조여들더니 마침내 아래로 미끄러져 내렸다.

조셉이 뒷계단으로 향하자 톰 레이튼이 그 뒤를 따랐다. 조셉은 잠시 서서 뽕나무 가지가 보름달 달빛 아래 우뚝 솟은 마당을 내려다보았다.

"모두들 아무 일 없을 거라고 그래요. 아빠는 무사할 거라고. 날 뭐든 믿는 어린애인 줄 알아요. 아저씨가 뽕나무에 누에가 있다고 생각했을 때처럼. 똑같아요. 있지도 않은 걸 믿게 만들려고. 바보 같아. 소원 빌고 기도하는 거야 얼마든지 할 수 있지만 뽕나무에선 절대 누에를 찾을 수 없죠…… 그리고 아빠는 돌아오지 않을 테고…… 다시는."

"조셉……."

톰 레이튼이 손을 뻗었을 때 조셉은 이미 계단을 내려가 슬프게 느릿느릿 마당을 가로질러 가고 있었다. 조셉은 뽕나무에 다다르자 가는 나뭇가지를 잡아 훑어 내렸다. 그러자 뽕잎이 가지에서 떨어져 찢기고 뒤틀리며 바닥에 흩뿌려졌다.

다음 날 아침 조셉이 일어났을 때 태양 앞을 가로막은 묘한 잿빛 무리가 지평선 위로 깔려 있었다. 평소와 같은 아침이었지만 지난 며칠간의 악몽이 떠오르면서 낯설고 삭막한 세상으로 변했다.

자신이 안다고 생각했던 세상은 이제 존재하지 않는다는 것을 증명이라도 하듯, 조셉은 일어나 앉아 침대 옆 창문을 열었다. 창밖은 가라앉은 색과 위협적인 그늘이 깔린 낯선 풍경이었다. 조셉은 턱을 팔에 괸 채 햇살이 지평선을 넘어 이웃집 사이로 슬금슬금 퍼져 와, 눈앞의 침울한 풍경에 형태와 색을 가져오는 것을 지켜보았다.

회색은 천천히 녹색과 푸른색으로 깊어졌고, 흐릿한 윤곽선은 뚜렷하게 대조를 이루었지만 눈앞에서 색이 입혀지고 있다 한들 조셉이 알고 있는 그 모든 것 아래엔 어둡고 불확실한 세계가 도사리고 있었다. 그 세계는 늘 그곳에, 평범한 일상의 얇은 막 바로 뒤에 숨어 뚫고 나올 때만 기다리고 있을 것이다.

이제 아무런 약속이라곤 없는 세상에 창문을 닫아 버리려 막 손을 뻗을 때, 레이튼네 마당 뽕나무 꼭대기 잎에 햇살이 비추었다. 색깔 한 점이 반짝했다. 처음엔 노란 나비처럼 보였으나 움직이는 날개가 없었다. 보려고 애쓰는 사이, 조셉은 밤 사이 커다란 나방알들이 찾아오기라도 한 듯 나무에 조그마한 색깔의 점점이 더 붙어 있다는 것을 깨달았다.

호기심에 휩쓸린 조셉은 얼른 옷을 입고 조용히 집 안을 지나 뒷계단을 내려갔다. 울타리의 철제 난간을 잡자 손아귀에 차갑고 축축한 금속이 느껴졌다. 낮게 내리깔린 햇살이 눈을 찔러 뽕나무를 제대로 볼 수 없어 오히려 울타리를 넘어 레이튼네 마당에 가뿐히 뛰어내렸다.

조셉은 뽕나무에서 몇 걸음 떨어진 곳에 멈춰 섰다. 근처의 잎과 나뭇가지를 훑어보다가 머리 위로 휘어진 나무를 향해 눈을 들었다. 조셉은 순간 놀라움에 멍해지는 듯했다. 사방에 누에고치였다. 가지마다 짙은 녹색 잎 사이사이 금빛 물방울처럼 수백 개가 달려 있었고, 볼수록 더 많이 눈에 들어왔다. 조셉은 눈앞 광경의 위력과 아름다움에 매료되었다. 하지만 이건 말도 안 된다. 꿈이 틀림없다.

조셉은 한 걸음 다가서서 고치 하나를 손으로 감쌌다. 고치를 감싼 느슨한 실오라기를 꼬아 좀더 튼튼한 실로 만든 후 그걸로 고치를 달아 놓은 것이다. 다른 고치들도 마찬가지였다. 하나씩 꼼꼼하게 비단 실오라기로 나무에 매달았는데 고치마다 끝에 작고 동그란 구멍이 있었다.

뽕나무를 훑어보는 동안 그 일의 어마어마함에 조셉은 압도되었다. 얼마나 오래 걸렸을까? 조셉은 경외감에 가지를 올려다보았다. 어떤 꿈보다도 더 기적적이었다. 조셉은 어떤 성스러운 곳에 있기라도 한 듯이 놀라워하며 침묵 속에 서 있었다.

천천히 뽕나무 주위를 돌기 시작하고 나서야 소각로 뒤의 오래된 나무 사다리가 눈에 띄었다. 사다리는 밤 사이넘어져 쓰러져 있었고, 그 옆에는 팔을 양 옆으로 떨구고하늘을 응시하고 있는 톰 레이튼의 형체가 있었다.

"레이튼 아저씨?"

조셉이 간신히 속삭였다. 한순간 톰 레이튼이 그저 자고있을 뿐이라는 황당한 생각이 뇌리를 스쳤다가 화들짝 놀란 새처럼 도망갔다. 톰 레이튼 옆에 무릎을 꿇고 살펴보자그의 옷은 축축해져 있었고 소각로에 부딪힌 게 틀림없는옆얼굴에는 멍이 들고 피가 엉겨 있었다. 톰 레이튼의 가슴은 느리게 위아래로 들먹이고 번들거리는 눈은 멍하니 하늘을 바라보고 있었다. 조셉은 몸을 숙여 공포와 의심으로가득했던 그 눈을 들여다보았다.

"레이튼 아저씨? 레이튼 아저씨, 제 말 들리세요? 저예요, 조셉."

톰 레이튼의 눈은 잠시 멍하니 이리저리 움직이다가 조셉의 얼굴을 발견하고는 생명줄인 양 매달렸다.

"조셉……."

웅얼거리는 목소리는 간신히 들릴까 말까 했지만, 조셉

에게 있어선 시 구절만큼이나 아름다웠다.

"저 여기 있어요."

또 한 마디가 고통스레 톰 레이튼의 입술 사이로 흘러나
왔으나 이번엔 알아듣지 못했다.

"죄송해요, 뭐라고……?"

"알약……."

조셉은 가슴이 덜컹했다. 약통을 찾아 톰 레이튼의 주머
니를 뒤지면서 자신의 멍청함을 욕했다. 추락밖에 생각하
지 않았던 것이다. 톰 레이튼의 심장이 지난밤에 무리했으
리란 것을 까맣게 잊고 있었다. 무거운 사다리 옮기기, 오
르내리기, 가지 위로 손을 뻗으며 하나하나 지겨운 매듭 묶
기…… 뭘 위해서? 조셉을 위해?

조셉은 알약을 하나 꺼내 조심스레 톰 레이튼의 입에 넣
어 주었다.

"물 가져올게요…… 캐롤라인 아줌마도 데려오고."

조셉은 일어서며 말했다.

"아니, 잠깐…… 제발."

톰 레이튼은 오른팔을 들려고 했지만 힘없이 손가락을
뻗는 데 그쳐 버렸다. 조셉은 도로 무릎을 꿇고 톰 레이튼
의 떨리는 손아귀에 손을 얹었다.

"괜찮아…… 이제는. 옆에…… 있어 줘."

그는 드문드문 속삭임을 흘렸다.

잠시 눈을 감은 톰 레이튼의 숨결이 깊어졌다. 톰 레이튼은 다시 눈을 떴을 때 어린애같이 기뻐하며 금빛 고치가 주렁주렁 달린 잎과 나뭇가지를 올려다보았다. 뽕잎 그림자가 그의 얼굴에 드리워졌다.

"내 기적을…… 어떻게…… 생각하니?"

그가 희미한 미소를 띠며 말했다.

"굉장해요…… 전……."

하지만 조셉의 표현은 턱없이 부족해 마치 깨끗한 백지에 갈겨 쓴 서툰 글줄 같았다. 톰 레이튼이 머뭇머뭇 손을 쥐어 오는 것을 느꼈다.

"네가…… 대신 끝내 주겠니?"

조셉은 주위를 둘러보고 나무 아래 비닐봉지와 거기서 쏟아진 고치들을 발견했다.

"거의 끝났어."

"같이 하면 되죠…… 아저씨가 나아지시면."

조셉이 어색하게 말했다.

톰 레이튼이 팔을 들려고 기를 썼다. 결국 조셉의 도움으로 톰 레이튼은 손을 뻗어 아이의 얼굴을 감쌌다.

"고맙다, 내 기적이 되어 주어서, 조셉. 캐롤라인에게 사랑한다고 전해줘…… 그리고 미안하다고…… 전부 다."

"아뇨. 아저씨는 괜찮아지실 거예요."

조셉은 주장했다.

갑작스런 경련이 톰 레이튼의 얼굴을 스쳐 갔다. 순간 눈이 커지더니 입술이 벌어졌다. 조셉의 뺨에 대고 있던 손이 내려가 셔츠를 움켜쥐었다.

"레이튼 아저씨! 레이튼 아저씨, 왜 그러세요?"

톰 레이든의 눈에 비쳤던 순간적인 고통은 이내 사그라들고 남은 것은 죽어 가는 불씨의 따스한 빛뿐이었다.

"레이튼 아저씨? 무슨 일이에요?"

톰 레이튼은 거칠게 헐떡이며 힘겹게 말을 토해 냈다.

"걱정할 거…… 아무것도 없어."

그는 아이의 눈에 담긴 고통을 차분한 눈으로 마주하며 말했다.

"그저…… 기쁨의 아픔일 뿐이야."

조셉은 온 몸이 부들부들 떨렸다. 억누를 수 없는 전율이 가슴을 치밀고 올라와 목을 찔러 왔다.

"안 돼요…… 안 돼……."

하지만 톰 레이튼의 시선은 이미 다시 뽕나무 가지로 향해 있었다. 여린 미소가 창백한 얼굴에 걸리고 눈이 살짝 움직여 느리고 불규칙적인 움직임을 따라갔다. 갑자기 그 눈길이 멈추었다.

"조셉? 거기 있니?"

"저 여기 있어요."

조셉은 몸을 더 숙였다.

"네가…… 그 사람한테…… 달리는 남자한테…… 무슨 말을 하면 될지 알았……."

톰 레이튼은 입을 움직이긴 했으나 아무 말도 나오지 않았다. 조셉은 그의 가슴에 손을 가볍게 얹고 뺨이 맞닿을 만큼 몸을 숙여 톰 레이튼의 입가로 귀를 가져갔다. 손바닥으로 느릿한 심장박동이 느껴졌다.

"그렇게 말해……."

톰 레이튼이 내쉬는 힘없는 숨결이 조셉의 귀를 채웠다. 그러고는 밤하늘을 떠가는 구름처럼 숨결과 말이 서로 스르르 녹아들어 정적 외에는 아무것도 남지 않았다.

푹 무너져 내린 조셉은 톰 레이튼의 넓은 어깨를 끌어안고 마구 흐느꼈다. 절박한 심정으로 톰 레이튼의 얼굴을 들여다보았다. 톰 레이튼의 얼굴은 잠잠하고 아무 표정 없었지만 얼굴에 눈만은 계속 그렇게 있을 것처럼 머리 위 나뭇가지에 고정되어 있었다.

"안 돼요…… 제발 안 돼요…… 제발!"

조셉은 톰 레이튼의 몸에서 물러나 비틀비틀 일어섰다. 발이 사다리 아랫단에 걸려 발목이 긁히고 접질렸다. 찌릿한 아픔이 다리를 타고 올라왔지만 조셉은 소각로로 기어가 붙잡고 일어섰다. 머리가 몸에서 떨어져 둥둥 떠올라 버릴 듯한 기분이었고, 시야 가장자리엔 그림자가 점점이 좁혀 들어왔다. 쓰러질 것만 같다고 느낀 순간 조셉은 소각로의 거친 시멘트 가장자리에 매달려 앞으로 축 늘어졌다.

한동안 눈앞이 캄캄하다가 조금씩 형체와 잿빛이 눈에 들어오면서 마침내는 시커멓게 그을린 소각로 벽 안 바닥에 있는 숯과 재가 눈에 띄었다. 조셉은 몸을 일으키고, 양손으로 소각로를 짚어 몸을 지탱했다. 머릿속은 기름과 물을 마구 뒤섞은 혼합물이 이제 원래대로 돌아가는 중인 것처럼 느껴졌다.

캐롤라인을 찾으러 가야 한다는 생각에 막 몸을 움직이려 할 때 자기 이름을 부르는 소리가 들린 것 같았다. 그리고 또 들렸다. 조셉은 소리 나는 쪽으로 고개를 돌려 얼기설기 얽힌 뽕나무 가지 사이로 형체를 확인하려 애썼다.

어머니였다. 어머니가 조셉 방 창문 밖으로 몸을 내민 채 손을 흔들며 조셉의 이름을 부르고 있었다. 조셉은 어머니의 얼굴에 초점을 맞추기 위해 눈을 가늘게 모았다. 그러자 환하게 미소 짓고 있는 어머니가 보였다.

16장

　조셉이 어머니의 행복한 얼굴을 통해 아버지가 살아 있음을 깨달은 지 사흘째 되었다. 결국에는 아무 기적도 필요 없이 여러 가지 상황이 겹친 것만으로 아버지는 위험을 면했다.

　피터 데이비드슨은 애초 산사태 현장까지 가지도 못했다. 공사 시작 전날 밤 열대성 바이러스에 호되게 걸려 지역 병원으로 실려 갔다. 난리가 난 내내 그는 현장에서의 비극과 가족들의 걱정을 까맣게 모른 채 고열에 시달리며 의식이 들었다 잃었다 반복했다. 실종된 세 사람은 사망한 것으로 밝혀졌다.

　산사태에 따른 난리와 혼란으로 인해 톰 레이튼이 죽던 그날 아침에서야 관계기관이 데이비드슨 부인에게 전화를 해 피터 데이비슨이 아직 후유증에 시달리고 있기는 해도 안전하다는 사실을 알려 왔다. 그리고 회사에서는 몇 주 더 안정을 취한 후 피터 데이비드슨을 장기 크리스마스 휴가 차 집으로 보내 준다고 했다.

어머니가 미소 짓는 이유가 분명해지자 기쁨과 안도감, 슬픔과 상실감이 뒤섞여 몰려왔다. 이후 조셉은 바닥에 푹 쓰러진 것과 어머니의 걱정히는 목소리, 그리고 얼굴에 닿는 기분 좋은 서늘한 손을 기억했다.

그 다음에는 굳어진 이미지들만이 뇌리에 남아, 오래된 슬라이드처럼 순간 나타나서는 잠시 머물렀다가 어둠 속으로 스러졌다. 어머니가 톰 레이튼을 처음 보았을 때의 슬픔과 가슴 아린 '저런, 어째' 하는 한숨. 어리둥절해하면서도 손님들에게 미소 짓는 캐롤라인. 톰 레이튼의 방에 혼자 앉아 있을 때의 절대적인 정적. 그리고 레이튼 집 대문을 지나 슬금슬금 진입로를 올라오는 크고 하얀 구급차.

그날 밤 조셉은 스케치북을 꺼내 톰 레이튼을 그린 스케치를 전부 펼쳐 놓았다. 하나씩 들춰 보자 추억과 감정이 밀려와 방을 가득 채웠다. 조셉은 스케치북의 깨끗한 면을 펼쳐 책상 앞에 앉아 그리기 시작했다.

다음 날 조셉은 어머니와 함께 캐롤라인을 찾아갔다. 그곳에는 이미 손님이 왔다 간 후였다.

"캐서롤, 수프하고 새로 구운 비스킷이에요."

캐롤라인은 식탁 위에 있는 여러 개의 통을 가리키며 말했다.

"마섭 아주머니가 가져다주시더군요. 기운을 차려야 한다고…… 의외였어요."

"놀라운 분이죠."

조셉의 어머니가 다정스럽게 말했다.

"혹시 뭐 도울 일 있어요? 아무거나?"

"아뇨, 이미 많이 애써 주셨는걸요. 대부분은 정리된 것 같아요. 오늘 오후 케빈 신부님을 만나 모든 절차를 결정할 거예요. 하지만 조셉에게는 부탁할 일이 하나 있네요."

그녀는 이렇게 말하며 남은 누에고치가 든 비닐봉지를 들었다.

"이걸 좀 도와주면 좋겠는데."

로라 데이비슨과 함께 울타리로 걸어가 잠시 이야기를 나눈 캐롤라인은 뽕나무에서 작업 중인 조셉에게 왔다. 그녀는 조셉이 고치에서 조심스레 뽑아 낸 비단실을 꼬아 튼튼한 실로 만들고 가지에 매다는 모습을 지켜보고 있었다. 그러고는 조셉과 함께 따스한 햇빛 속에 말없이 일했다.

잠시 후 캐롤라인은 소각로에 기대 뽕나무를 쳐다보았다.

"정말 아름다워."

캐롤라인은 믿을 수 없다는 듯 고개를 내저으며 말했다.

"엄마는 크리스마스 트리 같다고 했어요. 황금빛 크리스마스 트리."

캐롤라인은 계속 눈으로 가지를 훑으며 미소 지었으나, 조셉은 그녀의 마음속엔 아직 풀리지 않은 의문이 있다는 사실을 알고 있었다. 어머니가 어젯밤 물었던 것과 같은 의문.

"저, 아저씨는 절 위해 그러신 거예요…… 아빠와 여러 일로…… 희망을 버리지 말라는…… 일종의 표시로. 아저씨의 기적이라고 하셨어요."

순간 캐롤라인의 얼굴이 굳어지더니 눈을 깜박거리는 모습이 애써 눈물은 참는 것 같았다.

"맞구나."

그녀는 미소를 지으며 말했다.

조셉은 캐롤라인을 뚫어져라 쳐다보다가 마침내 말해야겠다고 생각했다.

"아저씨는 베트남에서 실제로 무슨 일이 있었는지 말씀해 주셨어요…… 그 남자애."

캐롤라인은 아무 대답을 하지 않은 채 마치 그전까지는 조셉을 제대로 본 적이 없는 것처럼 바라보았다.

"그리고 다른 말씀도 하셨어요…… 죽기 전에…… 전부

다 미안하다고…… 아줌마를 사랑한다고요."

드디어 캐롤라인이 어깨를 들먹거리더니 양손에 얼굴을 묻었다.

조셉은 어색하게 한 걸음 다가섰다.

"죄송해요."

조셉이 어쩔 바를 모르자 캐롤라인이 고개를 들고 손을 떨구었다.

"아, 조셉……."

그녀는 따스하게 말하며 손을 뻗어 아이를 다정하게 끌어안았다.

"죄송해요…… 제 탓이에요."

캐롤라인은 조셉의 어깨에 손을 얹고 근심에 찬 얼굴을 들여다보았다.

"바보 같은 소리 마, 조셉. 그런 말 다신 하지 마라. 너만큼 미안할 것 없는 사람이 어디 있다고."

"하지만 아저씨는 저를 위해서…… 너무 무리하는 바람에…… 그리고 만약 제가 곧장 약을 드렸으면…… 아니면 사람을 불러 왔으면…… 아니면 뭔가 했더라면…… 제가……."

"오빠의 생명을 구했을지도 모른다고?"

조셉은 슬픈 얼굴로 고개를 끄덕였다.

"조셉, 봐. 모르겠니? 넌 이미 오빠를 구했어."

그 말과 함께 캐롤라인은 조셉의 이마에 입을 맞춘 후 조셉 어깨에 팔을 두르고 단호히 말했다.

"자, 기적을 마저 끝내야지!"

봉지에는 고치가 단 2개만 남아 있었다. 캐롤라인은 그걸 꺼내 들어 보였다.

"마지막이야. 네가 끝내렴. 뭐니뭐니해도 기적을 만든 사람은 바로 너니까."

조셉은 가볍게 손바닥으로 굴러 들어오는 고치 2개를 느꼈다. 하나를 잡은 후 실오라기를 잡아당기고, 부드러운 실을 한 끝으로 당겨 꼬고 감아서 한 가닥의 튼튼한 실로 만들었다.

"초상화를 끝냈어요. 어젯밤에."

조셉이 첫 번째 고치를 가지에 매달며 말했다.

"정말? 근사하구나. 보고 싶다. 조셉, 넌 분명히 최고점을 받을 거야."

"돌려받으면 아주머니가 가지셨으면 해요."

"조셉, 정말이니? 그렇게 열심히 그린 걸?"

"그럼요, 정말이에요. 어차피 언제든 가서 볼 수 있으니까, 그렇죠?"

다시금 캐롤라인의 눈에 눈물이 흘러넘칠 듯했다.

"아, 물론 그렇게 해. 언제라도. 아무 때나……."

그녀는 나직히 말했다.

"그리고 다른 초상화를 그릴 거예요…… 다른 사람의."

"다른 사람? 누구?"

조셉이 마지막 고치를 묶은 후 가지를 놓자 휙 하고 원래 자리로 돌아갔다.

"아빠를 그려 볼까 하고요."

17장

오전의 햇살이 세인트 주드 성당의 긴 스테인드글라스에
비쳐 얼룩덜룩한 만화경 같은 색을 반대쪽 벽에 드리웠다.
지난 사흘간 조셉의 생활은 그 혼란스런 색의 무리처럼 흐
릿했다. 어딘지 알면 그 모든 것의 뒤 어딘가에서 이치에
닿는 패턴과 형태를 찾을 수 있기를 간절히 빌었다.

"조셉?"

돌아보자 어머니가 작고 하얀 손수건을 건네고 있었다.
조셉은 그걸 받아 눈가를 찍으며 그제서야 눈물이 고였음
을 의식했다. 그저 배경에 불과하던 광경과 소리가 기억 속
에서 점점 또렷하게 초점이 맞춰졌다.

조셉의 다른 쪽 옆에는 캐롤라인이 생각에 잠겨 앉아 있
었다. 파이프오르간에서 흘러나온 찬송가의 마지막 가락이

스러지자 신부가 캐롤라인에게 앞으로 나오라고 손짓했다. 제단 옆의 커다란 대리석 설교대로 향한 캐롤라인은 종이 한 장을 놓고는 높은 아치형 천장 아래 모여 있는 사람들을 바라보았다.

"모두들 와주셔서 고맙습니다. 대부분은 제 오빠를 알지 못하셨을 테니, 간단하게 소개할게요. 토머스 스티븐 레이튼은 1949년 태어났고, 우리는 아서 가 애시그로브 1번지의 집에서 함께 자랐지요. 그는 애정 넘치고 재미있고 상냥하며 너그럽고 근사한 오빠이자 아들이었으며, 여동생인 저는 오빠를 몹시도 좋아했습니다. 제가 아는 톰 오빠는 늘 생기에 넘쳤고 쉽게 친구를 사귀었으며, 모든 사람을 공평하게 대했고 남들은 꺼릴지도 모르는 사람들까지 한데 어울리도록 각별히 신경을 쓰곤 했습니다. 톰은 교사가 되어 사랑의 말을 전하는 것이 꿈이었습니다. 오빠는 훌륭한 교사가 될 수 있었는데 1969년 군에 징집되어 베트남으로 파병되었습니다."

캐롤라인은 잠시 말을 끊더니 앞에 놓인 종이를 내려다보았다. 입술을 꼭 다물고 숨을 깊이 들이쉰 다음 말을 이었다.

"많은 면에서 제가 알던 톰 레이튼은…… 제 오빠 톰은 그 전쟁에서 죽었습니다. 그리고 집으로 돌아온 것은 오빠가 거기에서 맞닥뜨린 모든 고통과 참담함뿐이었습니다. 오빠는 교단에 서려 했습니다만, 거기서 겪었던 일에 대한 기억이 너무나 버거웠습니다. 아서 가로 돌아온 오빠는 오직 누에만을 벗 삼은 채 세상을 등졌고 자기 안에 너무나 깊이 틀어박혀 있어 저조차 30년 넘게 예전의 오빠를 찾을 수 없었습니다. 영원히 오빠를 잃은 줄만 알았지요. 다시 오빠를 보게 되리란 희망은 버렸습니다. 그러나 아니었어요. 지난 두 달 사이 오빠는 마침내 돌아왔습니다. 톰을 찾아내 제게 데려와 준 사람은 바로 이웃집 소년 조셉 데이비드슨으로…… 조셉, 그 은혜는 아무리 해도 다 갚지 못할 거야. 고맙다, 조셉. 톰에게 필요할 때 네가 곁에 있어 주어 고맙고, 훌륭한 초상화도 고마워. 너의 눈을 통해 다른 사람들은 톰의 진정한 모습을, 상냥하고 멋진 사람을 보게 될 거야."

캐롤라인은 떨리는 손으로 종이를 접고는 조셉 옆자리로 돌아와 그의 팔을 꼬옥 쥐었다.

조셉은 다시 제단에 놓인 관을 쳐다보았다. 세인트 주드 초등학교의 가디너 선생님은 반 아이들에게 '누에 아저씨'에게 감사편지를 쓰게 하고 애벌레와 나방, 그리고 고치 그림을 그리게 했다. 편지와 그림이 모두 밝은 색색의 잎처럼 관 옆에 흩어져 있었다.

캐롤라인은 잎이 달린 뽕나무 가지를 몇 개 꺾어다 리스
(고리 모양의 장식)를 엮어 아껴 둔 고치 몇 개로 장식했다.
리스 가운데, 관 앞에는 조셉이 마지막으로 그린 톰 레이튼
의 초상화가 세워져 있었다. 그림 속의 톰 레이튼은 부드럽
게 미소 지으며 지금 막 기적을 목격한 경외감에 빛나는 눈
으로 세상을 내다보고 있었다.

그리고 그 초상화는 미사 회보 앞도 장식했다. 그 아래에
는 '잠들어라, 잠들어라, 너희는 곧 내 안에 감싸일 것이
니'라는 시구절이 적혀 있었다. 조셉은 회보의 가장자리를
따라 세밀하게 얽힌 뽕잎과 알에서 고치에 이르는 누에의
생태를 그렸다. 뒷표지에는 그 시 전체를 실었다.

장례식이 끝나자 조셉은 캐롤라인, 그리고 어머니와 함
께 관을 따라 성당의 긴 복도를 걸었다. 지나갈 때 낯익은
얼굴들이 잠시 시야에 들어왔다. 마섭 아주머니와 커즌스
씨 부부가 있었고, 가디너 선생님과 이름을 모르는 주변 이
웃들도 있었다.

그때 저 앞쪽의 마지막 형체가 눈에 들어오자 조셉은 식
장에 있는 모르는 사람들의 정체에 대한 궁금증을 잊었다.
성당 제일 구석에, 혼자 온 문상객이 고개를 낮게 숙이고
앉아 있었다. 그림자 속에 있다 한들 조셉이 웅크린 채 몸
을 흔드는, 달리는 남자를 못 알아볼 리가 없었다.

관이 막 성당 앞에 다다랐을 때 찌그러진 모자를 가슴에 움켜쥔 달리는 남자가 자리에서 일어나 발을 질질 끌며 옆문으로 나갔다. 조셉은 뭐라 설명할 수 없는 당혹감이 확 치솟았다. 사람들이 모여들어 캐롤라인에게 위로의 말을 전하는 사이, 조셉은 인파를 빠져나와 성당 마당의 큰 철문으로 향했다. 수그린 형체가 도로를 가로질러 애시그로브 로를 내려가고 있었다.

조셉은 차가운 쇠창살을 움켜쥔 채 잠시 망설였다. 가슴이 쿵쾅거렸다. 뒤이어 출발 신호에 맞춰 뛰어 나간 운동선수처럼 문을 밀어 젖히고 달리는 남자를 쫓아갔다.

달리는 남자의 과장스레 경중경중 걷는 스타일은 눈속임일 뿐이었다. 사실은 그가 조깅 정도의 속도로 움직였기에, 조셉이 암울하기 그지없는, 꿈속에서 여러 번 왔던 거리를 전력질주하자 눈에 익은 초췌한 형체가 점점 커져 갔다. 몇 미터 거리로 가까워지자, 조셉은 속도를 늦추었다. 달리는 남자의 낡은 신발이 질질 끌리는 소리가 조셉에게도 들릴 만큼 가까웠다. 바람에 날리는 길고 푸석푸석한 머리칼과 움찔거리는 움직임을 볼 수 있을 만큼 가까이.

조셉은 마음속으로 시커멓고 퍼덕거리는 박쥐떼 같은 불길함과 두려움이 일었지만 한껏 용기를 내 그를 불렀다.

"잠깐만요!"

그 말은 머뭇머뭇 입에서 흘러나와 금방 바람에 쓸려가 버렸다.

조셉은 더 가까이 다가갔다. 달리는 남자의 숨소리와 심장 박동처럼 함께 울리는 두 사람의 발소리가 들렸다.

"잠깐만요, 제발!"

여전히 아무 반응이 없었다.

조셉은 보폭을 넓혀 팔이 닿을 거리까지 다가가 손을 뻗었다.

조셉의 손가락이 단단한 어깨뼈에 닿자, 깜짝 놀라 홱 돌아보는 달리는 남자의 눈이 공포로 날뛰었다. 조셉이 충돌을 피하려 얼른 멈춰 서자 달리는 남자는 체포된 범죄자처럼 양손을 들고 비틀비틀 뒷걸음질쳤다.

"죄송해요…… 전…… 그러니까 그러려던 게 아니라…… 저는……."

조셉이 말을 더듬었다.

달리는 남자는 이쪽저쪽으로 고개를 저었다. 그의 눈은 앞에 있는 아이를 보지 못하는 듯이 이리저리 헤맸다. 조셉은 달리는 남자뿐만 아니라 스스로에게 자신이 여기 있는 이유를 설명할 만한 말을 찾기 위해 애썼다.

"아까…… 저기, 성당에서…… 장례식에서 봤어요. 전 그

314

냥⋯⋯."

멈춰 서 있는데도 달리는 남자의 일부는 아직도 달리고 있는 듯했다. 발이 제자리에서 계속 서성이고 손은 아무 목적 없이 헤매며 편안한 곳을 절박하게 찾고 있었다.

"제 이름은 조셉이에요."

달리는 남자의 눈이 쉴 새 없이 움직였다.

"죽은 분, 레이튼 아저씨는 저랑 친했고요."

조셉은 반응을 살폈지만, 달리는 남자는 자유를 찾기 위해 상대가 방심하는 순간을 노리는 야생동물처럼 계속 초조하게 움직이고 있었다.

"전에 만났지요⋯⋯ 버스정류장에서. 비가 오고 있었어요. 전 누에를 갖고 있었고."

한순간 달리는 남자가 멈칫하는가 싶더니 고개를 뒤로 젖혔다가 천천히 앞으로 숙였다. 계속 몸을 움직이기는 해도 이제는 좀더 느리고 절제되었으며, 비록 눈은 조셉의 머리 위 공간을 헤매기는 하나 듣고 있는 것 같았다.

"아저씨가 무슨 말 하신 것 기억해요. 시 구절이었어요."

조셉은 반응을 기다렸으나 달리는 남자는 여전히 말이 없었다. 희망을 버리려던 순간 성당에서 듣고 나온 미사 회보가 떠올랐다.

"이 시에 나온 구절이요."

그는 종이를 도로 펼치며 말했다.

달리는 남자의 눈이 조셉이 내민 회보를 얼핏 스쳤지만 다시 이리저리 마구 헤맸다. 조셉이 포기하려는 순간 달리는 남자가 길고 가는 손가락을 뻗어 왔다.

조셉은 달리는 남자가 시를 읽으려는 줄 알았다. 달리는 남자는 손에 든 회보를 완전히 의식하지 않는 듯했다. 하지만 눈길이 점점 더 종이의 시로 향하더니 마침내는 그것에 눈을 고정한 채 시 구절을 따라갔다. 읽는 사이 때때로 입술을 벌렸다 다물곤 했다.

조셉은 지켜보며 기다렸다. 달리는 남자의 움직임은 점차 가라앉아 마침내 머리만 부드럽고 리드미컬하게 흔들 뿐이었다. 기묘한 차분함이 조셉을 덮쳐 왔다. 조셉은 달리는 남자를 찬찬히 들여다보았다. 부은 눈과 수염 아래에는 차마 말 못할 끔찍함에 분노하는 젊은 남편이자 아버지로서의 고통에 찬 얼굴이 있었다. 다 읽고 나자 달리는 남자는 점자라도 되는 듯이 손끝으로 종이를 가볍게 더듬었다.

"원하면 가지셔도 돼요."

조셉이 부드럽게 말했다.

달리는 남자가 조셉을 쳐다보지 않은 채 회보를 와락 접어 셔츠 주머니에 쑤셔 넣으니 뽕잎이 그려진 가장자리가 삐죽 튀어나왔다. 반쯤 시작하다 만 말 같은 뒤틀린 소리가 그의 입에서 흘러나왔다. 그러고는 가슴 앞에 손을 마주 모으며 몸을 흔들고 발을 서성대는 동작이 점차 빠르고 두드러졌다. 눈길도 더욱 빈번히 등 뒤에 이어진 인도로 향했다. 가만있으려고 애쓰는 것이 눈에 훤히 보였다.

"죄송해요…… 그러지 말았어야 하는데…… 가셔야 하는 거 알아요. 그저 장례식에 와주셔서 고맙단 인사를 드리고 싶어서……. 만넌 적온 없으시겠지만 레이튼 아저씨는 아저씨가 와주셔서 반가워하셨을 거예요."

달리는 남자는 조셉이 깨닫기도 전에 이미 등을 돌려 인도를 달려 나가기 시작했다.

"잠깐! 제발 가지 마세요……."

비틀거리는 형체는 계속 멀어져 갔다.

"제이미슨 씨!"

달리는 남자가 멈춰 서더니 돌아섰다. 조셉을 제외한 사방으로 이리저리 눈길을 던졌다. 그러고는 다시 달리기 위해 몸을 돌렸을 때 오른손을 셔츠 주머니 위에 얹었다.

"평생을……."

그는 말하며 아직도 오래 전 불길로 얻은 상처에 고통 받는 눈으로 멍하니 응시했다.

톰 레이튼이 마지막으로 속삭인 말이 조셉의 입에서 흘러나왔다. 조셉은 손을 들고 달리는 남자에게 소리쳤다.

"주님의 은총을, 제이미슨 씨!"

사이먼 제이미슨은 잠시 주저하다가 빙글 돌아서서는 다시 돌아보지 않은 채 애시그로브 로를 따라 커즌스 씨 가게 쪽으로 향했다.

조셉은 흔들거리는 형체가 길이 꺾이는 곳에서 사라질 때까지 미소 지으며 지켜보고 있었다. 그가 짊어진 모든 끔찍한 짐 가운데, 최소한 그의 가슴 가까이에는 시 한 편이 있다.

"주님의 은총을, 제이미슨 씨."

조셉은 텅 빈 거리를 향해 다시 한 번 속삭였다.

에필로그

조셉에게 더 이상 달리는 남자의 악몽은 없었으나, 그날 밤 어딘가 그다지 멀지 않은 곳에서 사이먼 제이미슨은 꿈을 꾸었다. 늘 꾸던 꿈이었다. 달리는 꿈, 그리고 달리면 달릴수록 점점 더 몸이 가벼워져 발은 거의 땅을 스치지도 않고 바람은 끊임없이 일정하게 얼굴에 와 닿았다. 그러고는 갑자기 바닥이 멀어져 가고, 하늘을 날고 있었다.

저 위로 밝은 불길이 보였다. 점점 더 가까워져 마침내 제이미슨은 화염의 한가운데를 내려다보고 있었다. 그곳의 날름대는 불길에 그의 아내와 아이들이 둘러싸여 있었다. 그들은 웃음을 터트리며 그를 향해 손을 뻗어 왔다.

달리는 남자는 꿈속에서 몸을 숙여 아내와 어린 딸들을 품에 안았다. 그들은 깜박깜박 눈을 감더니 그의 가슴에 고개를 기대고 잠이 들었다. 달리는 남자는 구름만큼이나 가볍고 부드러운 그들을 재빨리 서늘한 밤공기 속으로 들어올렸다.

그들은 높이 더 높이 날아갔고 그들 아래의 불길은 점점 더 작아져서 마침내 희미한 노란 불빛은 저 아래 가느다란 도로와 상자 모양의 집들 사이로 완전히 사라졌다.